Series of Comparative
Literature and Cultural Studies

比较文学与文化研究丛刊

第4辑·2016

张晓希 主编

中央编译出版社
Central Compilation & Translation Press

图书在版编目（CIP）数据

比较文学与文化研究丛刊. 第 4 辑，2016 / 张晓希主编. —北京：中央编译出版社，2017.12

ISBN 978-7-5117-3478-5

Ⅰ.①比… Ⅱ.①张… Ⅲ.①比较文学-丛刊 ②比较文化-丛刊 Ⅳ.①I0-03 ②G04-55

中国版本图书馆 CIP 数据核字（2018）第 309955 号

比较文学与文化研究丛刊. 第 4 辑，2016

| 出 版 人：葛海彦
| 责任编辑：邓 彤
| 责任印制：刘 慧
| 出版发行：中央编译出版社
| 地　　址：北京西城区车公庄大街乙 5 号鸿儒大厦 B 座（100044）
| 电　　话：（010）52612345（总编室）　　（010）52612352（编辑室）
| （010）52612316（发行部）　　（010）52612317（网络销售）
| （010）52612346（馆配部）　　（010）55626985（读者服务部）
| 传　　真：（010）66515838
| 经　　销：全国新华书店
| 印　　刷：北京紫瑞利印刷有限公司
| 开　　本：787 毫米×1092 毫米　1/16
| 字　　数：178 千字
| 印　　张：13.5
| 版　　次：2017 年 12 月第 1 版
| 印　　次：2017 年 12 月第 1 次印刷
| 定　　价：80.00 元

网　　址：www.cctphome.com　　邮　　箱：cctp@cctphome.com
新浪微博：@中央编译出版社　　微　　信：中央编译出版社（ID：cctphome）
淘宝店铺：中央编译出版社直销店（http：//shop108367160.taobao.com）　（010）52612349

本社常年法律顾问：北京市吴栾赵阎律师事务所律师　闫军　梁勤
凡有印装质量问题，本社负责调换。电话：（010）55626985

本书由中央文献对外翻译与
传播协同创新中心资助出版

《比较文学研究丛刊》编辑委员会

主　　编　张晓希
执行主编　曾　琼
编　委　会　（按姓氏拼音顺序）
　　　　　　　蓝　峰　黎跃进　潘道正　藤田梨那
　　　　　　　杨　果　曾　琼　张绍斌　张晓希　周和军

编者前言

2016年11月25至26日，由天津外国语大学主办、天津外国语大学比较文学研究所承办的"跨文化视野下中国诗学的世界意义"学术研讨会在我校国际交流中心成功召开。来自中国人民大学、南开大学、天津师范大学、湖南大学、湘潭大学、华侨大学、吉首大学、山西师范大学、天津理工大学、天津商业大学、大同大学、玉林师范学院、天津外国语大学等高校及商务印书馆等出版机构的数十位专家学者齐聚一堂，围绕"新世纪中国诗学的传播与接受""中国诗学与东西方文艺理论""比较诗学的方法论更新""当前比较诗学发展的新趋势"等问题各抒己见、热烈对话。与会者或以翔实的考证剖析中外诗学的不同思维方式；或就中国比较文学界前辈大师的诗学思想细读阐发、掘其深意；或从跨学科、跨文化视角对中外诗学的传播与接受情况详加爬梳、小中见大；或以具体的诗学概念为中心汇通古今、层层推衍，在初雪的津门共同演绎了一场学术的佳宴。本辑《丛刊》有幸以"诗学论坛：中国诗学与世界"为题发表此次研讨会的会议论文，因而名之曰"诗学专辑"。

除获允收录"跨文化视野下中国诗学的世界意义"学术研讨会论文之外，我们还有幸得到了北京大学人文特聘教授、博士生导师，中国比较文学学会副会长陈跃红教授所赐特稿《西方理论与中国传统文论的现代阐释——以比较文学的阐发研究为例》。陈先生借西方理论视角反思中国传统文论的现代阐释问题，就中国学者大力倡导却始终饱受争议的

"阐发研究"发表了独到见解与精彩评议。文中所体现的中西对话的自觉意识及其借西方文论对本国诗学传统"回过头来另眼相看"的比较诗学策略,不仅与本次研讨会的精神立场莫逆冥契,而且为新世纪中国比较诗学的方法论建设提供了一个重要的理论视野。

目 录

理论视野

西方理论与中国传统文论的现代阐释 …………………… 陈跃红 / 3

诗学论坛：中国诗学与世界

印度佛学华化与中国诗学传统 …………… 孟昭毅　门薇薇 / 23
仲春时节里汉诗唱酬的一天
　　——明成化十二年二月廿五日中朝诗歌交流述论 ………… 赵　季 / 38
泰戈尔诗学在中国的传播与接受 ………………… 黎跃进 / 51
日本诗话与中国诗话 …………………………… 张晓希 / 75
"情性"说发展述评 …………………………… 周和军 / 88
夏目漱石《文学论》在现代中国的译介与影响 ……… 孟智慧 / 98
印度文化视角下《悲剧的诞生》：
　　摩耶与阿波罗个体化之辨 ……………………… 曾　琼 / 110
识"趣"辨"理"：作为诗学方法的"理趣"
　　——从钱锺书的《诗经》研究与戏剧批评谈起 ……… 杨　果 / 123

论菊池五山的诗学思想 …………………………………… 赵文靖 / 143
博尔赫斯眼中的中国诗学 …………………………………… 张如特 / 162

东西文讯

印度文坛动态 ………………………………………………… 杨芊泽 / 173
韩国文学动态 ………………………………………………… 许哲颖 / 176
日本比较文学最新动态 ……………………………………… 王　超 / 180
美国比较文学动态 …………………………………………… 高艺菲 / 185
法国文学动态 ………………………………………………… 程安然 / 189
英国比较文学动态 …………………………………………… 张如特 / 192
荷兰比较文学学科动态 ……………………………………… 罗一鸣 / 194
加拿大文学动态 ……………………………………………… 林　璐 / 199
澳洲文学动态 ………………………………………………… 车　欣 / 202

◆ 理论视野

西方理论与中国传统文论的现代阐释

——以比较文学的阐发研究为例

陈跃红

一

在由中国本土和海外华人世界所展开的中西比较文学研究中，曾经陆续有多种研究范式和研究类型被尝试运用过，然而其中突出地被称为中国比较文学研究者首创并率先总结的研究类型，当属所谓阐发研究，与之相关的理论问题和学术评价也是中国比较文学学术界争议较大的问题。

关于"阐发"一词，英文中有一近似的词是 illumination，一般英文辞典的基本意思是：照亮、阐明、解释、启发等。阐发研究的概念提出或许与此有一定的关系，但是真正意义上的阐发研究确实只是中西比较文学研究实践的产物，与这一西方概念并无本质上的联系。作为比较文学研究类型的阐发研究，一般主要是指用外来的理论方法去分析、阐明中国本土的文学创造物，尤其是古典文学遗产，也即以形成于一种文化系统中的文学理论批评模子去分析处理形成于另一文化系统中的文学现象，有时候也有某些学人结合本土的理论方法展开双向或者多向的阐发。不过就目前为止的研究实践和成果而言，多数情况下是援用西方文学理论的批评方法来处理中国的文学现象、文学理论和文学作品。从事过这类研究的学者，自20世纪初比较文学被介绍入中国本土以来已经延续了好几代人，他们当中不仅有大陆中国的研究者，也有相当多的港台和欧美海外华人学者，还包括一批近年来崛起于汉学界，以中国文学研究为其专业学术方向的西方学者。在这支队伍中我们可以排出长长的一列令人刮目相看的学者名单，如：20世纪50年代以前即有梁启超、王国维、陈独秀、鲁迅、朱光潜、吴宓、钱锺书等，而从那以后的研究者就可谓洋洋大观了，仅海外学人，顺便列举便有如夏志清、叶嘉莹、高友工、梅祖麟、刘若愚、叶维廉、韩南、浦安迪、余宝琳、斯蒂芬·欧文、余国藩、伊维德等。国内学者更多。可以这么说，如果没有这种类型的阐发研究，中西比较文学的研究将出现相当大的一块缺失。另一方面，一直以来，也有学者尝试以中国传统的文学理论去阐发西方文学作品和现象，不过相对而言，这一领域的研究就比较稀见，业绩有目共睹的学者也较少，譬如朱光潜、钱锺书、叶维廉诸人，而且他们的研究也较少以中国传统文论的批评话语去直接处理西方文学作品，多数情况下是进行双方或多方的理论比较和阐发，在严格的意义上，这与其说是一种阐发研究，倒不如说是中西比较诗学研究更妥当一些。但不管怎么说，从中西比较文学研究的实践立场来考虑与之相关的西方文论与中国文论的现代建设问题，阐发研究无论如何都是值得注意的重要方面。

二

仅从20世纪20年代末吴宓到美国师从白璧德学习比较文学归来，在东吴大学、清华大学等校开设相关的比较文学课程开始，有学科自觉的比较文学研究在中国本土和海外华人学界也有了70余年的历史，而与之相应的阐发研究其历史甚至更长，早在"五四"以前，王国维即运用西方文学理论对中国小说戏曲进行过阐发研究。在以叔本华的悲剧理论对《红楼梦》阐发分析的基础上，他提出作为一般人在日常环境中由于各种关系的牵制而形成的悲剧，《红楼梦》可谓"悲剧中的悲剧"。陈寅恪先生在总结王国维的学术成就时，即认为他的三大贡献之一就是"取外来之观念，与固有之材料互相参证"①，以之用来进行文学理论批评的著述和小说戏曲研究，这大约是中国最早期的阐发研究实践了②。既有的资料说明，尽管阐发研究作为一种比较文学研究类型的正式命名，是在70年代中叶由台湾比较文学学人所确认的，但是作为一类研究类型的使用却是自世纪初以来，由大陆本土学人的前辈学者开其先河，并且以其令人瞩目的成绩影响于后人。因此，当我们立意对这一研究类型的生成原因和发展状况加以描述和总结时，就不能不从这样一个较远的历史起点开始，否则难以窥见事实的全部真实面貌。

实际上，西方比较文学的类型理论中并无所谓阐发研究，而它之所以在世纪初的中国很快出现，并且自中国有比较文学开始就成为一代学人情不自禁的选择，其原因是与20世纪中西文化交流和碰撞的特定历史环境密切相关的。近代以来，中国作为一个地区性政治、经济、文化中心的天朝大国逐渐落伍于西方列强已是不争的事实。这种落伍不仅表现在政治、经济、军事诸层面，同时也表现在思想文化等学术层面。至19世纪中叶，这种落伍所招致的危机已使中国到了亡国灭种的边缘。救亡图存的压力迫使一代又一代的志士仁人去向自己的西方对手求教，从对船坚炮利的欲求到对民主共和的渴慕，进而意识到批判封建文化传统、从事思想文化革新的重要性。鸦片战争以后，国门渐开，西方文化开始大量涌入，新兴的西方文化与古老的中国文化发生了必然的碰撞，文化的落差日渐凸现，中国的一代知识人士试图经由文化的更新去唤醒国人，改造民心，以发奋图强，重振中华。文学曾被视为实现这一目标的最重

---

① 陈寅恪：《王静安先生遗书序》，见《金明馆丛稿二编》，上海：上海古籍出版社1980年版，第219页。

② 参见陈惇、刘象愚：《比较文学概论》，北京：北京师范大学出版社1988年版，第78—79页。

要途径，从梁启超的小说革命到鲁迅的弃医从文可谓一脉相承。而借用西方的思想理论，去批判性地重新理解和认识旧有的自身传统，无疑是那个时代的文化学人首选的和最有效的方法论途径，当时的人们并不忌讳这种做法，并以此为时尚而加以鼓吹。关于这方面，只要翻翻当时出版的著作和杂志即可一目了然。这其实也是所谓势所以然而又不得不然，其间既有不少主动的寻求，当然也包含诸多无奈的选择。于是，从那时至今，一切援用舶来的思想理论对于中国传统文化现象的认识和处理，都可以视为一种广义的阐发研究。

20 世纪 80 年代中期热闹一时的新理论、新方法热，90 年代关于所谓理论话语"失语症"的争论，以及学界关于重建中国文论话语的呼吁，其间都隐含着一个潜本文，即中国缺少自己的现代文艺理论和批评方法，于是不得不借助于外来的、生成于它种文化系统的理论方法去分析和处理本土文化系统中过去曾有和现实发生的文学现象，也即是需要借助他者（the Other）的思想话语去阐明、照亮自己的文化和文学文本的意义。这似乎也可以称之为普遍意义上的阐发研究。这种意义上的阐发研究之所以成为 20 世纪中国学人自觉和不自觉的普遍学术选择，实际上，是由前面所提及的历史文化背景所决定。它有一个明确的学术前提，即近代以来中国与西方之间所存在的包括文学理论批评在内的明显文化落差，正是这种差距使众多中国研究者不得不借他人的酒杯来浇自己的块垒，进行各种阐发的尝试。对于中国人而言，它同时又包含着一个世纪性的学术主题，即对于中国学术文化的现代性追求。为着这一追求，既然在当时中国这样一个自身封闭的文化传统中不可能生长出一套现代性的学术文化来，那么走向现代性的第一步，就必须开放自身，借用他人的镜子来照一照自己的形象。至于这个镜中的自我是否真是自己的真像，那当然是有待进一步去深入检验的问题。实际上，从任何理论立场对于文本的关照总是"洞见"和"不见"互生的，何况是基于文化系统差别如此重大的理论和文本之间的阐发和对话，糟糕的误读和创造性的悟读几乎都是必然会出现的事情。问题只在于我们该怎样去认识和理解这种阐发和读解。只要上述学术文化的前提和主题仍旧存在，作为其策略性学术选择的阐发研究就会在相当一个时期内被中国学术界不断运用下去。也是基于这样的学术前提和主题，我们于是也可以理解为什么以西方文学理论批评方法去阐发中国文学文本的研究如此之多，而以中国传统文学理论批评方法去阐发西方文学文本的情况却相对较少的原因了。实现平等的双向阐发，甚至使以中国文论话语去阐发域外文学文本成为比较文学阐发研究的主流，作为一种理想的学术追求，它当然离不开学者的鼓吹和努力，然而更重要的是，这一切都必定有待于相关的历史文化前提和学术主题的变迁。

三

至于比较严格的比较文学意义上的阐发研究，它虽然不能简单等同于上述广义的阐发研究，但其生成和发展的历史文化背景和学术目标却大致是接近的。这里所谓的严格比较文学意义上的阐发研究，既有学科分类和理论推演限制的理由，也是几十年来中国比较文学研究实践的总结，于是，所涉及的阐发研究范围相对就狭窄一些，在理论方法的运用上更加严格一些，在学理上的理性意识更明确一些。一句话，它有着学科的自觉意识。就内容和范围而言，它主要是指有意识的运用西方的文学理论，尤其是20世纪文学理论的批评方法，对中国的文学作品和现象，尤其是经典的、传统的文学作品和现象所作的跨文化分析研究；它同时也包括以传统的中国文学理论批评方法对西方文学作品和现象作类似的处理；此外它更希望能够以两种以上文化差距较大的文学理论批评方法对多种文学作品和现象作综合的分析和研究。20世纪六七十年代，当中国大陆因人所共知的原因而处于与西方世界的文化隔绝状态之时，台湾和香港地区的比较文学研究和北美地区的中国文学研究却走向兴盛。

在方法和研究类型的采用上,不少学者都势之所然地运用西方理论批评方法来阐释中国文学作品,从而接续上了"五四"以来阐发研究中国文学的历史进程,并发展为一时之盛。执教于美国的余国藩先生在1973年11月2日提交给美国现代语言学会年会比较文学讨论组的论文中指出:"过去二十年来,旨在用西方文学批评的观念和范畴阐释传统的中国文学的运动取得了越来越大的势头,这样一种趋势预示在比较文学中将会出现某些令人振奋的发展。……应该指出,运用某些西方的批评观念和范畴来研究中国文学,原则上是适宜的,这正如古典文学学者采用现代文学技巧与方法来研究古代文学的材料一样。"①

台湾已故外国文学与比较文学学者朱立民先生在评述以刊载英文比较文学学术论文为主的学术杂志《淡江评论》前三期时也指出:"许多论文是研究中国文学的,而大多数作者用的是西方现在流行的批评方法,这就是我们当前所需要的。"②

尽管这些论述从今日比较文学研究的立场去看不无商榷之处。在当时也引发不少学术论争,但它确实也反映出阐发研究作为一种比较文学的方法策略和研究类型,较容易成为跨文化的中西比较文学研究的学术选择,并且造成了一时普遍运用的风气。这一时期毕竟和以往有所不同,学者们的学科自觉意识较强,并力图从中西比较文学研究的立场去进行理论总结,于是,也就是在70年代中期,一些学者从方法论的角度给予这种研究以正式的命名——"阐发法",所谓"援用西方文学理论与方法并加以考验、调整以用之于中国文学之研究"③。它虽然与我们今日作为研究类型探讨的阐发研究有所区别,但从学科的学理上来认识这种研究的特点,却是从这个时候才正式开始的。此后一些大陆学者或从方法的

---

① 参见余国藩:《中西文学关系的问题与前景》,载美国《比较文学与总体文学年鉴》(YCGL),1974年版,第23卷,第50页。
② 古添洪、陈慧桦编:《比较文学的垦拓在台湾》,东大图书公司1976年版,第4页。
③ 古添洪、陈慧桦:《比较文学的垦拓在台湾·序》,东大图书公司1976年版,第2页。

立场、或从类型的角度对这种研究的方法、理论以及内涵和外延作了较多补充，如提出双向阐发、理论间的阐发、跨文化原则等，力图使之相对而言变得更加完善。

资料显示，自80年代迄今，除比较文学研究界之外，国内对中国古典文学作品和现象作阐发研究的呈逐渐上升的势头，其研究范围遍及小说、诗歌、戏剧和许多文学史现象。1993年国内召开的中国古代小说国际学术研讨会的会议综述在论及这一转变时指出："小说批评理论研究，在80年代以前，一直是大陆学人的弱项。在扫除了几十年来由于非学术因素的干扰造成的明显失误和由于单一视角造成的批评理论盲点之后，小说研究吸收各种西方理论，调整建构了新的小说批评理论范式。例如，为突出小说的叙事艺术特征而借鉴西方叙事学理论；为突出小说作为语言艺术而借鉴新批评理论；为把握中国小说想象、虚构及同一情节的流转变异而借鉴西方原型说；为改变以往小说与政治的直线因果联系而努力把握小说的文化心理中介，把握小说形式和小说类型在文化结构、文学结构和小说结构中的地位和作用及三者之间的联系。"①

该综述还列举了一系列论著来证明国内学者运用西方理论来分析阐发中国古代文学作品的状况。至1996年10月在天津召开的中国古代文学研究的回顾与前瞻学术研讨会，也进一步对研究者尝试以新的理论方法来治中国古代小说的多元化态势表示肯定。足见国内古代文学研究界在这一研究领域的涉猎程度。至于海外尤其是欧美的中国文学研究界和以中国文学研究为研究对象的比较文学研究界，利用各种西方文学理论批评方法对中国古代和现当代文学进行研究分析几乎是普遍的选择，近十多年来更表现出日渐兴盛和日益深化的势头。究其原因，从策略上讲，对于生活在海外和西方世界的学者来说，若以中国文学为其研究对象，在研究角度和方法的选择上，倘若按照中国国内传统的治学路子去操作，

---

① 引自《文学遗产》1993年第6期，第117—118页。

无疑是扬短避长，事倍功半，从语言、资料、文化学术氛围到治学传统诸方面都难以和文化中国的本土一较短长，而以西方文论、尤其是以 20 世纪风行一时的西方文学理论批评来处理中国文学现象，则是扬长避短。尤其以一种文化的理论批评方法去读解另一种文化的文学，尽管存在误读的风险，然而，其间可能引出的洞见和新意以及提升一种民族文学的意义至世界性文化普遍价值的学术挑战，确实是极富诱惑力的。对具有西方血统而又生于斯长于斯的外国学者而言，以本文化的理论去研究中国文学，无论出自任何目的都是理所当然的事，何况这还是一个充满发现的机遇和可能的文化矿藏；至于留学或移居海外的中国人，做这样的阐发研究，相对于外国学人，则是发挥其占有文学文本的长处，而相对国人，则又是发挥其占有西方批评话语的长处，因此，跨文化的阐发研究就成了他们的必然选择！除去六七十年代中国台港和海外赴欧美学人的努力外，80 年代以来又有大批中国大陆留学人员的加盟，其阵容和声势自然就有些蔚为壮观了。而从时代发展和中国文学研究对于世界文化的意义去考虑，随着中国国际地位的提高和开放交流的扩大，中国文化和文学的价值和意义越来越为世界所看重，中华民族源远流长、博大精深的文化资源和文学成就对于世界各民族文化发展的借鉴价值无疑是不可限量的，从这一角度去认识问题，则国际学术界对于中国文学研究的重视也是现实的需要，潮流所至、势之必然。

即以中国古典小说的阐发研究为例。国内真正具有现代意义上的小说研究大致始自 21 世纪初，尚不足百年。而在西方，真正运用某些理论方法所展开的专门性研究，大致只是最近几十年的事，此前的所谓研究，基本上是以翻译介绍为主，即使是零星的专题研究也主要侧重于中国式的考据和资料整理，中国式的评点和欧洲大陆历史年鉴学派的综合描述，较少令本土中国研究者重视的成果和新意。然而，自 50 年代以后情况发生了较大的变化，首先是第二次世界大战以后，于传统的汉学研究中心欧洲之外，在西方又形成了另一个新的汉学重镇，即以美国为主的北美汉学研究以及近年来十分热闹的当代中国研究。为着冷战时期的政治和社会需要，政府部门和民间基金组织投入了大量的资金于此一领域的开发。尽管这种研究主要以政治、历史、经济、社会和思想史为主，但是传统的中国古典文学研究仍然占据相当的分量和位置，与中国古典文学相关的师资、研究人员和研究生培养均能自成系统，作为一支可观的队伍与欧洲的中国古典文学研究遥相呼应，齐头并进。根据不完全统计，近50年来欧美各大学和研究机构完成的与中国古典文学相关的博士论文已不下五百余种。① 其中相当一部分为古典小说研究，由此可以窥见其规模和实绩。其次也正是这一时期，新兴的各种人文、社会科学理论，尤其是各种文学理论在北美学术界大为盛行，蔚然成风，似乎不谈时新理论便无以论文学，以至西方文学界有20世纪是理论的世纪、批评的世纪的说法。这种风气必然对那里的中国古典小说研究造成影响．研究者在选题和决定研究角度和研究方法时，无论从赞同还是反对的立场出发，多少都会考虑到时代的学术趋势，况且，影响常常是在潜移默化和主体的不知不觉中完成的。一个研究者可以声明自己不受影响，但这并不能保证他的著述和话语中没有被影响的痕迹。再就是学科知识积累发展的过程所至，包括中国古典文学研究在内的汉学研究作为一门从西方的立场研究中国的学科，要走上正常的研究格局，在人才、资料、翻译介绍、知识和经验的积累方面，都需要一个酝酿发展和从量变到质变的过程，既然各种因素正好在20世纪的后半叶已陆续具备，在这样的学术环境中，中国古典小说的阐发研究在海外成了气候，也实属再正常不过的事情。于是从50年代至今，在欧美出现了一批可观的阐发研究中国古典小说的成果，成就了一代有相当学术影响力的研究者群体。他们当中有以研究白话小说见长的韩南（Patrick Hanan），有以新批评方法读解中国古典小说知名的夏志清，有以运用原型批评理论和结构主义叙事学分析

---

① 参见黄鸣奋：《英语世界中国古典文学之传播》，北京：学林出版社1997年版，第9页。

《红楼梦》等四大名著著称的浦安迪（Andrew H. Plaks）以及余国藩等，有结合中西文论去阐释中国古代诗词的叶嘉莹、高友工、梅祖麟、叶维廉、余宝琳、斯蒂芬·欧文（Stephen Owen）等人，有以中国的考据评点与欧洲史学方法结合研究中国古代小说的杜德桥（Glen Dudbridge）、雷威安（Andre Levy），有以西方语言学理论、结构主义、叙事学、原型理论、解构主义修辞学等理论专题研究中国历史小说、神魔奇幻小说文类、笔记小说、白话文学、文人小说等见长的王靖宇、伊维德（Wilt L. Idema）、何谷理（Robert Hegel）、芮效卫（David Roy）、高辛勇等人。80年代末期以后，更有一批来自中国大陆和港台的学人加入这支西方研究者的队伍，呈现出新的学术活力和强劲的发展势头。这整个一代学者的研究几乎覆盖了中国古代小说的大多数领域，如魏晋文言小说、敦煌变文、唐传奇、宋元白话、历代笔记、明清长篇小说、短篇文类、情色小说、谴责小说等等，不少名篇名著甚至有多种西方理论方法的探讨。在20世纪中国古代小说研究的历史路途上，形成了一片独具特色的海外景观。在80年代中期以后，其中的部分成果被陆续译介到中国国内，以回返影响的方式，对本土的文学研究造成了相当的冲击和影响。在中西比较文学研究的历史性开拓中，这应该说是一种有特色的进展和值得重视的学术倾向。

四

尽管阐发研究在中西比较文学研究中有如此普遍和长期深入的运用，但是对它的质疑和批评也似乎从来就没有停止过。包括本身就多用此法进行研究的域外学者，他们从自身和海外学人的实践体验出发，对阐发研究的困扰有极简练的总结：

"我们都知道，在这学科中用力最勤、同时也是最受诟病的莫过于所谓的阐明法（illumination）。阐明法使用外来的理论架构，来阐明本土文学。这种方法的好处在于能发前人所未见；但缺点乃在西法硬套，令人有生吞活剥、囫囵吞枣之感。当然，所谓应用之妙，在乎一心。阐明法并不一定循由西方理论到中国作品这么一条单行道。批评家往往在实践上，证明理论的地方性，并给予理论修正，矫正欧美中心的沙文主义。不过理论体系通常有其封闭性，能做多少修正是个问题，再说从外国理论的立场，作品改变理论的效果究竟不大，正如狗尾摇狗身，幅度必然不大。"①

这段论述基本上道出了人们对阐发研究的批评和质疑。首先是所谓对于西方理论机械盲目的生搬硬套问题。不加理解和选择地使用一种理论随意去"套"一种实践现象，恐怕是所有人文社科研究在理论借鉴初期都会碰到的问题，即使单一民族文化内部自身的学术研究也多有此类情形，而在跨文化的文学探讨如阐发研究里，稍有不慎就可能落入生搬硬套的陷阱，这几乎是事先就可以预料的情况和风险。海外学界有一个广为流传而又近乎笑话的学术争论故事：事情涉及中国古典诗词中常见的蜡烛意象，譬如红烛、烛泪等，多与种种有关爱情的比喻和象征有关，于是有学者试图以弗洛伊德的精神分析理论去加以阐发，认定蜡烛从根本上讲就是男性生殖器官的象征，洋洋洒洒写出宏文发表。此论一出，学界大哗，于是有学者质疑道，若以此见解去分析李商隐的《夜雨寄北》"君问归期未有期，巴山夜雨涨秋池。何当共剪西窗烛，却话巴山夜雨时"，这"共剪西窗烛"该是一个多么荒唐恐怖的意象啊！其与作品本意又何止相差万里。这当然是一类极端的例子，不能够以偏概全，就此彻底否定阐发研究。实际上，阐发研究能够令人信服，为人称道的例子也并不在少数，譬如前述浦安迪、余国藩诸人的中国古代长篇小说研究；高友工、梅祖麟、叶维廉诸人的中国古代诗词研究；钱锺书、刘若愚等学者的理论综合阐发等。阐发研究出现生搬硬套的原因，当然有理论模

---

① 周英雄：《比较文学与小说诠释》，北京：北京大学出版社1990年版，第4页。

子和运用对象之间的文化差异带来的错位和不可避免的误读,然而在很多情况更与研究者的学养素质有关,与涉及具体问题时对外来理论和本土文学本文之间关系的认识理解程度和运用有关。所谓"应用之妙,在乎一心",就是强调研究者本身的素质和研究深度的至关重要性。如浦安迪、余国藩诸人的中国古代小说研究,如果没有对中西理论和文学的良好素养,尤其如果缺少对西方结构主义叙事学和中国阴阳五行观念之间的潜在关联的认识,就很难从一个角度去敲开中国古代长篇小说的形式结构硬壳。正如在整个比较文学学科的发展过程中常常为人诟病的简单比附和肤浅比较一样,在很大程度上并非学科和理论本身的罪过,而往往是研究者的素质和研究态度问题。比较文学研究在学科本质上,比起国别文学研究而言,由于学者必须面对跨文化的知识和语言能力要求,实际上是极其复杂严谨而又难以操作的学科,而有时候人们将其理解得太简单了。

其次是关于单向阐发的弊病问题和双向阐发和多向阐发的必要性问题。从学理和世界各民族平等的文化诉求出发,作为一种学术方向,为了避免任何文化上的沙文主义亦即中心主义的弊端,双向和多向的阐发研究是完全应该的。但是在具体的实践中,也必须正视当代世界范围内文化和学术理论存在落差和不平等的现实,要实现相互认可的双向平等阐发这一目标,还有待学者的努力和大环境的改变,它往往是由于某类文化的内在需求所决定的。我们今天之所以多取西方理论来阐发本土文学,自然是为着与前述文化上的"现代性"世纪主题有关的目标,在西方出现如此类似的内在需求以前(如启蒙时代对东方和中国的寻求一样),我们不可能希望他们像我们取法西方理论一样,也用中国的理论去普遍地阐发他们的文学。而涉及面对一个个具体的研究个案,出于对研究者本人的打通中外的知识结构要求和研究的严谨与周密,则完全有必要在借助西方理论批评方法来处理本土文学现象时,时时都应注意到其与本土理论批评方法之间的潜在关联和多方面的对话,并力求从多种理论和方法的角度,对文学文本和现象作综合的处理。这应该是阐发研究较为理想的形态。至于这样做会否因此而对外来理论有所修正和补充,这基本上不应该是出自中西比较文学阐发研究目的,本土的文学没有必要为着证实外来理论的普世性或者补充修饰它而充当文化的资源,欲取欲弃,在当下的历史和现实环境中,主要还是为着我们自身文学和文化的发展所决定。西方的理论范式并不意味着就一定有成为跨文化的普世价值的必然性,对于本文作者而言,其关注的焦点刚好相反,那就是,通过这样的阐发研究努力,能否在重新阐释中国传统文学本文的同时,对于中国传统文论的观念和话语体系也提供某种照亮、发明和现代阐释的机遇。

五

实践证明,只要这种研究是建立在扎实的历史资料整理和严谨的理论分析基础上,上述机遇是完全可能存在的。且再以中国古典长篇小说的阐发研究为例,海外如夏志清、韩南、蒲安迪、余国藩、王靖宇、伊维德、高辛勇等学人都有所尝试。例如蒲安迪在对史料、版本、作品研究史和文本细读的基础上,运用结构主义、原型批评和新批评的诸种方法,对四大奇书的原型与寓意、作为"奇书文体"的结构特征、回目与意义、修辞与叙事、小说文体在中国的生成史与西方的差别诸方面进行了详尽的比较分析研究①,得出了与现代小说史家不同的结论。他认为:尽管有民间口传文学的因素,但从根本性质上讲,包括四大奇书和《儒林外史》等在内的"明清章回小说的六大名著与其说是在口传文学基础

---

① 参见 Plaks, Andrew H. *Archetype and Allegory in the Dream of the Red Chamber*. Princeton UP, 1976. 以及 Plaks, Andrew H. *The Four Masterworks of Ming Novel: Ssu ta chishu*, Princeton UP, 1987。中译本可参阅〔美〕蒲安迪:《明代小说四大奇书》,沈亨寿等译,北京:中国和平出版社 1993 年版。

上的平民体创作,不如说是当时的一种特殊的文人创作,其中的巅峰之作更是出自于当时某些怀才不遇的高才文人,即所谓'才子'的手笔"①。

为了证明这一重要论断,他通过关于奇书文体的源流分析,长篇百回定型结构及其变体、次结构与作品内容的结构关系,关于叙事修辞策略和诗、词、曲、歌寓意的丰富内涵等方面的精到分析,认定这些作品的最后写定本,即嘉靖和万历年间问世的《三国志通俗演义》《忠义水浒传》《金瓶梅词话》和世德堂本《西游记》完全"迥异于当时流行于世的通俗小说:从它们的刊刻始末、版式插图、首尾贯通的结构、变化万端的叙述口吻等等方面,一望可知那是与市井说书传统天地悬殊的深奥文艺。它与同时代的吴门文人画派、江南文人传奇剧其实同出一源。由此我认为,我们不妨按照'文人画''文人剧'的命名方法,用'文人小说'来标榜'奇书文体'的特殊文化背景,庶几不辜负这些天才文艺作家的突出艺术成就和一片苦心雅意"②。进而在对奇书文体的叙事特征进行分析的基础上,浦安迪把审视的视野进一步扩大到对整个中国传统叙事文类的关照上去,相当有说服力地证实明清长篇章回小说不仅是一类特别的文人小说,而且在文类意义上作为中国叙事文类前无古人的崭新文体,前承《史记》后启来者,把中国的叙事文体发展到了虚构化的巅峰境界。通过与西方叙事传统的比较,且进一步发现中国明清章回小说并不是一种与西方的 novel(小说)完全等同的文类,二者有各自不同的家谱,也有各自不同的文化功能。一般讲,西方的叙事传统大致经历了一条 epic(史诗)-romance(罗曼司)-novel(小说)的系统发展路径,是一个一以贯之的连续的发展过程;而中国的叙事文类发展历史显然有明显区别,在中国,"历史叙述"(historical narrative)与"虚构叙述"(fictional narrative)之间显然存在极为密切的关联,这不仅表现在叙事作品的内容与历史的关系,所谓"演义"者是也,而且在叙述方式上,

---

① 〔美〕浦安迪:《中国叙事学》,北京:北京大学出版社1996年版,第21页。
② 〔美〕浦安迪:《中国叙事学》,北京:北京大学出版社1996年版,第24—25页。

也多有先秦以来历史叙事传统的大量继承,中国旧称小说为"稗史"可谓一语道破天机。从明清奇书文体回溯中国叙事文类的美学传统,其与历史的血缘关系可谓源远流长,而大致走过了神话—史文—明清奇书文体的历史路径。如果此一分析能够最终成立,则中国的叙事文类可以找到一条与西方的 epic-romance-novel 相互对应的比较研究途径。从而有望改变 21 世纪以来在文学批评和文学史研究中偏重以西方叙事模式为元话语的偏向,并为中国叙事文类的研究深化和使中国叙事传统以系统的、现代特色的理论形态进入国际性对话提供了一种新的思路。这样的研究尽管在具体的分析上不无可商榷之处,但对今日亟待更新的中国叙事研究理论和方法领域无疑是富于启迪性的。事实上,80 年代以来,国内在中国传统叙事学理论方面的成果取得和理论进展,在相当程度上就曾经受到海外学人研究的影响和启迪,我们不仅应当有勇气承认这一点,而且有必要认真总结其间的成败得失。21 世纪以来,特别是近几十年来海内外对中国传统文学的阐发研究,在小说、诗歌、戏剧和其他文类和文学史现象方面都有大量可圈可点之处,并在一定程度上影响于 80 年代以来中国文学和文论研究的进程,然而目前学界似乎较多关注的是西方理论的直接影响,而对这一通过海外中国文学实证研究的回返性影响途径尚缺乏重视和深入的清理,有必要提请关注。

六

就现实需求而论,阐发研究无论作为方法还是作为研究类型的合理性,在今天这样一个学术国际化的时代,其实践的可行性和理论必要性都是不言而喻的。中国文人常说:"学术乃天下公器。"在过去,这个"天下"基本上是指中国,然而在 20 世纪末的今天,在一个广泛开放和交流的时代中,这个"天下"就只能是指涉一个更大范围的全球世界了。中国文学能够以对自己的跨文化阐发研究作为众多出发点之一,走出自己本土文化的"围城",去与世界上的各种文化、理论和文学对话,在这样一个互识、互证和互补的历史进程中,更新自身,发展自身并证明自己在世界文学和文化格局中的意义,应该被认为是理智的选择。倘若再能够经由这样的阐发过程,进而为中国传统文论的现代阐释和转化提供观点、材料和思路,就更是功德无量了。而实际上,当代阐释学的思想,也进一步从理论层面支持和证实了这一选择的学术可行性。

当代阐释学的与传统阐释学的一个重大区别,就在于前者对于作为理解和阐释主体的人的充分重视。在当代阐释学看来,"人"之所以称之为人,而不同于一般的动物,就在于人有自我意识,也就是说有思想。人在时空的进程中具有不停顿的、永恒的反思能力,且能够不断超越自身既有的认识。所谓"阐释"的丰富性和永无止境的奥秘正在于此。而关于文学的现代阐释学理解与传统文学研究的不同,也正在于其对作为创作和批评主体的人的格外关注。在当代阐释学看来,文学理解和阐释不仅仅是主体的认识和行为方式,更是作为此在的人的存在形式。由人的存在的历史有限性和思维发展的特性所决定,任何理解和阐释都不可能是纯客观的。理解不但具有主观性,而且还受制于"前理解",一切当下的理解和阐释都必然受到种种先在的理解和认识的制约。这种称之为"前理解"之物自然也包括以经验范式的形式而被肯定下来的种种传统"理论"和"研究类型"。无论这些理论是生成于哪一类文化体系之内,它在进入人的意识之后,便作为前理解的一部分参与新的理解,阐释的目的是为了在新的语境之下达到一种新的理解(新的理论),而新的理解又将作为进一步阐释的基础,如此不断循环延伸,人类的认识也就在这样的进程中得到自身的发展。于是,理解就不再是去把握一个不变的事实和现象,而是去理解和接近人的存在的潜在性和可能性。追求新知就不再是理解的目的,而是为着解释我们存身其间的世界。而理解一个文本就不再是企图找出一个文本中永恒不变的原义,而是一个在不断的超越既有认识中向前发展的回返去蔽运动过程,是为着揭示和敞开文本以试图表明人的存在意义的可能性的学术追问。根据阐释学的这一见解，阐发研究在一定程度上也就是本土文学在加入跨文化的前理解（譬如西方理论）之后，在一个更大的阐释循环之内对本土文学的新的理解和认识。异域的文化和理论作为前理解中新的构成部分，开启了特殊的视域，为新的阐释提供了具有产出性的积极因素。而有可能达到更高和更深层次的新理解。理解和阐释本土文学并不是本土理论和本土学者的专利，在此一意义上，注重利用外来理论的阐发研究的方法和视野并无不妥。其研究的效果以及评价如何，至关重要的还是进行阐发研究的人和批评者的知识结构、阐释能力和理解立场。

当代阐释学对于阐发研究的另一启示在于，相对于作为元语言的诸种理论方法而言，被阐发的文本不是等待理解的被动之物，而是阐发过程中的积极参与者。也就是说，在经由阐释者作为中间主动载体的理论方法和被阐发对象之间，存在的是一种积极的、互相提问的对话关系。一次阐发行为就是一次对话事件。对话式的阐发使问题得以敞开，使新的理解成为可能。在这样的阐发的过程中，被阐发的文本不会是一个被动的客体，而是能够主动提问的"另一个主体"。文本将一个个文学奥秘的疑团呈现出来，而新的理论话语则试图对其作跨文化的理解和解说。在本土文化内部被视为理所当然的理论与文本的交流互识，在跨文化的差异阐发中双方都只能处于提问状态。这种相互性的提问打破了理论与文本之间主与次、主动与被动，元话语与对象话语之间对立二分的模式。双方均带着自己差异极大的视域和前理解平等地进入对话，在互为主体的对话阐发中，去发现各自的问题所在并力求寻找超越自身局限性的途径。当理论与文本之间的阐发日益显出缺乏形而上的理论提升能力的时刻，跨文化之间的理论比较和阐发就被提上了议事日程。于是，阐发研究的终点往往就成了比较诗学的起点，亦即中外文论比较研究的起点。

◆ 诗学论坛　中国诗学与世界

印度佛学华化与中国诗学传统*

孟昭毅　门薇薇**

中国佛学源于印度不言而喻，但是国内外学者对佛学华化的具体过程的研究还有待深入。陈寅恪在《中国哲学史》审查报告中有句名言："其言论愈有条理统系，则去古人学说之真相愈远。"意在告诫人们对学术史的研究要有新意。近年来随着学术界对学术史研究的反思，对福柯提出的"知识考古学"现象也愈加重现。在对佛学华化过程中以往被忽略的材料和问题的考察中，从"知识考古"的研究视角更注重差异性、断裂性等碎片化问题，以及与普通士人百姓信仰等问题的"发现"，会表现出一些新意。"知识考古学"具有后现代主义特征，有某种局限性，但是就对佛学华化问题的研究而言还不失为一种有意义的探索。因为印度佛学在输入华夏的过程中，不仅有大量经典文献需要精选、阐释，还要关注般若与玄学、儒释道三教关系，佛教礼仪、修行方式等诸多方面。其中不乏印度佛学如何与中华文化相融合，如何浸润到中国人民的生活中去，最终形成具有特色的华化佛教等根本问题。

---

* 本文为2015年度天津市哲学社会科学规划课题 TJTY15-015 阶段性成果。
** 孟昭毅，天津师范大学文学院教授；门薇薇，天津体育学院讲师。

一、印度佛教传入中土

印度佛教自公元前6世纪至前5世纪产生。公元前4世纪至前3世纪，印度统一的原始佛教开始分裂为上座部和大众部等部派佛教。公元1世纪前后大乘佛教兴起后将部派佛教贬称为"小乘"，以后又相继衍生出"密乘"等。公元8世纪、9世纪以后，由于伊斯兰教传入印度，原来就发展不十分顺利的佛教，开始受到致命的打击，几乎濒临灭绝。至今人们在印度次大陆还能看到佛教圣迹的遗存大多都已成为废墟。

印度佛教各派陆路传入中国主要有两条途径：一条是由印度北部经尼泊尔，翻过喜马拉雅山的樟木口岸和亚东口岸进入西藏，与当地苯教相结合，形成藏传佛教，传播到云南、四川、甘肃、青海、蒙古地区等。另一条是经由中亚犍陀罗，沿喀布尔河，过开伯尔山口翻兴都库什山，越帕米尔高原，到西域进入中原，经历了漫长的历史时期。曾用吐火罗、焉耆、回鹘、且末等"胡语"传播。所以早期的汉译佛经多由"胡语""胡文"译出。东汉桓帝元嘉元年（151年），安息人（古波斯、伊朗人）安清（安世高）"改胡为汉"，译出第一部有文字可考的汉译佛典《明度五十校计经》。月支国人支娄迦谶（简称支谶）是略晚于安清20年左右翻译佛经的僧人。他通晓汉话，善于传译胡文，但是译文偏重直译，所以"谶所译者，词质多胡音"。继后的道安虽为汉人，因不通外语，唯恐失真，严格直译。屡称"译胡为秦"，有"五失本""三不易"的直译见解。此后在与印度交往增加的情况下，才有大量的梵文、巴利文的佛经直接被译成汉语。

印度佛教传入中土之后继续发展，使得禅数杂以神仙方术，般若依附黄老信仰。它们提倡清虚，贵尚无为，好生恶杀，省欲去奢，并不断修正自己的主张，又融入了中国儒家文化的忠孝、纲常等元素，以适应中国社会的现实，逐渐形成中国化的佛教。它在唐代达到发展的高峰时期。佛教著作和佛理观念越来越被广大中国人所接受，儒、释、道三教由此并称。

　　印度佛教早期在中国传播时，多奉域外僧人为权威，佛典也以翻译的经典为主要依据。直至东汉末年受教于安清的汉族僧人严佛调出现以后，这种状况才逐渐得到改善。魏晋南北朝以后，中国人创立了"佛教经学"，以注释的方式解读汉译佛教经典的大意；用汉儒解经的方式，阐释弘扬佛教的思想，促使佛理的推广。从此，教义的播扬，已不再从佛教经典中的词句中找寻依据，而是阐述其中的"微言大义"，有的甚至可以发挥。这使得中国佛教的创造性得到了充分的发展。所以隋唐以来，中国佛教的宗派，如天台、华严、三论诸宗都已是中国文化的产物，而与印度佛教的原旨相去甚远了。

　　随着印度佛教的传入，"空"作为外来符码进入中土。印度佛教范畴的"空"是一种般若智慧的运思，它的生发与成熟，不断将"空"与存在者关联起来，表现为一种度化的智慧。"空"先天地"敞开"，带有实践成分，后发展成为佛学的重要组成部分。在东晋僧人慧远之前，中土佛学由于受到魏晋玄学的影响，将重心放在诸法性空上，这种玄学化的般若学，使得中土佛教文化之"空"成为一种生命存在的境遇。这是它吸纳、整合了印度佛教范畴的"空"以后，催生出的一种生命美学之"空"，具有了中国诗学的审美意义。春秋两汉本土文化之"空"就具有了证实形而上之道的虚、无的作用。当时的人们直面和思考死亡时，就虚拟出人对于"空"的想象，使之能为将来融汇印度佛教之"空"准备了孕育之体。当魏晋士人渴望对生命意蕴有所表达时，"空"犹如种子被植入中土而生根发芽。至唐代，"空"已成为僧俗两界文人表现生命境遇时的诗性审美特征。如王维的《鸟鸣涧》："人闲桂花落，夜静春山空"；又如唐时香严智闲禅师："偶抛瓦砾，击竹作声，忽然有悟"（《五灯会元》卷九），由"竹空"悟出"心空"。这正是《二十四诗品》（司空图：《诗品》）所谓"不著一字，尽得风流"的禅机所在。由此可见，印度佛学华化后的境遇。

　　印度佛学主流即禅宗之学，多指小乘、大乘、密乘以及其所融摄的各宗各派的多种禅法、禅理。在小乘佛教中，禅宗修行被称为"心学""意学"或"密学"。印度佛教禅法被译介到中土后，禅宗通常简称为"禅"，即"禅悟"，并出现了"禅学"一词。《般若经》云："禅学谓开悟"（《释氏要览》卷中引），《续僧传·僧稠传》云："自葱岭以东，禅学之最。"此禅学，即指禅定之修习及修禅者。汉土中唐禅宗隆盛后，佛门中以"禅学"专称禅宗之学者渐多。近代以来的学界则通常以"禅学"为佛教禅定之学的通称，自然也包括禅宗之学在内。如胡适的《禅学古史考》、汤用彤的《汉魏两晋南北朝佛教史》、吕澂的《中国佛学源流略讲》、任继愈主编的《中国佛教史》等名著中，都将"禅学"认定为广义的禅定之学。从印度的禅定到中国的禅学即广义的禅定之学，都堪称东方古代智慧的结晶。西方学者将其誉为"东方文明的精粹"。

　　印度佛教创始者释迦牟尼在菩提迦耶成道后，初转法轮，说法传教，自己也常坐禅入定。从禅学角度分析，佛经多定中所说，听众也往往在定中听讲，不少属随机说法、禅定教授的记录。佛祖说法入定40余年后，于拘尸那迦城外婆罗树林中"入灭"（逝世）。学界一般将释迦牟尼在世及他灭度后所创的佛教称为"原始佛教"。释迦牟尼当时说法，仅为口耳相传，文字记录有限，40余年间对不同根基的弟子所授之法有所不同，前后所讲也未必一致，这是情理中事。因此，在他灭度110余年时，外部由于佛教传播地区渐广，交通不便，传承有误；内部由于佛教信徒民族各异、见解难统一，戒律有分歧，原始佛教开始分裂为部派。最初是分为上座、大众两派，继后400年间，两大派之间又陆续分裂为20多个部派。这一阶段的佛教，被学界称为"部派佛教"。从学界公认的佛教经典分析，考察其宗旨和教义体系，中国佛教界将其归入小乘佛教体系。

　　印度大乘佛教至公元1世纪左右开始形成。学界通过经典文字考证，以及对佛教史料的多方面研究，一般认为大乘佛教是从部派佛教中大众部发展而成。佛灭后，小乘派慢慢发展壮大，大乘派则潜行于山野民间，在公元1世纪左右时机成熟，通过"大乘运动"而盛行于世，其性质上具有佛教宗教改革的意义。从部派佛教结集的经典分析，大乘思想可溯源于原始佛教时期。如《杂阿含》《增一阿含》《根本说一切有部律》等，都有关于大乘派元素的记载。即使是小乘所传《佛本生经》中，也不乏以释迦牟尼前世修道的故事宣扬大乘的思想。大乘佛教的宗旨、修行道和哲学思想的确比小乘佛教宽广、宏大、深刻。大乘佛教经典也比小乘要多，其中所阐扬的禅法，与其教旨、教理相适应，比小乘禅学具有宗旨庞大、禅门众多、禅境深邃、观慧精微等特点。

  印度佛学中除小乘、大乘与禅学有关外，密乘禅学也不可忽视。它是大乘晚期兴起的一种新的佛教派别。它建立于大乘佛教基础上，可视之为是大乘的余脉与发展。密乘兴起于7世纪中期，是一种更适应印度民俗，满足人们即身解脱信仰需求的"安乐易行之道"。唐玄宗朝，印度僧人善无畏、金刚智及其弟子不空并称"开元三大士"，于开元年间前来传授密乘，受到玄宗、肃宗、代宗三朝钦重，密乘盛极一时，但终因有悖于中国传统的伦理观念而逐渐衰微。密乘和大乘一样，也以上求佛道，下度众生为宗旨，而且进一步追求"即身成佛"。印度大乘佛教向密乘转化的原因主要有三点。首先，从客观上分析，自笈多王朝以来，婆罗门教以印度教的新面孔从民间复兴，挑战佛教地位。佛教只好迎合民间信仰的一些简易传统，吸收婆罗门教持诵真言的瑜伽术，形成具有印度教色彩的佛教密乘。其次，从主观上分析，佛教主要靠国王富豪供养，在大寺院里生存，其理论日益艰深、经院化，已不能满足普通印度人的信仰需求。事实是脱离人民信仰的宗教生存空间会越来越小，只能改革。再次，就佛教本质而言，其兴起于沙门思潮，初始就具有反婆罗门教传统的倾向，不易得到维护种姓制度的统治者长期的庇护与利用。统治者自身修行成佛也觉得时间久远艰难，成佛可望而不可即。这种结果自然使得佛教难以得到贵族和平民的长期崇奉。

印度佛教从小乘、大乘到密乘，发展到10世纪时，已成强弩之末。10世纪后半期，伊斯兰教将领喀布尔率军东侵旁遮普，先后征伐17次之多。一手拿剑，一手持古兰经，以杀死异教徒为升天本钱的伊斯兰教勇士，所到之处，焚寺屠僧，逼迫佛教徒改信伊斯兰教。即使是会"降伏"密法的佛教徒终究未能抵挡住穆斯林的剑与火。直至11世纪末，密乘最后的根据地超戒寺也被伊斯兰教徒攻陷。那些密乘高僧或逃亡中国西藏、尼泊尔；或改信伊斯兰教、印度教。密乘和其他佛教宗派，于12世纪末在其故土印度基本销声匿迹了。

二、华化佛学与中国文艺思潮

印度佛教在小乘尚盛、大乘初兴时，大约是在中国后汉末到南北朝中期的400年间，几乎是同时传入汉地。东汉桓帝时来华的安息高僧安清所译禅法出于小乘一切有部。月支国高僧支娄迦谶，于汉灵帝光和、中平年间（178—189）传译的佛经多属大乘。继上述二位译经大家之后，相继又有天竺、西域高僧来华译出许多禅学佛典。但总体分析，两汉时期佛经及禅学在社会上影响有限，习禅者寥寥无几，更未达到建立僧团广为播扬的程度。从东晋初至南北朝中期，印度大小乘禅学才得以在汉地大行其道。究其原因主要是当时中原南北分裂、社会动荡所致。尤其是北方正值"五胡乱华"，人民生灵涂炭，迫切需要慰藉心灵的灵丹妙药，禅定修行与儒家修身有了契合点。虽然前者为了出世，后者为了入世，但是在外乱不止时企盼内静的心理是灵犀相通的。于是相对稳定的南朝就有了佛教蔚然成风的局面，以至达到了"南朝四百八十寺，多少楼台烟雨中"的盛景。

从此，佛教在中原民间大兴，又不断得到各民族统治者的尊崇与扶植。它越来越适合中国封建统治思想的要求，在封建宗法制社会里，佛教禅理的著作逐渐被广大人民所接受，居家、出家两种主要的禅学修行方式也越来越迎合了人民的实际需求。释迦牟尼不再被汉人视为域外人，佛教也不再被视为是外来宗教。"到隋唐时期，佛教典籍数量超过儒家典籍百十倍"①，从此，不仅儒、释、道三教并称，而且研习者众多，从此佛学彻底华化并成为华夏文化的重要组成部分，而且影响到中国的诗学传统。

印度佛教之所以能够在中国文化这块沃土生根开花，甚至比在印度本土的境遇都要好的主要原因，是它接受了中国文化的过滤和改造，成为中国佛教，即中国文化的一部分。印度佛教初度入中国，也遇到抵制，被认为是夷狄之道，与中国传统文化相抵牾。因为印度佛教不讲五伦，还要出家，违背了君臣大义，破坏了儒家"无后为大"的纲常礼教。佛教为了给自己正名，不仅表明出家是"大孝"，可以"居家"修行，更有益于王化，是治国的保障，而且积极配合中国各个历史时期社会思潮的流行发展。

汉代，佛教与黄老信仰、祠祀相配合。所译佛经多比附于黄老之学，并常以黄老之词进行译述，如将"波罗密多"译为"道行"；将"如性"译为"本元"等。由于"译所不解，则阙不传"，因此与原文原意相比，译文多有脱失。例如《四十二章经》就是《阿含经》的编译汇编，其译文为了迎合汉人的阅读习惯，竟然多可与汉代流行的道术相通。

魏晋南北朝时期，玄学兴起，玄言诗盛行。玄学是当时一些哲学家用道家思想杂糅儒家经义而形成的一种具有唯心主义倾向的思潮。魏晋时的文人以道家的"清"为审美标准，区别于儒家"雅"的审美趣味，以为，"老庄尚自然，周孔尚名教"。玄学用忘言得意的方法消弭了儒道之间名教与自然的矛盾冲突。言意之辨的方法使儒家之"雅"、道家之"清"、佛家之"空"融为一体，形成"静"的审美境界。这对佛教在中国的传播及其与儒道等本土文化的融合都起到了重要作用。言意之辨由

---

① 任继愈：《佛教与东方文化》，北京大学东方文化研究所编：《东方文化知识讲座》，合肥：黄山书社1988年版，第23页。

顿悟说将禅宗发展到极端，如不立文字，靠棒喝和隐喻去体悟"自性真空"之义等，最终成为儒释道会通的根本方法。它对玄学建立、佛学在中国生根，以及宋明理学的形成，直至中国诗学传统的建构等都产生了不可估量的影响。佛教与玄学相配合，佛教理论用来发挥玄学思想，也可以说是玄学思想能够被用来解释佛学原理。因为二者在宇宙观和人生观方面的系统探讨有契合点。佛教信徒几乎是全力投入到当时哲学思想界的本末、有无、体用的大辩论之中。应该说魏晋南北朝的佛学思想与当时社会的主流思潮，即玄学共同发展和丰富了中国哲学的发展，在文学史上亦然。刘勰在《文心雕龙·明诗篇》中说："宋初文咏，体有因革。庄老告退，而山水方滋。"当时文坛，玄言诗大行其道，它脱离实际，玄学味太浓，因缺乏形象思维，读来索然无味，具有贵族化倾向，而表现个人"性情"的山水诗一旦盛行，取代玄言诗则势在必然。因为阅读山水诗时的听觉效果和形象思维的审美效果比阅读玄言诗时要唯美的多，客观上造成了在玄言诗为山水诗所取代的那一段时间，顺理成章地成为佛道思想自然融合的时期，也是玄理让位于佛理的时期，具有了文艺思潮的性质。

南北朝中后期，佛教学界提出"佛性论"，与中国哲学史上从魏晋时期的本体论发展而来的"心性论"相呼应，使得从本体论进入心性论的中印哲学史的发展不仅同步，而且丰富了心性论的内涵与外延。这种情况使得中国知识界的思想能够得以和普通群众的心理进行沟通，相互之间有了认同。直至隋唐以后，华化的佛教各宗派几乎没有不讲心性论的。心性论成为各个宗派都共同关心的话题和深入探讨的理论。中国哲学思想史上的玄学本体论从此进入心性论的认知领域，为中国诗学的发展开辟了新的道路。

隋唐时期，佛学鼎盛，儒学相对沉寂，华夏三教文化的发展产生了不平衡。在这种形势下，由于释道两家之学的刺激，从晚唐起，儒家学说开始吸收佛道思想精髓形成新儒学。各种吸收佛道思想并予以世俗化的民间信仰，也从南宋时起开始勃兴于民间。宋代这种新儒学已有理学的成分，尤其是程朱理学的兴起，与禅学相结合，使得宋诗有了理学和禅学的色彩，表现出欧阳修所说的"深远闲淡"的意境。这种意境以儒家中庸敬恒思想为基础，杂糅道家自然无为的人生观和佛教无欲解脱的教义合流而成，以"雅正""清虚"和"空灵"融为一体的"静寂"为其中的寓意，有了诗学的意义。于是宋诗中不仅透出理趣，而且显露出禅机的意境。深通佛学禅理的苏轼的《惠崇〈春江晓景〉》诗云："竹外桃花三两枝，春江水暖鸭先知"，禅悟"如人饮水，冷暖自知"。他在《送参寥师》诗中以"阅世走人间，观身卧云岭"与参寥相勉，禅悟为：体悟人生需到佛界。曾一度潜心于佛理的朱熹在《观书有感》诗中写下名句："问渠那得清如许，为有源头活水来"，禅悟："水清还需有源头活水"等。这些禅理诗丰富了中国的诗学传统。

其实，宋诗的这些诗学诉求还源于"偈颂"的发展，"偈颂"是利用梵汉对举方法创制的词汇。"偈"原为梵语"偈陀"的简称，译为汉语的"颂"，梵汉双举名为"偈颂"。它是印度古代表达歌颂赞叹的诗，类似于中土的诗歌。总体上分析中土诗歌偏重抒情，偈颂侧重宣扬佛学。魏晋时偈颂不押韵，自唐中期以后，偈颂在形式上逐渐格律化。如诗僧寒山《重岩我卜居》："重岩我卜居，鸟道绝人迹。庭际何所有，白云抱幽石。住兹凡几年，屡见春冬易。寄语钟鼎家，虚名定无益。"这种偈颂发展到宋代已成偈颂体诗歌了。如雪窦禅师的《送僧》："红芍药边方舞蝶，碧梧桐里正啼莺。离亭不折依依柳，况有青山送又迎。"又如丹霞子淳的偈颂："长江澄澈印蟾华，满目清光未是家。借问渔舟何处去？夜深依旧宿芦花。"此类诗歌在格律和意蕴上已明显可以被视为七律诗了，其内容丰富了中国诗歌的表现形式。

宋代以来，程朱理学是讲"修身"求"觉"的，认为"仁即是觉，觉即是心。因心生觉，因觉有仁"。因此，与禅学"修行"求"悟"有了契合点。禅学所谓人人皆有悟性，儒学所谓人人皆有觉性。觉悟之后，禅悟可不著言说，儒觉必托诸文字。因此，当时出现的大量具有禅理的诗，就表现了这种诗学倾向。如："小荷才露尖尖角，早有蜻蜓立上头"（杨万里《小池》），"不识庐山真面目，只缘身在此山中"（苏轼《题西林壁》），"近水楼台先得月，向阳花木易逢春"（俞文豹《清夜录》），"山重水复疑无路，柳暗花明又一村"（陆游《游山西村》），"踏破铁鞋无觅处，得来全不费工夫"（夏元鼎《绝句》），"不畏浮云遮望眼，自缘身在最高层"（王安石《登飞来峰》），等等。宋诗中这种思想上由儒学与禅学的结合，发展到理学与禅学的结合，形式上由"偈颂"延展到七律等，使得宋诗在美学上占有了中国诗学传统上的重要地位，这也是钱锺书写《宋诗举要》的重要原因。

此时，净土宗念佛禅日益盛行，禅门宗师亦多提倡念佛，曹洞宗尤多密修念佛，有关念佛禅及往生净土的著述出现不少。元代废除科举，不少士人学子在乱世时萧瑟孤寂地选择了隐逸之路，其中不乏参禅、净修的成分。这种倾向对艺术有积极的滋养，使元代的文人画或山水画、元曲与杂剧都有雅化的特征。宋代以来，文人居士中参禅之风亦盛。元中书令耶律楚材，因参禅得受用。明代大儒李贽虽主张"童心说"但是仍出入儒佛之间，雅好禅学。袁宏道曾从之学禅。瞿汝稷汇集禅宗语要，撰写《指月录》三十二卷，盛行于世。儒、佛、道三学互相磨合融摄以后，使得各自的文化形态都发生了深刻的变化。佛学的很多理念影响了儒学的发展，尤其是华化的华严宗和密宗在佛学启示下形成的禅法与华严思想，注重探讨理和事、理和心的关系，其结果是从理论的基本概念上和思维方式上，对儒家的宋明理学产生了深远影响，以至于继后又形成了王阳明的心学体系。

清代，由于特殊的社会原因，佛教在衰微数百年之后，作为传统思想中的异端，在儒学失学、道学衰微、西学东渐的情况下，被中国近代一批有革新改良及民族思想的文化人所关注。如龚自珍的《西郊落花歌》云："先生读书尽三藏，最喜《维摩》卷里多清词"；魏源的《庐山纪游》："松涛透骨松云寒，万声寂灭念无起"；苏曼殊的"忏尽情禅空色相，琵琶湖畔枕经眠"等。另外由于维新派康有为、梁启超、谭嗣同等推荐佛学，并为章炳麟、章太炎等近代思想家所崇信并提倡，佛教一度呈现出复兴景象。但是传统佛教与现代化社会在何处找到共通点，仍是需要解决的问题。好在佛教及其禅学在中国影响深远，余绪尚存，底蕴深厚，遗留长久，并在中国诗学传统中留有不少思想印痕。

佛教禅学在中土的发展，大体上至南宋中期而停滞。主要因为佛教在印度本土已基本湮灭，佛经在中土已基本不再有新译。统观华化印度佛学的发展轨迹，基本上与中国封建制度的盛世气度与汉唐文化繁荣的宏大气象，基本是相适应的，表现出中国封建社会上升时期那种吞吐八方、涵盖四野的博大胸襟，致使佛教在中国能够形成八宗竞秀，并以其禅学观点中精致细微的玄思冥想；禅语机锋的活泼邃密，不仅为文学创作提供了丰富的营养，也为中国诗学的百花园增添了诸多的勃勃生机。

南宋中期以后，天台、禅、净土三宗虽流传未绝，但是天台宗在禅行上趋于净土宗。禅宗渐衰，禅法也无甚大发展，中原净土一宗愈到后来愈显得兴盛，这也是人们关注生死的终极关怀等哲学问题，在世俗上的一种心理反应。因为此宗仰赖他力救度"易行道""一心专念"阿弥陀佛名号，以及追求死后永生，往生极乐世界，尤其适合于下层社会苦难民众的信仰需求。修行如此简易即可解决生死问题，则又成为修行者历代不衰的又一原因。因此，明清之际，佛教禅学表现出一种由禅宗净土宗并行进一步走向禅净交融，甚至是禅归于净的发展趋势。

三、中印佛教异同辨析

佛教作为一种宗教意识形态，已有 2500 年以上的历史了，佛教信仰仍将长期存在。作为世界三大宗教之一，佛教迄今仍有世界性的影响。

中印佛教作为一种信仰思潮,尽管它曾在印度大行其道,后又一度将这种局面移植到中国,但是它将不会再出现像古代那样的繁盛局面。主要原因在于事过境迁,远离城镇的寺院不再是社会的文化中心和经济中心。佛教的修行方式,长年远离尘嚣,兀坐岩窟禅堂,冥思苦想,再也不会成为学者和人才拟将自己全部生命和精神用以创造这种精神文化的唯一途径。但是对于佛学的研究,必将随着文化的发展、方法的进步而愈加深入,并将达到前辈学者难以企及的程度。

印度佛教是在人类社会进入封建社会以后成为世界性宗教的,只有封建制度才有可能为佛教提供如此丰饶的土壤,因为封建帝国思想的统治者需要有迎合自己的上层建筑。就宗教具体个案而言,佛教正是顺应了中印这两个东方国家封建社会长期统治发展的需要,并成为人们持久追求精神信仰的一种保障,只是产生于印度的佛教因封建统治者的护持、利用而盛,也因失宠于统治者的保护、供养而衰。反之,印度佛教传入中国的境遇却要好得多,在慢慢得到中国封建统治者的默许之后,在社会众多信徒的供养之下,无数的禅僧或在旷野聚众集体修禅,或个人隐居深山岩窟而习定,或行头陀而游遍山野村落,随处广结佛缘。其中不少禅功精湛、神道异能的禅僧,都得到过印度和西域禅法的师承。

青藏高原的冰峰雪谷由于流出黄河、长江、印度河、恒河,形成温热带发达的灌溉农业,出现了东亚和南亚文明区域。印度有学者认为,印中禅道皆发源于喜马拉雅山区所出的怛特罗(Tantra)。从词源学考察,怛特罗、禅那(Dhyana)、道,三者是同一词的衍变。作为自我锤炼身心的技能,北传华夏,演变成"道";南传印度演变为瑜伽术中的"禅那"。此乃喜马拉雅山南北两侧文明区域古印度和华夏先民的独特发明。① 它们起初未必与宗教信仰有关、但是自宗教产生后,便被婆罗门教、耆那教、印度教、佛教、道教等信徒所实践,以瑜伽、禅定、气功或"仙术"之

---

① 参见陈兵:《佛教禅学与东方文明》,上海:上海人民出版社1992年版,第2页。

类身心修行的方式广为流传，分为诸多流派，形成多种风格。它的终极目标是达到生命的超越或心灵的解脱。

印度佛教哲学与一般思辨哲学不同，主要表现在禅学思辨上，形式上更多属于禅学思维中所觉悟、所悟证的一些主观体验，但是这种体验又是以逻辑演绎外化的形式表现出来的。这种特点在东方诸多哲学，如印度教哲学、道家老庄之学中都有，因此，当印度禅学流入华夏以后，其中禅定的体悟之思，能够在黄老之学找到知音。继后华夏以禅名宗的"禅宗"，则更是"不立文字，直指人心"，以禅的调心所获顿悟和渐悟为立宗之本。诸多禅门祖师如慧能等人，不少是识字不多，不通法典，但是得以参禅开悟的智者。参悟后所说的语录、偈颂等，都能深寓哲理，如若否认禅悟的体验，这种现象就实在难以解释了。正因为如此，人们当然不难发现其中的唯心主义和心理主义的倾向。

印度佛经多是一些散韵结合写成的故事、小说和寓言，如《庄严经论》犹如一部"儒林外史式"的小说；《维摩诘经》是一部半小说半戏剧式的作品；《佛所行赞》读来颇类《孔雀东南飞》；《佛本生经》是叙述释迦牟尼一生的故事等。因中国文学视抒情诗和散文为传统，尤使人感到华化的禅宗不重文字记录，不大重视著述。唐末以后，禅门祖师只言片语的智性"语录"越积越多，成为"不立文字"之"文字"，这种倾向有使禅悟变成为"口头禅"和"文字禅"的危险。但是它却迎合了当时识字不多的普通人的功利思想，即"临时抱佛脚"，想通过只读语录即可"立竿见影""见性成佛"的心理。所以两宋期间，禅宗五家在三家先后绝传之后，唯剩临济、曹洞两家时，便开始重振宗风。临济宗提倡"看话禅"，教人参考一则古人参禅故事，即（公案）以期开悟。曹洞宗提倡"默照禅"，主张静坐冥想，忘言默照而见性。这两种禅法虽然方法、风格不同，但实质一样，都以叙事的方式参禅，意在纠正文字禅、口头禅的不良倾向，力倡真参实修。这些文字丰富了中国文学重抒情的表现方式，为中国诗学提供了许多新鲜和宝贵的经验。

从印度禅学，走向华夏的禅宗，佛学华化历经了一个复杂的过程，即以印度佛学的禅定为主，从单纯的冥想会禅修行，到中国禅宗在继承上述思想后，以见性为宗旨，追求悟道以求自觉的人性实现，即"明心见性，顿悟成佛"。这应该是印度佛学华化的一种思想升华和理论进步。佛学华化后与印度佛学的根本追求并没有什么质的变化，二者都是要解决人生的烦恼与痛苦等问题，以求得到超越生死的途径。他们之间的差异主要表现在理论和实践两个方面。

首先，从理论上分析，由于中国文化传统中，儒家思想基本上是人本主义的，以人为本的，提倡"仁者爱人"，主张在等级秩序下的亲疏和差别的爱。道家讲自然无为强调尊重客观规律，要"道法自然""全性保身"，也偏重于以一己生命为中心。由于二者的影响，华化佛学讲："无缘大悲，同体大悲"。而印度佛学则以超越生死轮回的追求，寻找解脱人类烦恼痛苦的方式，将人文精神发展到极致，似乎前者更偏重"独善其身"，后者则重"兼济天下"。由于儒家"经世致用"思想的影响，华化佛学更重视现世人生，更具有功利性。他们不喜欢复杂，只想通过拜佛增加现世上的福禄寿，强调发掘、显现本性即可成佛。印度佛学则更讲"缘起论"，尤为强调有因必有果，这既是人生法则又是普遍规律，逻辑关系复杂。

其次，从实践上分析，华化佛学的主要代表禅宗和净土宗都强调修行的简易性，禅宗重参悟，一有体会，当下便是，顿开茅塞；净土宗则重来世，想通过简单的念佛就能往生极乐世界。华化佛学强调农禅并重，务实求真。唐代怀海禅师名言："一日不做事，一日不吃饭。"而印度佛学一般不主张参与农业劳作，只强调经过漫长、多世的苦修冥想式的修炼就能成佛，提倡戒、定、慧三学和修炼的渐进性。正是因为重功利的目的性和不想复杂的心理作用，使得华化佛学的发展可以在圆融中，从隋唐八派走向宋明的禅净合流。而印度佛学不怕繁琐，派别众多，重视彼此的差异，并保留相互间的不同传统。

此外，从神界结构的层次上分析，华化佛学与印度佛学的差别也很大。印度佛学强调罗汉、菩萨、佛这三种神灵在层次构成上有高下之分，是个依次提高的系统，相互之间界限比较清晰。例如，罗汉只要自觉；菩萨在自觉基础上还要觉他；佛不仅要自觉、觉他，还要觉行圆满。他们的修行标准是递进的，逐渐上层次的。华化佛学的信仰中，这种顺序被打破，释迦牟尼佛有被弱化的倾向，而菩萨的地位不仅很形象化，而且地位提升。围绕四大名山，形成了四大菩萨的信仰，尤其是对观音菩萨的信仰更为普及，其知名度甚至超过了释迦牟尼。在封建宗法制的中国，为了传宗接代，可以使观音由男变女，并且成为送子娘娘，从而使印度佛学的神灵崇拜系统都发生了改变。由此可见，印度佛学华化过程的长期性、复杂性与艰巨性。

　　印度佛学华化，并转化为中国传统文化的一部分，能够在中国这块异域土壤上生根、开花、结果，并对中国诗学传统形成影响，不仅说明印度佛学超强的生命力和极大的适应性，而且也说明中国文化博大精深的包容性和积极容摄的吸纳性。中国本土的儒家和道家思想以其对自然、社会和人生的深刻洞察形成中国诗学传统特有的底蕴，而印度佛学的传入并成功融入其中，丰富了这种传统文化的内涵。我们的目的不是用宗教来表现历史的进程，而是要用历史的观点去阐释宗教的发展变化，以便达到能够对中国文化，尤其是当代文化进行深度解读的目的。

仲春时节里汉诗唱酬的一天

——明成化十二年二月廿五日中朝诗歌交流述论

赵 季

中国和朝鲜半岛的诗歌交流历史达三千年之久,明代达到巅峰状态。本文撷取其中的一天加以叙述,一斑窥豹,对明代中朝诗歌交流的状况进行探讨。是日共有 11 位诗人共创作各体诗歌 50 首,创作最多者两人:明朝正使祁顺赋诗 7 首、词 1 首;朝鲜馆伴徐居正赋诗 8 首、词 1 首。此日唱酬突出特点有三:一、中国诗人首唱者多(宗藩关系、母语优势);二、朝鲜诗人偶有勇敢首唱者(主观目的是显示才艺,但在客观上提高了朝鲜诗人汉诗创作水平);三、朝鲜诗人对于词(长短句)的创作生疏。

一、二月廿五日中朝臣工唱酬全过程

朝鲜史书记载了此次唱酬活动:

> 二十五日(庚子)。两使游汉江,登济川亭,馆伴卢思慎、徐居正及茂松府院君尹子云、永山府院君金守温、西河君任元浚、知中枢府事成任、礼曹判书李承召各行礼就座。都承旨柳轾、右副承旨任士洪赍宣酝而往,亦入行礼设宴。两使请徐居正先作诗,正使即和之,在座者俱和。遂下楼,登舟沿流而下。正使贪玩江山之胜,杯酒间赋咏不辍。初子云密令分载伶妓于二船,舣于下流,候两使

兴酣便引上。两使初若不肯，终许之。至杨花渡，又上蚕头岭设酌。两使乐甚，指渡口曰："此地正似吴中景概。"（《朝鲜成宗实录》卷六四）

《皇华集》则记录了全部唱酬作品。（第几轮、唱、和等字为笔者所加）

第一轮唱酬

唱

徐居正《陪游汉江楼，承雅命先赋近体二首，录奉求正。退之诗曰"投章类缟带，伫答逾兼金"。仆以拙作，安敢妄拟缟带？但冀和教耳。无任惭汗之至》："楼中佳丽锦筵开，楼外青山翠似堆。风月不随黄鹤去，烟波长送白鸥来。登临酬唱三千首，宾主风流一百杯。更待夜深吹玉笛，月明牛斗共徘徊。""汉江春涨碧葡萄，雨后新添复几篙？一缆徐牵惊白鸟，三山高插跨金鳌。银盘细脍飞红缕，玉斝香醪皱绿涛。星使文章惊满座，诗成如我更粗豪。"

和（步韵，下同）

1. 祁顺《登汉江楼次议政徐君佳作》："楼前风卷白云开，坐看群山紫翠堆。百济地形临水尽，五台泉脉自天来。题诗愧乏崔郎句，对酒难辞太白杯。花鸟满前春景好，不妨谈笑更迟徊。""春雨初收天气高，汉江新水绿盈篙。云边丹诏来双凤，海上青山驾六鳌。绕郭晴光摇麦浪，隔帘幽响散松涛。斯文簪盍须酬唱，莫负诗中第一豪。"东广祁顺稿。

2. 张瑾《和徐参赞诗韵》："层楼潇洒面将开，江涌沙堆似雪堆。数点白鸥惊棹去，一天红日漾波来。帘前风景添诗兴，座上儒绅醉酒杯。最喜圣朝声教远，殊方持节得徘徊。"金台张瑾。

3. 尹子云《次韵》："危楼珠箔向江开，隔槛风摇翠浪堆。山点青螺蓬岛近，水连银汉使查来。题诗且可留千首，把酒还须复一杯。胜地春光难再得，莫催归骑更迟徊。""倚遍雕阑眼界高，还随渔父动轻篙。天空正可招仙鹤,海近犹堪钓巨鳌。青草白沙迷远岛,淡烟斜日接洪涛。傍人指点舟中客,不是诗颠即酒豪。"

4. 金守温《次韵》:"西湖春晚欲花开,崇酒千瓶肉百堆。一札玺书从日下,九重云汉使星来。山河表里文侯国,宾主欢娱太白杯。高阁暂辞相揖罢,彩舟江上更徘徊。""春水才生一丈高,渔翁新拭去年篙。燕都有客来双凤,龙伯何人钓巨鳌。少海重轮千载庆,白鸥黄鹤一江涛。珠玑满把吟哦久,始识诗坛第一豪。"

5. 任元浚《次韵》:"高楼登眺好怀开,远近峰峦锦作堆。入网银鳞苞白送,满盘金橘寄黄来。佳人解唱鹧鸪调,座客还倾鹦鹉杯。未尽登临无限兴,更移兰棹重徘徊。""晚凭危槛碧天高,一曲清江稳着篙。坐占白沙矶狎鸟,胸吞沧海钓连鳌。舟中兴在一杯酒,醉后词翻三峡涛。太白苏仙今已矣,不知今日复谁豪?"

6. 卢思慎《次韵》:"宿雨初收霁色开,楼前春水碧云堆。江烟漠漠风吹卷,山翠霏霏鸟带来。舟牵锦缆归花渡,酒泻银潢落玉杯。欢会几何难别易,且将光景重徘徊。""春江夜雨涨葡萄,晓棹兰舟没半篙。天上羽仪来彩凤,空中楼阁跨灵鳌。珠帘乍卷山开画,彩笔闲挥海蹙涛。笑倚阑干拚一醉,元龙百尺气增豪。"

7. 成任《次韵》:"楼前春水镜奁开,楼外青山翠几堆。厨子已传金果至,渔人争送锦鳞来。流连光景凭诗句,消遣情怀有酒杯。江上夕阳无限好,轻舟留醉且徘徊。""雨后苍江几尺高,朝来忽觉没春篙。人间岁月如飞鸟,海上云烟隔巨鳌。春到渐知花似海,杯擎且喜酒声涛。舟中衮衮通谈笑,醉里诗成语更豪。"

8. 李承召《次韵》:"青山面面锦屏开,春水初肥雪浪堆。宿雨无端今日霁,天公应为使星来。吟看溪柳黄金线,醉倒宫壶白玉杯。百丈徐牵缘翠壁,天光云影共徘徊。""金尊潋滟涨葡萄,移上楼船水一篙。醉去何辞一斗酒,兴酣欲钓三山鳌。舟人荡桨回烟渚,稚子扳罾漾翠涛。十里江山开远瞩,春光骀荡助诗豪。"

9. 柳轾《次韵》："危楼百尺倚天开，俯瞰群山翠作堆。绕郭青岚浮日去，满江苍雪送潮来。苇间舟子晴川曲，天上仙郎紫玉杯。一笑相逢那易得，且将诗酒更徘徊。""楼中春色紫葡萄，楼下春流涨半篙。天近手堪攀日月，地浮身欲跨鲸鳌。诗从笔底披千锦，香满杯心卷素涛。极目长江波渺渺，倚阑高兴晚来豪。"

10. 任士洪《次韵》："兰桡一棹水纹开，面面群山紫翠堆。风送雁声天外尽，日斜帆影镜中来。招邀暮景供诗兴，邂逅清谈属酒杯。为报皇华留一醉，相随鸥鸟且低徊。""南江春暖涨葡萄，细雨肥添水半篙。客路三千驰玉节，仙山十二隐金鳌。酒花烂漫浮人面，笔力纵横卷海涛。芳草晴川多胜赏，古今登眺几英豪。"

第二轮唱酬

唱

祁顺《楼中近体诗已多，欲另作一体，未审众意何若》："汉水风光，人尽道，海邦希有。莫不是，天生奇胜，地分灵秀。金马郡城传自昔，新罗人物皆非旧。记唐家、都府亦留名，熊津口。　鸥鸟狎，鱼龙吼，山入画，江如酒。使游人到此，贪欢忘久。佳会合超滕阁上，幽情不在兰亭后。恐明朝、一别隔层云，空回首。右调满江红调。"祁顺稿。

和

徐居正《满江红效颦》："尺五城南，形胜地，畜眼未有。自太古，尾星分野，巨鳌孕秀。宅都定鼎金汤坚，分裂元非丽济旧。兰桨桂棹风流行乐，汉江口。　鹢首飞，鼍面吼，琉璃钟，琥珀酒。使佳会安得，天长地久？江山是壶中物外，人物非王前卢后。明日参商南北何处，空搔首。"

第三轮唱酬

唱

张瑾《汉江之游，参赞徐君赋律诗二章。既和之矣，然佳景非常，岂宜少咏？因再赋一律置于舟中》："趁此风光好放船，大江春暖水如天。

岸头杨柳将舒绿,沙上凫雏正稳眠。白鹤不来云漠漠,洞箫吹起浪溅溅,苏公风月堪同调,落日还看锦缆牵。"

和

1. 徐居正《次韵》:"西湖落日泛楼船,人在苍茫镜里天。锦缆牙樯惊鹭梦,鸥弦铁拨起龙眠。山当鲸海青还尽,水到蚕头碧更溅。雨散云离明日事,回头汉水梦想牵。"

2. 祁顺《汉江舟中和张左司大人》:"江头风景满楼船,花柳争妍二月天。帆影带将飞鸟去,笛声惊起老龙眠。山连两岸云林合,石激中流雪浪溅。莫怪东来好游赏,寻常诗酒惯相牵。"

3. 徐居正《次韵》:"杨花渡口系兰船,须信人间别有天。不必神仙同鹤驾,要将图画倩龙眠。日明鳌背黄金浪,风撼龙头碧玉溅。须把西湖比西子,江山其奈兴相牵。"

4. 金守温《次韵》:"春江胜日棹楼船,帆影参差镜里天。官渡日斜人自集,钓矶烟暝鹭闲眠。诗肠任却因风就,酒面从教洒水溅。何幸得陪天上客,肯携高袂醉相牵。"

5. 尹子云《次韵》:"春风迟日下江船,把酒吟诗倚暮天。蜃气似楼山似剑,桃花如笑柳如眠。一声长笛连云迥,数点飞鸥拂水溅。更续一杯须痛饮,明朝只怕别愁牵。"

6. 李承召《次韵》:"选胜来游泛画船,春江新涨水如天。狂吟准拟壶中景,烂醉浑疑水底眠。落日下山还淡淡,横飘激浪更溅溅。坡仙千古风流在,欲去翻为晚兴牵。"

7. 成任《次韵》:"银涛摇荡渡头船,浅碧平涵万里天。春气暗随玄鸟至,歌声惊起白鸥眠。开尊一咏诗多态,击楫中流浪几溅。锦缆未宜收落日,更携余兴且须牵。"

第四轮唱酬

唱

祁顺《江游乐趣何限,适有拙作未尽所怀,再赋七言一律》:"倚罢高楼未尽情，又携春色泛空明。人随竹叶杯中醉，舟向杨花渡口横。东海微茫孤岛没，南山苍翠淡云生。从前曾得江湖乐，今日襟怀百倍清。"

和

1. 徐居正《次韵》："风流江海十年情，坐对湖光泼眼明。山似高怀长偃蹇，水如健笔更纵横。舵楼举酒日初落，官渡哦诗潮自生。更待月明扶醉去，杏花疏影不禁清。""登楼豪气有余情，泛艇西湖一鉴明。酒量已嫌江海窄，剑光直上斗牛横。祁奚好善传家有，徐邈狂言故态生。挥麈高谈客未散，杨花渡口管弦清。"

2. 成任《次韵》："万迭山含万古情，春风远客眼双明。连村杨柳千条嫩，罨岛云烟一抹横。鸦闪夕阳金背耿，鱼吹轻浪翠纹生。江湖满地襟怀豁，拟趁仙槎蹑太清。""芳洲何处寄闲情，鸥鸟飞来眼忽明。残日曳红波上滟，乱山浮翠岸头横。风流肯阻舟中乐，酬唱时同海外生。人物百年宁易得？冰壶今见使华清。"

第五轮唱酬

唱

祁顺《龙头山晚酌》："步上龙头第一峰，烟光无限兴何穷。四旁山水诗情外，万里乾坤望眼中。村舍北连城郭近，渔舟西去海门通。主人置酒频留客，不觉残阳失晚红。"

和

1. 徐居正《次韵》："解缆初登渡口峰，奇观欲富思无穷。生来气习诗三上，今复豪狂酒一盅。山势周遭天宇迥，江声断续海潮通。座中尽是神仙客，咫尺东华隔软红。"

2. 祁顺《又用前韵拗体》："西湖之西蚕头峰，千古万里江无穷。长天欲尽去鸟外，落霞已齐孤鹜中。骑危却怕斗牛近，浮槎直与河汉通。春酒春江孰深浅，夕照一抹芙蓉红。"

3. 卢思慎《次韵》："山回远势结奇峰，登眺何曾望眼穷。疑是瀛洲方丈里,不然云梦岳阳中。仰攀银汉星辰近,俯瞰冯夷窟穴通。更对青樽成好兴,任看斜日半江红。"

第六轮唱酬

唱

张瑾《登杨花渡龙头峰》:"才过杨花渡一湾,龙头峰上又跻攀。凭高望见长安路,欲倩行云载我还。""共上龙山眺晚晴,白鸥洲渚几舟横。渔归远浦人归舍,十二峰头月欲明。"

和

1. 徐居正《次韵》:"汉水春风碧玉湾,杨花岭上共登攀。使华藩国风流地,大觉升平气像还。""西湖潋滟又春晴,豪气元龙意气横。青嶂白鸥图画里,一竿斜日半江明。"

2. 卢思慎《次韵》:"龙岑胜地压江湾,不许游人取次攀。今日使轺来驻节,一杯相属却忘还。""长空云净雨初晴,画舫前头一笛横。西望海门千万里,夕阳波上片帆明。"(《丙申皇华集》卷下)

第七轮唱酬

唱

祁顺《汉江之游,议政徐君赋律诗二章,同游诸君子皆和之矣。余虽次其韵,而未足以尽江上之思,因再作小辞二章》:"江水兮悠悠,车马杂沓江之头。驾楼船兮横波,謇吾渡江兮安流。令丰隆兮追随,命飞廉兮前驱。山纷纷兮来迎,云飘飘兮护予。放怀兮浩歌,举杯兮延滞。人影兮波心,鸟飞兮天际。揽幽兰兮东皋,采芳芷兮南浦。思美人兮不来,结佩纕兮容与。""古渡兮熊津,春碧波兮粼粼。集冠盖兮来游,俨旌旆兮如云。呼鱼龙兮后先,驱蛟鼍兮左右。波灵骇兮迅奔,川伯揖兮迎候。酌云液兮嚼琼珠,擘麟脯兮脍文鱼。天风兮吹衣,恍吾登兮仙都。望天涯兮渺渺,聊咏歌兮一笑。日将夕兮不可久留,思停舟兮就道。白鸥兮双飞,安得与尔兮忘机。"

和

徐居正《次韵》："每承佳作，即席步韵，草率乱道，非弗知其可砭也。但拙速为贵，技又止此，恐贻笑于中原耳。词曰：汉之水兮悠悠，朝鲜邈在兮天一头。謇使华兮弭节，驾兰舟兮横中流。雨师洒以清尘兮，重阴卷兮长风驱。凤凰纷纷其翔集兮，鱼鳖鳞鳞其朕余。我思美人兮如玉，胡荒陬兮久留滞。采幽兰于九畹兮，揽江蓠于江之际。将以遗兮所思，伤余心兮极浦。捐余佩兮江中，吾将舍子而谁与？""天风飒兮临津，汉水波兮粼粼。我思君兮相追随，俄聚散之如云。乐莫乐兮新相知，又何待先容于左右也。悲莫悲兮生别离，岁月倏忽其变候也。膏吾车兮秣吾马，驾虬龙兮从鲤鱼。揽遗风兮开京，抚往事兮九都。鸭水渺兮在望，向长安而西笑。我送我子兮，我祖我道。苏何以兮去如飞，将以遗我兮云锦机。达城徐居正。"（《丙申皇华集》卷上）

二、唱酬特征分析

成化十二年二月廿五日一天之中，中朝诗人发起六轮诗歌唱酬。就诗歌体式来看，第一、三、四、五、六轮是诗（其中第一、三、四、五轮为七律，第六轮为七绝），第二轮是词（《满江红》），第七轮是辞（骚体），可谓形式多样。两国诗人先后创作了七律38首、七绝6首、词2首、骚体辞4首，四种体式诗歌总计50首，可谓成果丰富。双方参加唱酬者11人（中国2人，朝鲜9人），规模亦可谓不小。综观此日唱酬，大抵有以下几个特征。第一个特征是中国诗人首唱者多。七轮唱酬中，由中国诗人发起者占六轮（祁顺四轮，张瑾二轮）。究其原因有二：其一为宗藩关系制约；其二为母语优势使然。

明帝国和朝鲜王国有紧密的宗藩关系。明帝国是宗主国，朝鲜王国是藩属国。在这种宗藩制度的基础上，两国使臣频繁往来。就明帝国方面来说，要遣使对朝鲜国王、王妃、世子进行册立、封诰和赐谥，明朝有皇帝登极、上尊号,太子诞生、册立或其他重大事件,也要遣使颁诏或颁敕谕。就朝鲜王国来说,每年有四次固定的朝贡使节:恭贺皇帝生日的贺圣节使、恭贺春节的贺正使、恭贺太子生日的贺千秋节使、冬至节的贺冬至使。还有时间不固定的必备的各种使节,如请求册封和赐谥的奏请使,感谢皇帝册封和赏赐的谢恩使,恭贺皇帝登极、上尊号和恭贺册立皇后、太子的进贺使,专程进贡的进献使,报告国王、王妃丧事的告讣使。此外还有随事临时派出的陈奏使、陈慰使、问安使等,名目繁多,不一而足。在政治地位上,朝鲜国王与明朝使臣都属于皇帝的臣子;而朝鲜臣僚则是朝鲜国王的臣子,于明朝皇帝属于陪臣,在等级上较明使低了一等。在两国臣工的唱酬中,由明使首唱则是必然之理。纵观记录中朝二十余次唱酬的《皇华集》,绝大多数是明使首唱,其根源即在于此。

在诗歌水平方面,由于唱酬的是汉字写成的诗歌,明使就具备强大的母语优势,因而写诗就比较自然流畅。而朝鲜人因为平时使用朝鲜语,对他们来说汉语是外国语,虽然在政府官方公文使用汉字,但发音还是与中国有差异。在诗歌创作中,又需要严格遵照一定的格律,例如讲究平仄,押韵需要遵守平水韵,这就给朝鲜人带来了一些困难。朝鲜语只能区别入声和非入声,而不能区别平声、上声和去声,这就需要死记硬背韵书才能创作汉诗。他们自己对此深有体会:

> 燕岩尝曰:"中国因字入语,我东因语入字,故华夷之别在此。郑玄家婢总能说诗,为千古佳话,然其实中国妇人孺子,皆以文字为语,故虽目不识丁,而口能吐凤,经史子集乃其牙颊间恒谈也。我人初见中国孺子,隔溪呼母:'水深渡不得!'大惊,以为'五岁儿开口能诗。'此殊不然,是乃语也,非有意成句也。老稼斋游千山,有村媪卖酒,问:'路僻人稀,有谁沽饮?'对曰:'花香蝶自来!'无多转折,而词明意畅,自成韵语。此无他,因字入语之妙证也。"(《玉溜山庄诗话》)

我在整理朝鲜汉诗文献时发现，朝鲜诗人特别喜欢创作律诗，其原因在于律诗有平仄、韵部的明确规定，相当于给了他们一个方便的抓手，使他们在作诗时有所依凭，所以容易入手。还有，朝鲜诗人特别爱步韵，也是因为原诗规定了韵字，他们步韵时就有了入手的依据，按韵找字，一首律诗就写出来了。因此，在中朝诗歌唱酬中，由明使首唱，朝鲜陪臣步韵，既符合宗藩关系的政治等级规范，又契合朝鲜人和诗步韵的习惯，一举而两得，可谓得其所哉。

第二个特征是朝鲜诗人徐居正勇敢首唱，这是中朝诗歌唱酬中绝无仅有的个案。究其原因，朝鲜诗人主观目的是显示才艺，但在客观上激起了唱酬的热烈气氛，在两国诗人骋才争胜的氛围中，切磋更加深入，有利于提高朝鲜诗人汉诗创作水平。朝鲜诗人成俔亲身参加了此次唱酬，记载了徐居正首唱的真实动机和唱和过程中的花絮：

> 其后户部郎中祁顺与行人张瑾一时而来，户部纯谨和易，善赋诗，上待之甚厚。户部慕上仪采曰："真天人也。"卢宣城、徐达城（徐居正）为馆伴，余与洪兼善、李次公为从事官，以备不虞。达城曰："天使虽善作诗，皆是宿构。不如我先作诗以希赓韵，则彼必大窘矣。"游汉江之日，登济川亭，达城出呈诗数首曰："丈人逸韵，仆未能酬，近缀芜词，仰希高和。"户部微笑一览，即拔笔写下，文不加点，如"百济地形临水尽，五台泉脉自天来"之句，"倚罢高楼不尽情，又携春色泛空明。人从竹叶怀中醉，舟向杨花渡口横"之句。又作《江之水辞》。乘舟顺流而下，至于蚕岭，不曾辍咏。达城胆落，岸帽长吟而已。金文良舌咕不收曰："近来我不针灸，诗思枯涸，故如此受苦耳。"不能措一词，人皆笑之。○祁郎中游汉江赋诗，诗有"眠"字，侍坐文士皆和。公（按：指金守温）独艰苦，沉吟良久未就，竟占一句云："江口日斜人自集，渡头风静鹭丝眠。"时注书李昌臣在旁告曰："'人自集'、'鹭丝眠'恐非对格。"公遽曰："君可改之。"昌臣曰："改'丝'为'闲'，若何？"公曰："君

言甚当，我近来诗思枯涸，此是不针灸之患。"人皆笑之。(《慵斋丛话》卷一)

这番记载反映了以下几个方面的事实：一、徐居正有点不自量力，低估了明使的诗歌水平。认为明使作诗皆是"宿构"，即提前写好诗然后拿出来首唱，这样对朝鲜人不公平。但他自己却提前准备好了两首诗，其实也是"宿构"，也是对中国诗人的不公平。金安老也记载了此事：

> 成庙朝，祁户部顺来颁帝命，道途所由，览物兴咏，远接使徐四佳居正以为平平，心易之。竣使事明日，四佳以汉江之游请。顺曰："诺。在道酬唱客先主人，明日江上主人先客以起兴可也。"四佳预述一律，并录夙制永川《明远楼》诗韵，曰："当竖此老降幡矣。"到济川亭，酒未半，于座上微吟，若为构思之状，索笔书呈一联，有曰："风月不随黄鹤去，烟波长送白鸥来。"顺即席走毫曰："百济地形临水尽，五台泉脉自天来。"顾四佳曰："是否？"笔锋横逸，不可枝梧，四座皆色沮。乖厓亦预席，当和押，有"堆"字，苦吟思涸，攒眉顾人曰："神耗意竭，吾其死矣。"久乃仅缀云："崇酒千瓶肉百堆。"而后又有"头"字押，乖厓云："黑云含雨已临头。"顺曰："可洗肉百堆。"乘舟放棹，顺流而下。江山役神，觞豆疾行，操瓠沥精，不暇流眄。西日半衔，夕波微兴，倚醺瞑目之境，州至蚕头峰下。户部开目曰："是何地名？"舌者曰："杨花渡。"即吟一律："人从竹叶杯中醉，舟向杨花渡口横。"四佳次韵："山似高怀长偃蹇，水如健笔更纵横。"二公巧速略相敌，犹两雄对阵，持久不决，奇正变化，莫不相谙，锋交战合，电流雷迅，而揖让之气，存乎旗鼓之间，虽堂堂八阵举扇指麾，而仲达之算无遗策，亦未易降也。顺尝曰："先生在中朝，亦当居四五人内矣。"还至临津舟上，四佳先赋古风长韵。顺卷纸尾置案上，手披徐徐，览一句辄成一句，手眼俱下，须臾览讫，而步韵亦讫，步讫而笔犹不停，连书竟纸，

飒飒风驰雨骤,而一篇又成。四佳心服之,顾从事蔡懒斋曰:"速矣,多矣。"额稍蹙然,即连赓两件,意思泉涌,浩浩莫竭。彼一再唱,而和必重,累以多为胜,此亦稀世之捷手也。中朝人士见国人问:"徐宰相安未?"崔司谏溥尝自耽罗漂海至台州,溯苏、杭而来,南人亦有问者。四佳名闻于天下可知已。(《龙泉谈寂记》)

但事实证明祁顺和张瑾的诗艺还是很高的,面对徐居正的宿构之诗无丝毫窘迫,挥洒自如。因为他们都是进士出身,在科举考试中身经百战,区区唱和自然不在话下。祁顺的"百济地形临水尽,五台泉脉自天来"契合汉江地理形势,汉城是古百济之地,朝鲜汉江水源自五台山;胜过徐居正原韵的"风月不随黄鹤去,烟波长送白鸥来",因为徐诗属于泛泛而言,用在任何江河都行,没有体现出朝鲜汉江的独有特点。二、从整体来看,朝鲜诗人的诗艺水平不如中国诗人。记载中的"达城胆落,岸帽长吟而已""金文良舌呿不收曰:'近来我不针灸,诗思枯涸,故如此受苦耳。'不能措一词,人皆笑之",当是事实。因为朝鲜诗人也有比较强烈的自主意识,不会无端贬低自己而伤自家志气。中国诗人对这种情况也报以善意的理解,对他们的瑕疵只给予温和的谐谑调侃,而不是高傲自大不留情面地直指其病。金守温的"肉百堆"用词不雅,祁顺并未立即贬斥,而是等到金守温下一首诗有"黑云含雨已临头"之句时,微哂曰:"可洗肉百堆。"表现了中朝诗人的亲密友谊。

另一个特征是朝鲜诗人对于词(长短句)的创作生疏,徐居正《满江红效颦》非常明显地说明了这种现象。一是平仄不合格律,二是句中停顿不对,三是不知对仗。

尺五城南,形胜地,畜眼未有。自太古,尾星分野,巨鳌孕秀。宅都定鼎金汤坚,分裂元非丽济旧。兰桨桂棹风流行乐,汉江口。

鹢首飞,鼍面吼,琉璃钟,琥珀酒。使佳会安得,天长地久?江山是壶中物外,人物非王前卢后。明日参商南北何处,空搔首。

词中平仄不合格律，应平声而用仄声的字：眼、孕、鼎、裂、桂、汉、琥、珀、会、地、物、何、处；应仄声而用平声的字：都、汤、坚、非、兰、风、流、飞、钟、安、山、明、南。《满江红》双调九十三字，除可平可仄的二十八字外，要求区别平仄的只有六十五字，但徐居正就错了二十六字。停顿不对者四处：兰桨桂棹风流行乐、明日参商南北何处，应是三五结构；江山是壶中物外，人物非王前卢后，应是四三结构。应对仗未对仗一处：宅都定鼎金汤坚，分裂元非丽济旧。

此日唱酬反映出明代中朝诗歌交流的普遍特征：两国帝王的提倡及制度性保障；诗人水平很高，交流积极；汉江之游是交流的重要场所。

明使与朝鲜诗人的唱酬活动，在文化文学上深化了两国的交流。这种面对面把酒言欢的诗歌唱酬，使两国诗人深度沟通，相互切磋，不但提高了诗歌创作水平，还形成了影响深远的优秀传统。直至今日，中国学者和韩国学者还在学术交流中唱酬吟和，东方诗话学会的唱酬诗集《场外诗话》2015年已经付梓，就是最好的证明。

泰戈尔诗学在中国的传播与接受

黎跃进

泰戈尔诗学是泰戈尔对自然世界、人类社会、人的意识、文学艺术活动及其规律的审美性阐释。他的诗学是心灵的诗学、和谐统一的诗学、讲究韵律的诗学，也是印度传统诗学现代转型的诗学。中国的泰戈尔诗学传播以翻译介绍和学者研究为主要途径，在20世纪20年代泰戈尔访华前后的作品翻译和生平思想介绍，以及学界展开的论争，催发了泰戈尔诗学在中国的传播和影响。周作人、冰心、郑振铎、王统照、许地山、张闻天、徐志摩、郭沫若等人在不同程度上接受了泰戈尔诗学的一些因子。20世纪八九十年代，泰戈尔诗学在中国的传播获得极大的发展。进入21世纪，《泰戈尔全集》和《泰戈尔作品全集》的出版，《话语转型与诗学对话——泰戈尔诗学比较研究》和《泰戈尔美学思想研究》两部专著问世，标志泰戈尔诗学在中国的传播和接受走向深入。泰戈尔诗学在中国的传播和接受，映现了20世纪至今百余年中国社会文化的演变和发展。

泰戈尔是印度近现代的伟大诗人，也是一位以诗性的眼光看待世界的思想家。他的自然观、宗教观、社会观、人生观、文学观、艺术观都经过他审美化过滤，带上浓郁的诗学品格。因而，泰戈尔诗学是泰戈尔对自然世界、人类社会、人的意识、文学艺术活动及其规律的审美性阐释。20世纪20年代以来，泰戈尔诗学在中国广泛传播，产生深刻影响。

一、泰戈尔诗学的特征

泰戈尔一生写过大量的诗学论述。如《生命的证悟》《孟加拉风光》《文学》(1907,《文学的本质》《文学的材料》《文学思想家》《世界文学》《美感》《美和文学》《文学创作》《历史小说》《诗人的传记》),《文学的道路》(1935,《现实》《诗人的辩白》《文学》《事实和真实》《创作》《文学的革新》《文学思想》《现代诗歌》《文学的实质》《文学的意义》等),《生活的回忆》《人的宗教》《艺术家的宗教》《五行》(《美的因素》《诗歌的意义》等),《人格》(《什么是艺术》《人格的世界》等),《在中国的谈话》,以及文学创作中的相关诗学思想的表达。从形态看,这些诗学著述,有论文论著、讲演汇集、书信日记、自传回忆、作品序言、旅行散记等。

泰戈尔诗学所涉内容非常广泛。审美和美感、自然美和艺术美、普遍的美与特殊的美、人格和心灵、现实与永恒、文艺的起源与动力、文艺的本质与演变规律、文艺的各种形态、文艺创作过程、名家名作评论等等都在他的探讨中。"广义上的泰戈尔文学思想应该包括泰戈尔的哲学、宗教、政治和美学思想,也就是宗教信仰者的泰戈尔、艺术家的泰戈尔、文学家的泰戈尔的统一体。艺术的基本目的是表现人格,是存在自身的人格表现的冲动。"① 其实,还应该加上教育家的泰戈尔和社会活动家的泰戈尔的思想观念。

从诗学本质意义上把握泰戈尔的诗学,有几点必须强调:

(一) 心灵表现的诗学

泰戈尔追求的美学境界就是"有限和无限结合的欢娱"。"无限"就是永恒的、唯一的、无处不在的梵,"有限"就是一个个生命个体。两者

---

① 李金云:《论泰戈尔思想和文学创作中的宗教元素》,复旦大学博士论文,2009年。

如何结合？关键是个体的心灵。在泰戈尔看来，客观存在的外部世界一旦进入人们的内心，就构成了另一个世界。在这世界里，不仅有外部世界的色彩、形态和声音等，而且还包含着个人的情趣爱好、喜怒哀乐等。外部世界与心灵上的感情结合，就具有了许多表现形式。当人们用自己心灵情感去摄取外界世界时，那个世界才成为一个特有的世界。泰戈尔比喻说："正如人们的肠胃里没有足够的消化津液，就不能很好地变食物为人体物质那样，在心灵感情里没有足够的摄取力量，他们也不能使外界世界成为自己的内部世界，也就是人的世界。……诗人富有幻想的心灵越是包罗万象，我们从他的作品所包含的深刻性中取得的欢愉就越多，人的世界的疆域就会伸展得越宽广，我们所取得的感受也就越无穷尽。"① 他还说："把内心感受幻化成外部图景，把情绪感触孵化为语言符号，把短暂事物转化成永恒记忆，以及把自己的心灵真实变成人类的真实感受，这就是文学事业。文学家天才与心灵的联系就是心灵与世界联系，把那种天才称作'世界人类心灵'是较为贴切的。心灵从世界中汲取自己的果汁，世界人类心灵又从那个心灵里汲取需要的果汁，塑造自己。"②

　　真正的文学艺术，都是一种创造。但这种创造是外部世界引发心灵、内在精神活动的结果。泰戈尔对心灵于创造的意义有充分的强调："当我们看高山、太阳和月亮时，我们会想到：我们在看的那些东西，都是外部的东西。我们的思想，只不过是一面镜子。但是我们的思想不是一面镜子，它是创造的首要工具。就在我们看的那个瞬间，它同看结合而创造。有多少思想，就有多少'创造'。由于情况的改变而思想的本性如果改变的话，创造便也成为别的样子了。……创造不是机器造的，而是心

---

① 泰戈尔：《文学的本质》，《泰戈尔论文学》，倪培耕编译，上海：上海译文出版社1988年版，第3—5页。

② 泰戈尔：《文学思想家》，《泰戈尔论文学》，倪培耕编译，上海：上海译文出版社1988年版，第18页。

灵造的。把心灵撇在一边而谈创造，就好像把罗摩撇在一边而念《罗摩衍那》一样。"①

(二) 和谐统一的诗学

泰戈尔和谐统一的诗学，源于印度古代《奥义书》"梵我同一"的哲学思想。《奥义书》哲学认为：宇宙的最高本体"梵"是一种精神实体，世界上的万事万物都是梵的显现或表现形式。梵潜居于万事万物之中，作为其精神本质；人也是梵的显现，梵也潜居于人体之中，作为人的精神本质。根据"梵我同一"的理论，人与宇宙、人与自然万物在精神本质上是同一的，因而人与宇宙万物，在先天本质上就是和谐统一的。

泰戈尔也认为人与宇宙是和谐统一的关系。他说："人的灵魂意识和宇宙是根本统一的"，"对于他们来说，人与自然的和谐是伟大的事实"。② 他以欣赏画作为例，"凡肯动脑子的人，决不会一看到画中的五光十色，就被迷住。他们懂得主次、前后、中心与周围的和谐。颜色吸引眼睛，但要懂得和谐的美就需要用心，需要认真地观察，随之而来的享乐也必定是深刻的"③。泰戈尔还从和谐统一的层面看到善和美的关系，"所有善的东西与整个世界有着十分深刻的和谐的关系，与整个人类的心灵深深结合在一起。如果我们能够看到善与真的完美和谐，那么美对我们来说不是不可捉摸的。同情是美的，宽恕是美的，爱是美的。……美的形象是善的完美形式，善的形象是美的完美本质"④。

怎样实现这种和谐统一呢？那就是爱。"当我们通过欲望的帷幕来观察世界时，我们认为它是渺小的和狭窄的，不能领悟它的全部真理。当

---

① 泰戈尔：《真理的召唤》，《泰戈尔全集》第 24 卷，石家庄：河北教育出版社 2000 年版，第 119—120 页。
② 泰戈尔：《人生的亲证》，宫静译，北京：商务印书馆 1992 年版，第 4—6 页。
③ 泰戈尔：《美感》，《泰戈尔论文学》，倪培耕编译，上海：上海译文出版社 1988 年版，第 30 页。
④ 泰戈尔：《美感》，《泰戈尔论文学》，倪培耕编译，上海：上海译文出版社 1988 年版，第 32 页。

然，世界能为我们服务并满足我们的需求，这是显而易见的。但是我们和它的关系并不到此为止，我们和它以一种比需求更深刻更真实的关系结合在一起，我们的灵魂被它吸引，我们对于生命的爱实际上是我们希望延续我们和伟大宇宙的关系，这种关系就是爱的结合。"① 正是在爱和自我奉献中，亲证梵性，实现人与人、人与社会、人与自然、人与世界的整体和谐统一，真正达到与梵合一的喜乐。

（三）讲究韵律的诗学

泰戈尔在早期的论文《美和文学》中说："玫瑰花引起我们美感的原因，也就是大千世界里普遍存在的或基本的原因。世界越富足，就越难自制。它的离心力在无止境的五光十色里把自己分割成千百份；而它的向心力在唯一完整的和谐之中，获得了五光十色的无穷欢乐。一方面是发展，另一方面是抗衡——美就产生在发展与抗衡的韵律之中。"② 泰戈尔在静止的玫瑰花中发现了运动，发现了对抗，并从中感受到了韵律之美。泰戈尔从这里生发开去，认识到世界万物中的韵律之美。从中我们可以概括出"美在韵律"的诗学思想。他认为："诗的统一性是通过其韵律的语言和独具的特色表现出来的。韵律不单单表现为词汇的搭配，且表现为思想的有意义的统一，表现为由排列次序的难以定论的原则所产生的思维的音乐。这个原则不是基于逻辑，而是基于内在的直感。"③

季羡林先生对泰戈尔的"韵律之美"给予充分的肯定："在泰戈尔的思想中，'韵律'占有极其崇高的地位，'韵律'是打开宇宙万有奥秘的一把金钥匙。"泰戈尔的"韵律"内涵丰富，"泰戈尔诗学中的韵律是一个具有独创性的诗学范畴，是自然运动、人心律动与诗的节奏美的融合，

---

① 泰戈尔：《人生的亲证》，宫静译，北京：商务印书馆1992年版，第64页。
② 泰戈尔：《美和文学》，《泰戈尔全集》第22卷，石家庄：河北教育出版社2000年版，第101页。
③ 泰戈尔：《艺术家的职责》，《泰戈尔论文学》，倪培耕编译，上海：上海译文出版社1988年版，第394页。

是主体、自然、文本之间内在的感应和契合"①。

二、泰戈尔诗学在中国的传播

泰戈尔诗学在中国的传播以翻译介绍、学者研究和对话交锋为主要途径。与20世纪以来中国社会文化发展密切相关,泰戈尔诗学的传播有过三次高潮:20世纪20年代前后、20世纪八九十年代和新世纪以来。

(一) 20世纪20年代前后

泰戈尔1913年获诺贝尔文学奖,成为东方第一位获此荣誉的文学家。这样的国际声望,自然引起中国学界的关注。随后,泰戈尔奔波于东西方世界,传播、弘扬东方精神文明和他的人生与诗学思想,受到各国知识青年、学界精英和贤达政要的欢迎,其反响声浪也从不同方面传到中国。1924年,泰翁应邀来到中国。在泰戈尔访华前后,中国学界对他作品的翻译和生平思想的介绍,以及学界展开的论争,催发了泰戈尔诗学在中国的传播和影响。

1. 泰戈尔诗学著作的翻译出版。主要译作有:(1)景梅九、张墨池译:《人格》,上海大同图书馆1921年版;(2)王靖、钱家骧译:《人生之实现》,上海泰东图书馆1921年版;(3)冯飞译:《生命之实现》,上海商务印书馆1921年版;(4)赵萌堂译:《什么是艺术》,《学灯》1923年版;(5)胡愈之译:《诗人的宗教》,《小说月报》1923年版;(6)何道生译:《自由的精神》,《学灯》1923年版;(7)何道生译:《创造的理想》,《学灯》1923年版;(8)顾均正译:《我的回忆》,《学灯》1924年版;(9)景梅九、张墨池译:《人格》,上海泰东图书局1924年版;(10)王靖、钱家骧译:《人生之实现》,上海泰东图书局1926年版;

---

① 侯传文:《话语转型与诗学对话——泰戈尔诗学比较研究》,北京:中国社会科学出版社2010年版,第101页。

(11) 楼桐荪译：《国家主义》，上海商务印书馆 1927 年版；（12）朱枕梅译：《论人格》，《学灯》1934 年版。这些译作大都是泰戈尔 1912 年和 1916 年在美国和日本的演讲，比较集中地体现了他 20 年代前的诗学精神。

2. 泰戈尔诗学的介绍和研究。最早介绍泰戈尔诗学的学者是钱智修。他 1913 年在《东方杂志》发表了题为《台莪尔氏之人生观》的文章。两年前钱智修从复旦公学西欧文哲学科毕业，当时在商务印书馆编译所从事翻译研究。他从英国出版的《希伯特杂志》（The Hibbert Journal）读到泰戈尔的一篇论著，这是泰戈尔 1912 年在美国哈佛大学的一次演讲的演讲稿《不完美正是完美的体现》（后来出版的《萨达那：生命的证悟》中的第三篇）。① 钱智修将其加以编译、解析和评述。泰戈尔这篇演讲的中心意思是：人生会经历各种不同的不完美：痛苦、恶、谬误等，甚至死亡，但这些都不是本质。就像一条河流有河岸的约束，但河岸不是阻挡河流，而是引导它奔流向前。不能静止地、局部地、机械地理解缺陷，若从生命动态过程的整体看，不完美就不是不完美本身，而是走向完美的一个环节。因而生命个体必须从有限走向无限，怀抱坚定信念和远大理想，确立高远的品格。泰戈尔从人生出发，延伸到审美性的人格理想，快乐、完美等审美体验。钱智修在文中有一段评述："人之献身理想，献身于国家，献身于人类之福利者，其生活盖有广博之意思，而所遇之苦痛，则相形之下，不过剑头之一尖。台氏所谓善之生活，即人类群体之生活者，此物此志也，快乐者，为个人之自身计这也，而善则为人类群体亘古不磨之快乐。所谓快乐与痛苦，自善之方面观之，其意思全异。"② 这样评介泰戈尔的人生美学，确切而清晰。

这一阶段有关泰戈尔诗学探讨的文章主要有：（1）郑振铎：《太戈尔

---

① 泰戈尔：《萨达那：生命的证悟》，钟书峰译，北京：光明日报出版社 2012 年版，第 35—50 页。

② 钱智修：《台莪尔氏之人生观》，《东方杂志》第 10 卷第 4 号（1913 年 10 月）。

的艺术观》,《小说月报》1922年第2期;(2)瞿世英:《太戈尔的人生观与世界观》,《小说月报》1922年第2期;(3)张闻天:《太戈尔之诗与哲学观》,《小说月报》1922年第2期;(4)王希和:《太戈尔学说概观》,《东方杂志》1923年第14期;(5)王统照:《太戈尔的思想及其诗歌的表象》,《小说月报》1923年第14期;(6)泰羲:《塔果尔哲学的简择》,《佛化新青年》1923年第8期;(7)王统照:《泰戈儿的人格观》,《民铎》1923年5月1日、6月1日;(8)直民:《泰戈尔之生涯与思想》,《学生》1923年第3期;(9)瞿菊农:《太戈儿的思想及其诗》,《东方杂志》1923年第18期;(10)瞿世英:《太戈尔的著作及思想要点》,《学灯》1924年4月11日;(11)简又文:《太谷尔思想之背景》,《晨报副镌》1924年4月20日、23日;(12)冯飞:《塔果尔及其森林哲学》,商务印书馆1924年;(13)彭基相:《泰谷尔底思想及其批评》,《新国民》1924年第6期;(14)顾惠人:《从泰戈尔的诗观察美、真》,《兴华》1924年第19期;(15)张宗载:《泰谷尔之大爱主义》,《佛化新青年》1924年第2期;(16)微知:《太戈尔的"有闲哲学"》,《东方杂志》1929年第15期。这些文章中,有泰翁诗学编译性的评述,有以其生平思想为背景的诗学探讨,也有学术化的严谨讨论。

3. 泰戈尔诗学最直接的传播:访华期间的演讲。1924年4、5月近50天在中国,游历了上海、杭州、南京、济南、北京、太原、武汉等地,在各地做了大大小小50余次讲演。他讲演的内容非常丰富,中印文化交流、复兴东方文化、思想创作、教育宗教等都是演讲主题。其中也常常涉及他的诗学思想。如在北京地坛的讲演中谈到真利与真实的关系、真善美的关系:"真理和真实不能混为一谈。邪恶的本性不过是有待否定的真实。但真实无法拒绝真理,因为真理是永不熄灭的光华,照耀着所有的真实。最后的声音不是疑惑和否定的声音,而是信念的声音,爱的声音。真理已征服人心,否则世界早已沉入无边黑暗。要做的事是为仁慈、

爱和美的最高真理效力。"① 在清华园的演讲中谈到"功利与美":

  粗野的功利扼杀美。在我们这个世界上,大规模的商品生产,大规模的组织,和帝国臃肿的行政机构,阻塞了生命的道路。文明等待着一个大结集,以表露美的灵魂。②

  泰戈尔也结合自己的创作经验,谈到诗人创作的创造性问题。他说:"诗人不但要有自己的种子,更应备足土壤。每位诗人有其特殊的语言媒介,并非因为他创造了语言,而是因为他个性化地使用语言,他以生命的魔杖的点触,把语言转变成为充满他创造力的独特载体。"③

  在北京海军联欢社主持泰戈尔与学界代表聚会的林长民介绍泰戈尔时说:我们欢迎泰戈尔,并不是作为哲学家、教育家、宗教家来欢迎,而是作为伟大世界的诗人、革命的诗人来欢迎的。所以我们的欢迎有了深刻的意义,他的此行也有了重大的价值。我国有诗歌传统,现在正处于转型时期,泰戈尔是世界诗歌革新的先觉者,相信他的思想和实践会给我们带来启发和影响。他的这一番介绍,使得泰戈尔做了一篇《我的诗歌》的即兴演说,概述了他文学创作的历程,他的创作与印度文学传统、西方文学的关系。

  泰戈尔访华期间的相关演讲,无论是诗学的哲理性阐述,还是经验性概括,对正处于现代诗学体系建构时期的中国文坛产生影响。当时活跃文坛的许多诗人、作家(如徐志摩、王统照、郑振铎、林徽因等)都聆听了他的讲演,目睹了他讲演的风采。而且,泰戈尔的讲演及时在当时

---

① 泰戈尔:《在北京地坛对学者的演讲》,白开元译:《泰戈尔与中国》,桂林:漓江出版社2016年版,第36页。

② 泰戈尔:《在清华园对学生的讲话》,白开元译:《泰戈尔与中国》,桂林:漓江出版社2016年版,第40页。

③ 泰戈尔:《在北京的剧院里对民众的演讲》,白开元译:《泰戈尔与中国》,桂林:漓江出版社2016年版,第40页。

的《晨报》《申报》《小说月报》等报刊刊载，传播面更广。

（二）20世纪八九十年代

20世纪30至70年代，虽然也有泰戈尔诗学的译介与研究，但由于战争、政治运动的冲击，只见零星篇什。80年代以来，随着中国社会的改革开放和思想解放，泰戈尔及其诗学又受到中国学界的关注，在20年代的基础上又有进一步的发展。

在泰戈尔诗学译介方面，这一阶段以《泰戈尔论文学》（倪培耕等译，上海译文出版社1988年版）、《20世纪外国文化名人书库·泰戈尔集》（倪培耕编选，上海远东出版社1997年版）、《泰戈尔文集》（四卷，刘湛秋主编，安徽文艺出版社1995年版）、《人生的亲证》（宫静译，商务印书馆1992年版）、《一个艺术家的宗教观——泰戈尔讲演集》（康绍邦译，生活·读书·新知三联书店1989年版）等的出版为标志，泰戈尔诗学的译介初具规模。

这一阶段中国学者撰写了一批有关泰戈尔哲学、美学、文学思想的论文，主要有：（1）黄心川：《略论泰戈尔的哲学和社会思想》，《哲学研究》1979年第1期；（2）金克木：《泰戈尔的〈什么是艺术〉和〈吉檀迦利〉试解》，《南亚研究》1981年第3期；（3）刘国楠、崔岩砺：《泰戈尔的教育思想》，《南亚研究》1983年第1期；（4）周而琨：《论泰戈尔中期思想》，《印度文学研究集刊》上海译文出版社1984年版；（5）宫静：《泰戈尔的哲学思想》，《南亚研究》1986年第3期；（6）黄家裕：《印度圣哲泰戈尔》《东方世界》1987年5月；（7）何乃英：《泰戈尔哲学观初探》，《外国文学研究》1990年第4期；（8）邓牛顿：《对泰戈尔的崇仰与抛别》，《聊城师范学院学报》1990年增刊；（9）宫静：《谈泰戈尔的教育思想》，《南亚研究》1991年第2期；（10）何乃英：《泰戈尔文学观初探》，《宁夏大学学报》1991年第1期；（11）候传文：《论泰戈尔的人格追求》，《南亚研究》1991年第2期；（12）郭晨风：《泰戈尔政治思想评介：纪念泰戈尔诞辰130周年》，《南亚研究季刊》1992年第1期；

(13) 邹节成:《泰戈尔与民族传统文化》载于《吉安师专学报》1997 年 3 期;(14) 曾祖荫、嘉川:《美是人生真理的亲证:泰戈尔的美学思想》,《华中师范大学学报》1998 年第 2 期;(15) 宫静:《泰戈尔和谐的美学观》,《文艺研究》1998 年第 3 期;(16) 牟宗艳:《泰戈尔的"人生亲证":泰戈尔人学思想探析》,《理论学刊》1999 年第 6 期。这批论文主要集中对泰戈尔的哲学、政治、教育、文学、美学思想内涵的系统考察,为学界理解泰戈尔以申美为出发点的思想体系奠定了基础,推进泰戈尔诗学在中国的传播。

  此外,这一阶段泰戈尔诗学传播的一个重要途径是大学课堂。在大学中国语言文学、外国语言文学专业的"东方文学"课程,或者硕士、博士相关专题课程教学中,"泰戈尔及其创作"是不可或缺的内容。在泰戈尔生平思想介绍中,往往涉及其诗学思想。我们举两种影响比较大、使用面比较广的教材来看。季羡林先生主编的《东方文学史》中写道:"泰戈尔不是专门从事哲学研究的哲学家,而是一位诗人、艺术家,因此,他总是以一位艺术家的眼光去观察世界、看待人生。……一旦接触到文学创造和客观现实生活,泰戈尔往往用辩证的观点去观察事物。"[1] 王向远教授在《东方文学史通论》认为:"泰戈尔十分强调和谐和统一。和谐和统一正是他的哲学思想的基础。由此他提出了民族、国家之间的大同论、互助论和平等论,东西方文化互补论,提出了政治上以反对等级制度为核心的阶级调和论,美学与艺术理论上的'韵律论'和'统一性原则',心理学上的'超越论',即要求个人超越自我的低级欲望和私心杂念,真正体认到梵我合一,从而达到人生的最高的快乐的境界。"[2] 大学教育的对象是青年学子,课堂教学中有关泰戈尔诗学的内容,为青年学子了解和接受,进一步拓展了传播范围。

---

[1] 季羡林主编:《东方文学史》,长春:吉林教育出版社 1995 年版,第 988—990 页。
[2] 王向远:《东方文学史通论》,上海:上海文艺出版社 1994 年版,第 280 页。

(三) 新世纪以来

进入 21 世纪，泰戈尔诗学在中国的传播和接受走向深入。主要表现在几个方面：

1. **两套《全集》的翻译出版**。泰戈尔作品在中国成系列有规模的翻译出版，始于 1961 年，为了纪念泰戈尔 100 周年诞辰，人民文学出版社出版了 10 卷本《泰戈尔作品集》，包括诗歌、小说和戏剧三大文类的代表性作品，但没有散文部分，表现其思想的论著阙如，当然谈不上诗学译介。新世纪两套《全集》的出版，情况得到根本的改变。

刘安武、倪陪耕、白开元主编的《泰戈尔全集》2000 年由河北教育出版社出版，《全集》作为该社"世界文豪书系"的一种推出，煌煌 24 卷，几乎是泰戈尔作品、著作的汉语全译，录有诗歌 60 部（第 1—8 卷）、短篇小说 80 篇（第 9—10 卷）、中长篇小说 13 部（第 11—15 卷）、戏剧 29 部（第 16—18 卷）、散文（第 19—24 卷）。《全集》汇集了之前国内零散出版的泰戈尔作品，但大部分是新译。

董友忱主编的《泰戈尔作品全集》2015 年底由人民出版社出版，汇译了泰戈尔的 66 部诗集、96 篇短篇小说、15 部中长篇小说、80 多个剧本和大量散文，共 18 卷 33 册，每册分诗歌、散文、小说、戏剧四部分，约 1600 多万字。2009 年人民出版社将《作品全集》确定为"十二五"重点出版项目，历时 7 年，是中国首次完整收录泰戈尔的全部的真正意义上的全集。主编在译本《序》中写道："这套书有两大特点：一是全部译自孟加拉原文，没有收录从印地文或英文转译的译文。二是全，也就是说，我们翻译了泰戈尔的全部作品，包括他创作的全部诗歌、小说、戏剧、散文（含游记、日记等，但是没有翻译收录他编写的英语、孟加拉语、梵语的教材），还收录了诗人自己翻译的和他认可的 8 部英文诗集。"①

两套全集出版,从理论和实践两方面完整系统地展示了泰戈尔诗学的的全貌,尤其是散文部分,直接表现了诗人的精神世界,泰戈尔对自然、社会、人生、宗教、文艺的审美观照最为集中。

此外,泰戈尔诗学的专题性新译也有出版,如白开元编译的《泰戈尔谈文学》(商务印书馆2013年出版),钟书峰翻译的《萨达那:生命的证悟》(光明日报出版社2012年出版)。上一阶段出版的泰戈尔诗学译著也有重版重印。

2. 学界的研究。新世纪以来,泰戈尔诗学成为学界热点之一。发表在各类期刊的相关论文有数十篇。主要有:(1)邹节成:《泰戈尔的文学观》,《吉安师专学报》2000年第1期;(2)蒋岱:《东西方宗教美学的两枝奇葩——泰戈尔与但丁美学思想比较》《东方》2000年3期;(3)秦林芳:《泰戈尔哲学思想与中国现代作家》《山东师大学报》2000年第2期;(4)魏丽明:《泰戈尔文学起源思想探析》《国外文学》2002年第1期;(5)张思齐:《泰戈尔散文诗的创作和理论》(上、下),《阴山学刊》2003年第1、2期;(6)张思齐:《泰戈尔与西方泛神论思想之间的类同与歧异》《东方丛刊》2004年第1辑;(7)张思齐:《泰戈尔的思想倾向与诗学特征》《大连大学学报》2010年第5期;(8)何胜:《论泰戈尔的儿童美育思想》《杭州师范学院学报》2003年第3期;(9)杨晓莲:《泰戈尔的艺术理论初探》《四川外语学院学报》2005年第4期;(10)张娟:《泰戈尔爱的哲学思想与"五四"新诗》《唐山师范学院学报》2006年第1期;(11)张计森、郜润科:《泰戈尔美感学说探幽》《吕梁教育学院学报》2006年第1期;(12)李文斌:《印度苏非派哲学与泰戈尔的宗教神秘主义》,《湖北师范学院学报》2007年第2期;(13)李文斌:《泰戈尔自然观中的生态哲学思想》《江汉大学学报》

---

① 董友忱:《〈泰戈尔作品全集〉中文版序言》,《泰戈尔作品全集》第一卷,北京:人民出版社2015年版,第2页。

2008年第4期;(14)李文斌:《泰戈尔的和谐美观与西方和谐美观之比较》《武汉理工大学学报》2014年第5期;(15)郝玉芳:《泰戈尔的自然观》《东方论坛》2007年第6期;(16)郝玉芳:《泰戈尔自然美学简论》《燕山大学学报》2009年第1期;(17)刘风云:《浅谈泰戈尔的和谐教育思想》《现代教育科学》2007年第10期;(18)张娟:《泰戈尔泛神论思想与中国诗歌的现代转型》《华南农业大学学报》2008年第4期;(19)王晓声:《泰戈尔与老子之"和谐论"哲学美学观的阐释与比较》《柳州师专学报》2010年第2期;(20)李金云:《泰戈尔人格论的宗教内涵》《理论界》2010年第8期;(21)舒子芩:《诗化的哲学自然观——浅析泰戈尔与陶渊明诗歌中自然观之表现》《北方文学》(下半月)2010年第2期;(22)毛世昌:《泰戈尔的大爱思想》《兰州大学学报》2011年第1期;(23)袁苑:《爱的诗人泰戈尔》《湖北社会科学》2012年第5期;(24)冉思玮:《浅议泰戈尔的梵、人、自然统一观》《文学界》(理论版)2012年第6期;(25)戴前伦:《生命律动的整体呈现与梵爱思想的主题观照——泰戈尔梵爱和谐思想对我国早期新诗主题生态的影响》《当代文坛》2012年第4期;(26)虞乐仲:《罗宾德拉纳特·泰戈尔的自由观探析》《浙江学刊》2014年第2期;(27)卢迪:《泰戈尔与苏轼诗歌宗教思想比较分析》《长春大学学报》2015年第1期;(28)邱唱:《泰戈尔诗歌思想性的五个维度探析》,《新西部》(理论版)2016年第17期;(29)杭玫:《一个艺术家的宗教观——泰戈尔〈人生的亲证〉》《戏剧之家》2016年第10期。与前一阶段相比,这些研究论文有一点很突出:比较研究的视角,从影响研究获平行研究的层面,将泰戈尔诗学与中国相关是诗学现象进行比较,既是传播接受领域的拓展,有表现出传播接受中的主题立场。

期刊论文之外还有一批研究泰戈尔诗学的硕士、博士学位论文。以"中国知网"收录的论文为依据,新世纪的十六七年里,有关泰戈尔的硕、博论文有66篇(止于2017年6月10日的统计),其中有8篇的内容涉及泰戈尔诗学：(1) 侯传文：《话语转型与诗学对话》（四川大学博士论文，2004）；(2) 李文斌：《泰戈尔美学思想研究》（华中师范大学博士论文，2007）；(3) 李金云：《论泰戈尔思想和文学创作中的宗教元素》（复旦大学博士论文，2009）；(4) 郝玉芳：《泰戈尔自然诗、自然观、自然美学研究》（青岛大学硕士论文，2007）；(5) 王秋君：《泰戈尔诗歌中的生命美学建构》（陕西师范大学硕士论文，2008）；(6) 程娟珍：《论泰戈尔"心灵表现说"的诗学观》（漳州师范学院硕士论文，2011）；(7) 王晓声：《泰戈尔与叶芝诗学思想比较》（西南大学硕士论文，2012）；(8) 云思文：《泰戈尔的儿童生命教育思想研究》（上海师范大学硕士论文，2016）。学位论文的作者都是青年学者，学位论文是他们学术研究的起点。泰戈尔诗学研究成为他们的学术选题，标志中国的泰戈尔诗学传播和影响将会有更大的发展。

3. 研究专著问世。 新世纪以来出版的泰戈尔诗学研究专著有三部：侯传文的《话语转型与诗学对话——泰戈尔诗学比较研究》、李文斌的《泰戈尔美学思想研究》、戴前伦的《泰戈尔梵爱和谐思想对我国早期新诗生态的影响》。

《话语转型与诗学对话——泰戈尔诗学比较研究》是侯传文在博士论文（2004年）基础上加以修改，于2010年由中国社会科学出版社出版的。该著对泰戈尔诗学思想的纵向发展，诗学体系内涵的人格论、情味论、欢喜论、韵律论、和谐论以及各文类诗学做出系统的概括和分析，同时在印度、西方和中国诗学整体中探讨泰戈尔诗学的影响传承、类似相契与独特个性，在纵横比较中泰戈尔诗学的独特价值与意义，尤其是突出东方诗学话语转型背景下，东方现代诗学建构中泰戈尔诗学的典范性和启示性，是一部具有开阔视野和学术开拓性的著作，是泰戈尔诗学在中国传播与接受的标志性成果。

《泰戈尔美学思想研究》也是李文斌基于博士论文（2007年）修改出版的专著（华中师大出版社2010年出版）。著作在系统论析泰戈尔宗教思想、哲学思想的基础上,将泰戈尔的理论著述与文学艺术创作实践结合起来。分析他的"美"的意识、自然美学观、文学艺术审美、东西方审美比较等范畴,"本书最大的特色就是,它是一本全面研究泰戈尔美学思想的专著,对泰戈尔美学思想的全貌做了一个全景式的展现和整体勾勒"①。该著从美学层面研究泰戈尔的诗学思想,是泰戈尔诗学在中国传播深入的体现。

《泰戈尔梵爱和谐思想对我国早期新诗生态的影响》(中国社会科学出版社 2015 年出版)是戴前伦主持国家社科基金项目(2011 年)的成果。该著对泰戈尔梵爱和谐思想的内涵、形成过程、文化渊源,以及在中国现代早期的传播生态进行了详尽阐释和系统梳理,重点分析论证了泰戈尔梵爱和谐思想对我国现代早期新诗生态在意象选择、主题表达、小诗萌生发展和思想内容方面的深刻影响,深入论述了我国现代早期新诗接受泰戈尔梵爱和谐思想的路径、哲学基础和文化历史语境。著作从影响研究的视角研究泰戈尔诗学的跨文化传播,参与中国现代诗歌发展的歌暗星研究。

上述三部专著之外,还有一些相关著作的部分章节涉及泰戈尔诗学的探究。如张羽著《泰戈尔与中国现代文学》(云南人民出版社 2004 年出版)的第二章"泰戈尔影响下的中国'五四'时期文学观的流变";唐仁虎等著《泰戈尔文学作品研究》(昆仑出版社 2003 年出版)的"文学理论编";邱紫华著《印度古典美学》(华中师范大学出版社 2006 年出版)的第九章"神是无限完美的典范——泰戈尔的美学思想";何乃英著《泰戈尔——东西融合的艺术家》(中国社会科学出版社 2013 年出版)的第四章"泰戈尔东西方融合的文艺观";尹锡南的《印度文论史》(巴蜀书社 2015 年出版)"第五章印度近现代文论发展和转型""第六节罗宾德拉纳特·泰戈尔"等,都从不同角度阐释分析了泰戈尔的诗学思想。

---

① 邱紫华:《泰戈尔美学思想研究·序》,《泰戈尔美学思想研究》,上海:华中师大出版社 2010 年版,第 2—3 页。

总之，近百年里泰戈尔诗学在中国的传播不断深入，翻译出版、学界研究是传播的主要方式，由早期的编译性介绍和零星的翻译，到新世纪多种《全集》出版，系统的学术专著问世，既有泰戈尔诗学域外传播被不断阐释的内在规律，也是中国诗学自身发展的现代化、多元化的诉求。

三、泰戈尔诗学的中国接受

泰戈尔是对中国现当代文学产生深刻影响的外国作家。在中国传统诗学现代转型过程中，泰戈尔诗学以其独特的魅力，通过互动和对话，参与了中国现代诗学的建构。泰戈尔诗学的某些元素，由一些代表作家、诗人、理论家的接受和消化，成为现代中国诗学的组成部分。周作人、冰心、郭沫若、郑振铎、王统照、许地山、张闻天、徐志摩和当代的刘再复等人在不同程度上接受了泰戈尔诗学的一些因子。

关于泰戈尔诗学对中国现代诗学的影响，已经有学者做了初步的研究。张羽的论著《泰戈尔与中国现代文学》中有"泰戈尔影响下的中国'五四'时期文学的流变"一章，下含"泰戈尔'爱的哲学'影响下的中国文学的情爱观""泰戈尔'梵的现实'影响下的中国文学的自然观""泰戈尔'我的尊严'影响下的中国文学的生命观"三节。侯传文在《华语转型与史学对话——泰戈尔史学比较研究》中，用"契合、激发、对话、误读"探讨了泰戈尔诗学与中国现代文坛的复杂关系。

我们以现代的张闻天和当代的刘再复对泰戈尔诗学的接受为例，略作展开。

张闻天（1900—1976）是"五四"新文化运动的积极实践者和推动者，经受"五四"新思潮洗礼的张闻天，在新文化浪潮中受到各种外来文化的影响。1925年加入中国共产党之前，青年张闻天满怀救国救民的宏愿，在南京参加"五四"运动，与沈泽民等创办"开通民智，增进民德，发扬爱国精神"为宗旨的《南京学生联合会日刊》，在上海编校发行《少年中国》《少年世界》，留学日本（1920年7月—1921年1月）和美国（1922年8月—1924年1月），探讨中国现实的问题与解救之道，研究哲学、心理学，翻译和创作文学作品。在张闻天求知探索的过程中，他受到泰戈尔"泛爱哲学"的深刻影响。泰戈尔诗学中的爱、真理、自由、奉献、和谐、精神自我、人格实践等理论和学说，深深渗入青年张闻天的精神世界和人格结构中。而且这种人生观、世界观形成时期铸就的人格，成为他一生精神世界的基本底色和人格实践的基本质素。

张闻天虽然留学日本只有半年，但变化很大：志趣由哲学逐渐转向文学；由对社会外部问题的思考转向人的内心和精神探索。这与留日期间与田汉、郑伯奇等人的密切交往有关，也不排除在日期间已经接触到泰戈尔的创作与思想。① 泰戈尔诗与哲学的结合以及注重精神、灵魂的探索恰能获得他的共鸣。1921年夏，张闻天在杭州西湖边宝石山的"智果禅寺"读书写作，研读泰戈尔和托尔斯泰的作品，热衷于泛爱哲学、非暴力学说和人格理论的思考。

1921年6月在《国民日报·觉悟》发表评论《无抵抗主义之我见》，文中写道："爱是生命，生命就是爱。这爱不是物质的爱，是彻底的精神之爱；是绝对的爱；不是一时的本能之爱，是永久的，意者的爱；不是对一部分人的爱，是对一切人类竟至对于全宇宙一切有生之伦的泛爱。"还说："像俄之托尔斯泰，印度之泰戈儿，都是爱的热烈的鼓吹者，所以

---

① 泰戈尔1916年访问日本，在日本出现"泰戈尔热"，泰戈尔的主要作品和重要的著作都翻译出版，还出版了一批研究泰戈尔的著作。郭沫若当时正在日本留学，后来谈到当时在冈山图书馆阅读泰戈尔的情形："我真好像探得了我'生命的生命'，探得了我'生命的泉水'一样。每天学校一下课后，便跑到一间很幽暗的阅书室去，坐在室隅。面壁捧书而默诵，时而流着感谢的眼泪而暗记，一种恬静的悲调荡漾在我身之内外。"张闻天留日的1920年，虽然"泰戈尔热"高潮已过，但余波还在。

他们也是主张无抵抗主义的。"① 1921年7月张闻天致函刘大白,进一步论述"无抵抗主义"与人格和爱的关系,认为"唯有人格伟大的人,能实行无抵抗主义,而唯有伟大的人格的人们,才能真正感化他人"②。而"人格是真生命底诚实的表现。我们记牢'真生命'三字!只有从真生命上发出来的,才能叫作人格"③。随后,与沈雁冰、陈望道就爱、人格、无抵抗主义展开论争,在《人格底重要——答雁冰和晓风两先生》中说:"既然人格的高尚是必须的,那末能够养成高尚的人格底爱,也是必须鼓吹的。……充分的发展爱就是充分的发展生命,要充分的发展爱非把心地保持的光明,保持的纯洁不为功,那末挑起对于敌对的怨情心,仇视心,妒忌心等底主义是不会达到爱的了。无抵抗主义就是使灵魂不染一点污点底最好办法,就是要实现这种爱的最大的道路。"④ 张闻天这里说的爱的含义、生命真谛、人格内涵,明显可以看到泰戈尔的影响。

张闻天在1922年《小说月报》2月号发表3篇有关泰戈尔的评述文章:《太戈尔之"诗与哲学"观》《太戈尔的妇女观》《太戈尔对于印度和世界的使命》,这些文章从泰戈尔的演讲集《人格》、印度学者拉达克里希南的著作《泰戈尔之哲学》中选取材料,将翻译与概述、阐释、评议相结合,系统地介绍了泰戈尔的宗教观、教育观、艺术观、政治观、文明观、妇女观、哲学观和文学观,也表明了张闻天对泰戈尔思想和艺术的接受与认同。在几篇文章中,随处可见"精神""自由""生命""灵魂""和谐""美""爱"等用语,贯穿始终的思想主线,是泰戈尔思

---

① 张闻天:《无抵抗主义底我见》,见《张闻天早期文集》,北京:中共党史出版社1999年版,第69页。

② 张闻天:《谈无抵抗主义的两封信》,《张闻天早期文集》,北京:中共党史出版社1999年版,第73页。

③ 张闻天:《谈无抵抗主义的两封信》,《张闻天早期文集》,北京:中共党史出版社1999年版,第74页。

④ 张闻天:《人格的重要——答雁冰和晓风两先生》,《张闻天早期文集》,北京:中共党史出版社1999年版,第83页。

想的精髓：追求人的精神的自由。他对泰戈尔的哲学思想和诗歌创作作出充分的肯定："泰戈尔完全是印度哲人的承继者。他的著作，觉醒了许多精神生活的可能性，他的歌已经变成了印度人的国歌，他的歌冲突满了有生气的字眼和燃烧的思想，她的字眼，快乐我们的耳，他的思想，渗灌到我们的心里。他的诗同时是充满心中的光明，是激动人的血的歌，是鼓动人心的圣歌。泰戈尔，印度人的泰戈尔，世界上人类全体的泰戈尔，他发挥他的天才，发展他的生命，来供献给印度人，来供献给世界！"从这富于激情的评价性言辞中，不难感受到他内心深处对泰戈尔的哲思和艺术的共鸣。从张闻天20年代初期创作的长篇小说《旅途》（1924）、三幕剧《青春的梦》（1924）中可以看到泰戈尔"爱的哲学""人格完善"和"精神自由"的深刻影响。

刘再复（1941— ）是当代著名的文学理论家和作家，曾任中国社会科学院中国文学研究所所长、《文学评论》主编，20世纪80年代末以后，往来于欧美和国内，著有《性格组合论》《鲁迅美学思想论稿》《文学的反思》《论中国文学》《放逐诸神》《传统与中国人》《罪与文学》（合著）、《现代文学诸子论》《告别革命》（合著）、《共鉴"五四"》《红楼四书》《莫言了不起》《读沧海》《太阳·土地·人》《人间·慈母·爱》《洁白的灯心草》《寻找的悲歌》《独语天涯》《漂流手记》等80多部学术论著和散文集，作品已译为英、韩、日、法、德等多种文字出版。

刘再复接受泰戈尔的影响不同于现代的张闻天。"五四"时期，正是中国诗学从古典向现代的转型，努力建构中国现代诗学体系，因而泰戈尔"爱的哲学""人格理想""自由精神"为寻求中的张闻天等人提供了新的思想资源。当代中国诗学是在传承现代诗学的基础上，适应新的社会文化语境的发展，重要的不是诗学体系建构，而是从泰戈尔诗学和创作中借鉴某些元素，以丰富和发展中国当代诗学的范畴和命题。

诗学论坛：中国诗学与世界　　**71**

考察刘再复对泰戈尔诗学的接受，主要表现在散文诗形式和童真思想两个方面。

刘再复喜欢散文诗，也写作散文诗。1979年出版了散文诗集《雨丝集》（上海文艺出版社），之后陆续出版了《告别》（福建人民出版社1983年版）、《深海的追寻》（湖南人民出版社1983年版）、《太阳·土地·人》（百花文艺出版社1984年版）、《寻找的悲歌》（湖南文艺出版社1988年版）《人间·慈母·爱》（人民文学出版社1988年版），《读沧海》（安徽文艺出版社1999年版）、《独语天涯》（上海文艺出版社2001年版）、《又读沧海》（广东旅游出版社2013年版）、《散文诗华》（生活·读书·新知三联书店2013年版）等。他对散文诗的兴趣和热情，是泰戈尔影响的结果，他明确地说："喜欢散文诗写作，还和我从中学时代就迷恋上泰戈尔有关。"① 三联书店2013年出版10卷本"刘再复散文精编"，其中第九卷是《散文诗华》，在"后记"中具体谈到他的散文诗情结和泰戈尔的关联：

> 散文诗是我少年时代的伴侣，十五岁上国光中学高中那一年（1956），我第一次见泰戈尔的《飞鸟集》和《园丁集》，当即，我就站在书架边上，一口气把《飞鸟集》326节读完，读完后的第一感觉是："飞鸟，飞鸟，你将永远伴随着我的人生"。果然，直到今天，泰戈尔的《飞鸟集》还在我身边，散文诗依然伴随着我。……仰望窗外的星空，泰戈尔的诗句很自然地跳到眼前："让我设想，在那群星中间，有一颗星正引导我的生命通过那黑暗的未知"，是的，人生之旅正是不断走出"黑暗的未知"的行程，散文诗正是帮助我走出黑暗的行吟。半是学者、半是行吟的散文诗人，这大约正是笔者的本质。②

---

① 刘再复：《返回散文诗》，《又读沧海》，广州：广东旅游出版社2013年版，第282页。
② 《我的散文散记——〈刘再复散文精编〉作者后记》，《华文文学》2012年第5期。

刘再复就是在泰戈尔的散文诗集《飞鸟集》《新月集》的"迷恋"中认识散文诗这一文类,从中吸取创作灵感和心灵智慧,借鉴言说形式和表现手段,泰戈尔的散文诗甚至成为他人生的指引,伴随着他大半辈子的人生。他对散文诗的理论认知,是从泰戈尔的散文诗开始启蒙,在实践中不断积累完善。他曾谈到散文诗:"散文诗介于散文与诗之间……诗可以'曲说',即可隐喻、暗示、通感等,而散文则只能'直说',即直接表述散文作者的思想和情感……散文诗的好处,正是它既可以直说,也可以曲说,它无须诗的音乐节奏,但有内在情韵;它无须散文那样叙事,但比诗更实更具体一些;它可自我塑造,但塑造的是内在的心灵性形象,而非外在的实体性形象。"①

泰戈尔在1939年写过一篇题为《散文诗和自由体诗》的文章,针对有人对"散文诗"持质疑态度,从诗和散文比较的角度论说散文诗:"诗的语言颇需斟酌,受制于严格的规则——韵律。而散文则不受任何约束,可以任意选择写法。散文的语言,首先是政治的语言和日常生活的语言。……我写了许多散文诗,在这些散文诗中我想说的东西是其他形式不能表达的。它们使人感受到简朴的、日常的生活气息。它们可能没有富丽堂皇的外表,但它们并非因此而不美。我想,正是因为如此,这些散文诗应列于真正的诗作之中。"②

没有材料表明,刘再复读了泰戈尔的《散文诗和自由体诗》。但他对散文诗的诗学理解与泰戈尔基本一致,都强调散文诗中诗的韵律和精神,表达形式的朴实和自由。刘再复以一个诗人和学者的敏感,从泰戈尔的散文诗创作中,体悟到散文诗的诗学本质。

另外,刘再复对泰戈尔诗学中的"审美人格"有着深深的共鸣。泰戈尔"审美人格"就是纯洁、本真和爱的精神主体,集中体现在儿童的

---

① 刘再复:《返回散文诗》,《又读沧海》,广州:广东旅游出版社2013年版,第281页。
② 泰戈尔:《散文诗和自由体诗》,《泰戈尔全集》(第22卷),石家庄:河北教育出版社2000年版,第315—316页。

精神世界。《新月集》中有一篇《孩子天使》，将孩子与成人对比，凸显童心世界的纯洁、善良和爱心：

> 他们喧哗争斗，他们怀疑失望，他们辩论而没有结果。
>
> 我的孩子，让你的生命到他们当中去，如一线镇定而纯洁之光，使他们愉悦而沉默。
>
> 他们的贪心和妒忌是残忍的；他们的话，好像暗藏的刀，渴欲饮血。我的孩子，去，
>
> 去站在他们愤懑的心中，把你的和善的眼光落在它们上面，好像那傍晚的宽宏大量的和平，覆盖着日间的骚扰一样。
>
> 我的孩子，让他们望着你的脸，因此能够知道一切事物的意义；让他们爱你，因此他们也能够相爱。
>
> 来，坐在无垠的胸膛上，我的孩子。朝阳出来时，开放而且抬起你的心，像一朵盛开的花；夕阳落下时，低下你的头，默默地做完这一天的礼拜。

刘再复就是在这样的童心世界里感受泰戈尔，与"印度老诗人"心波共振、隔空对话："飘拂着满头银须的印度老诗人，我铭记着：'上帝期待着人从智慧里重获他的童年。'所有伟大的生命都是个小孩，他们死的时候，不是留下尸体，而是留下伟大的童年，因此，这个世界不会苍老。你如此酷爱世界，所以世界虽然以痛苦亲吻你的灵魂，你却报予世界以美丽的诗章。你永远是个真纯的孩子，所以，你才能发出这样的祝福：让死了的拥有不朽的名，让活着的拥有不朽的爱。"[①] 刘再复在漂泊海外的日子里，写下《童心说》，从中我们能感受到：是泰戈尔铸造的审美人格——童心世界，给了他对这个世界的希望，对祖国前景的信心。

---

① 刘再复：《独语天涯：一千零一夜不连贯的思索》，上海：上海文艺出版社2001年版，第161页。

他写道："印度的甘地从未被中国所接受，但泰戈尔却征服了中国，这种征服，不是耻辱，而是童心的凯旋。它向中国展示着希望：古老的大地仍然有童心生长的土壤，拥抱童心的知识者仍然在默默地活着。"①

---

① 刘再复：《独语天涯：一千零一夜不连贯的思索》，上海：上海文艺出版社2001年版，第148页。

日本诗话与中国诗话

张晓希①

中国诗话产生于北宋时代,是一种以记述诗人逸事、评论作家作品、表达作者诗歌主张和诗歌理论为内容的、兼有杂著、随笔性质的著作。自宋代欧阳修的《六一诗话》后,宋、元、明、清出现了大量的诗话。在中日两国古代文学交流中,这些诗话与其他文学样式一起被传到了日本。在日本,通过对中国诗话的吸收、消化和创新,形成了具有日本独自特色的诗话体系。

一、日本诗话的源头——空海的《文镜秘府论》

日本诗话的源头最早可以追溯到平安时代(794—1192)空海②编撰的《文镜秘府论》。该书将中国六朝至唐代的文学理论著作进行汇编,由天、地、东、南、西、北六卷构成,内容有"声谱、声调、八种韵、四声论、十七势、十四例、六义、十体、八阶、六志、二十九种对、文三十种病累、十种疾、论文意、论对属"等中国古代诗学内容。其中涉及

---

① 张晓希:天津外国语大学比较文学研究所所长,教授,博士生导师。
② 日本平安时代著名高僧(谥号弘法大师)、文人,804—806年作为遣唐留学僧渡唐求法,回国后创立了真言宗,为日本真言宗开山之祖。其通晓中国文学、文化,著有《文镜秘府论》《文笔眼心抄》《篆隶万象名义》《聋瞽指归》等。

的中国诗学著作有《四声谱》(梁·沈约)、《四声指归》(隋·刘善经)、《笔札华梁》(唐·上官仪)、《诗髓脑》《古今诗人秀句》(唐·元兢)、《诗格》(唐·王昌龄)、《诗议》(唐·皎然)、《唐朝新定诗格》(唐·崔融)、《河岳英灵集叙》(唐·殷璠)、《文笔要诀》(唐·杜正伦)、《诗式》(撰者不明) 等。全书几乎均是对上述中国诗学理论著作的汇编,空海执笔的只有各卷的序文。日本著名的中国古代文学研究大家今井卓尔在其《古代文艺思想史研究》中曾说"这部编著从始至终都不是空海的文章,见到的都不是空海自己的见解,而是空海对许多先行研究文献有重点地归纳,更多的是从各种文献中的引用",因此不能称为真正意义上的日本诗话。即便如此,该书在中日两国文学史上有着极其重要的价值。首先,对中国而言,具有极其珍贵的史料价值。经学者考证,这部书中保存了大量已遗失的中国古代诗文论著作,这些著作其时限上至西晋,下至中唐。如沈约《四声谱》、刘善经《四声指归》、上官仪《笔札华梁》、元兢《诗髓脑》《古今诗人秀句》、崔融《新朝新定诗格》、杜正伦《文笔要诀》等中国古代文论史料。① 从这部书中,既可以了解中国六朝至初、盛唐以前人所未知的诗文论,又可以了解中国古代文学思想,对研究六朝至唐的古近体诗律学、文学批评、修辞学均有重要参考价值。而且,就这一时期的文学批评史而言,其分量和地位来说仅次于《文心雕龙》。② 其次,对日本而言,《文镜秘府论》是日本第一部关于诗学理论方面的资料汇编,它的出现,对后世日本汉诗与和歌创作产生了直接影响。尤其是空海在编撰《文镜秘府论》时便有了本土化意识,他将一些内容有意识地化繁为简,具有很强的实用价值。《文镜秘府论》不仅对日本文人的汉诗文创作起到指导和范式作用,而且对日本和歌理论的形成和发展起到了重要作用。如平安时代日本第一部敕撰和歌集《古今和

---

① 卢盛江:《日本人编撰的中国诗文论著作——〈文镜秘府论〉》,《古典文学知识》1997年第6期,第104—105页。

② 卢盛江:《空海的思想意识与〈文镜秘府论〉》,《文学评论》2009年第1期,第75页。

歌集》的撰者之一壬生忠岑所著歌学理论《和歌体十种》就是从美学的角度，将和歌的歌体分为"古歌体、神妙体、直体、余情体、写思体、高情体、器量体、比兴体、华艳体、两方致思体"，可以看出其模仿唐崔融的《唐朝新定诗格》中的形似体、质气体、情理体、直置体、雕藻体、映带体、飞动体、婉转体、清切体、菁华体的"十体"[①]的痕迹。再如，日本中世（1192—1603）著名和歌歌人、和歌理论家藤原定家的《定家十体》被称为日本和歌体论集大成，定家将镰仓时期和歌批评的基本理念融入其中，从表现论的角度将和歌歌体设为"幽玄樣（幽玄体）、长高樣（高俊体）、有心樣（风雅体）、事可然樣（情理体）、丽樣（妍丽体）、见樣（形似体）、面白樣（兴趣体）、浓樣（细微体）、有一节樣（侧重体）、拉鬼樣"（遒劲体)[②] 十种歌体，每一种歌体均举有和歌例进行解释和论述，从中也可以看出受到崔融的《唐朝新定诗体》中"十体"的影响。此外，日本歌体论的分类名目还有"八阶"即"咏物、赠物、述怀、恨人、惜别、谢过、题歌、和歌"。这与上官仪《文笔华梁》中的"八阶"即"咏物、赠物、述志、写心、返酬、赞毁、援寡、和诗"[③] 十分相似。除"十体""八阶"之外，还有一些日本歌体概念的内涵也表现出了与中国诗学的密切关系。可以说《文镜秘府论》的诗律声病及解决办法、诗文作法技巧、风体论等对后世日本汉诗、和歌、连歌、俳谐的创作和发展均产生了重要影响。

---

① 《文镜秘府论》地卷。
② 和歌"十体"括号内中文部分为笔者译。
③ 《文镜秘府论》地卷。

二、日本第一部诗话——虎关师炼①的《济北诗话》

日本真正意义上的第一部"诗话"产生于日本中世（1192—1603）的南北朝时代（1336—1392）。中世初期，镰仓幕府希望用新兴的禅宗来代替旧宗教势力，模仿中国南宋禅宗寺院体制建立了五山十刹②的官寺制度，从而奠定了禅宗的主导地位。禅林文学中的汉诗迅速发展并日趋成熟，汉诗的创作实践需要理论关照，五山禅僧虎关师炼的《济北诗话》就是在这种情势下问世的，这也是日本中世四百余年间唯一的一部诗话。《济北诗话》一卷，凡以汉文记之，凡二十九则，该书继承了欧阳修《六一诗话》的创作旨趣和文笔特点，主要是品评中国古代诗人及作品。其中涉及的中国诗人有：周公、孔子、宋玉、李商隐、陶渊明、李白、杜甫、王维、齐己、郑谷、岑参、元稹、白居易、李端、卢纶、孟浩然、韦应物、韩愈、谢无逸、刘贡父、王梵志、黄庭坚、苏东坡、林和靖、欧阳修、梅尧臣、王安石、杨万里、刘克庄等近40人③，书中还论及《诗品》《诗式》《六一诗话》《古今诗话》《庚溪诗话》《遯斋诗话》《诚斋诗话》《苕溪渔隐丛话》《诗人玉屑》《云卧记谈》等，体例出于中国诗话鼻祖欧阳修的《六一诗话》。虎关师炼吸收和借鉴了中国宋代的文学思想，诗话中引用了很多关于中国唐宋诗人和作品的评论，但并没有完全照搬，而是对许多问题都阐述了其独自的看法。如在评论宋代诗话时，

---

① 日本镰仓（1192—1333）末期至南北朝时代（1336—1392）临济宗高僧，曾师从一山一宁，博学多才，被誉为五山文学的先驱者，著有《济北集》《元亨释书》《聚分韵略》等。

② 五山是当时日本朝廷模仿南宋所制定的禅寺等级，将镰仓的建长寺、圆觉寺、寿福寺、净智寺、净妙寺，京都的天龙寺、相国寺、建仁寺、东福寺、万寿寺列为最上位的五山，而将南禅寺定为五山之上。将净妙寺、禅兴寺、圣福寺、万寿寺（京都）、东胜寺、万寿寺（乾明山、相模）、长乐寺、真如寺、安国寺（山城、北禅寺）、万寿寺（蒋山、丰后）列为十刹。

③ 孙立：《日本诗话中的中国古代诗学研究》，北京：北京大学出版社2012年版，第65页。

虎关认为:"赵宋人评诗,贵朴古平淡,贱奇工豪丽者为不尽耳矣。"① 宋人以"朴古平淡"之诗为贵,以"奇工豪丽"之诗为贱的评论并不全面,其认为"达人君子,随时讽喻,使复见性情,岂朴淡奇工之所拘乎"②。诗原本是达人君子随时进行讽喻,自然表现自己真实心情的一种文体,没有必要拘泥于古朴平淡或是奇工豪丽,提出"夫诗之为言也,不必古淡,不必奇工,适理而已",以理为论诗标准。他认为,诗的优劣与诗的遣词造句是否讲究技巧无关,重要的是否能见出性情,能否适理。在论述性情与适理的关系时虎关认为,人有触物之感,元有性情之权,即有雅正,这是上等。否则,没有性情,不雅正者,即为次等。所以,有了真性情,就是适理的,为雅正,否则相反。虎关以"童子之趣""醇全之意"为考察诗学的审美趣味。他认为诗人、学道者都应该保有童真之心,不应有预设的立场方法,应以纯然洁净之心去感触体悟,再以无法之法表现,即有"醇全之美"。虎关在《济北诗话》中评论了多位唐宋时代诗人和他们的诗,但能被他称为"醇"诗的,只有韩愈的联句。在评韩愈《城南联句》时说:"予爱退之联句,句意雄奇,而至'遥岑出寸碧,远目增双明'以为后句不及前句,后见谢无逸诗'忽逢隔水一山碧,不觉举头双眼明'始知韩联圆美浑醇。"③ 虎关师炼主张的"醇"诗应达到朴素纯粹、格调高雅、浑然天成的意境。

虎关师炼深受中国诗话的影响,崇尚中国诗歌,"美"与"善"也是其诗学的主要思想。《济北诗话》第21条中有下面一段论述:"咸平间,林和靖卧孤山,有梅花八咏。欧阳文忠公称赏其'疏影横斜水清浅,暗香浮动月黄昏'"之句。山谷云"'雪后园林绕半树,水边篱落忽横枝'似胜前句。不知文忠公何缘弃此而赏彼?文章大概亦如女色,好恶系于人。予谓二联美则美矣,不能无疵"。客云:'何也?'曰:'横斜之疏影,

---

① 《济北诗话》第2条,《五山文学全集》第一卷,第228页。
② 《济北诗话》第2条,《五山文学全集》第一卷,第228页。
③ 《济北诗话》第16条,《五山文学全集》第一卷,第234页。

实清水之所写也。浮动之暗香,宁昏月之所关乎?又雪后半树者,形似也。水边横枝者,实事也。二联上下二句皆不纯矣。'客云:'诸家诗多如此,何责之者深耶?'曰:'诸家皆放过一著者也。二公采林诗为绝唱,我只以其尽美矣,未尽善矣言之耳'"。《古今诗话》曰:"梅圣俞爱王维诗。有云:'柳塘春水漫,花坞夕阳迟'善矣。夕阳迟则系花,而春水漫不系柳也。如杜甫诗云:'深山催短景,乔木易风高',此了无瑕颣。如是,诗评为尽善尽美也。"① 这是关于欧阳修评"疏影"一联、黄庭坚评"雪后园林"一联和《古今诗话》评杜甫的"深山"一联。三者对三首诗均有好评,但虎关认为,欧阳修和黄庭坚二人评诗有可取之处,但并非十全十美。他认为,评诗应该切合诗句本身的用语与所描绘的景象进行是否合适的推演,再判断其表现的优劣利弊。他认为像林和靖这两联有名的诗句各有不足,但欧阳修与黄庭坚均未指出,所以其评诗是尽美而未尽善,而《古今诗话》所评杜诗,通过与王维的"柳塘"句比较,发现深山一联更"了无瑕颣",毫无瑕疵,所以是尽善尽美。② 日本学者黑天洋一认为虎关师炼是日本杜诗研究第一人,虎关师炼之后,日本汉学界一改平安时代白居易白一色的局面,开始关注和研究杜甫、李白的思想和艺术风格。此外,《济北诗话》中虎关师炼对中国诗人、诗作的评价还体现了"论诗及事"的风格。如对陶渊明的评价,"诗格万端。陶氏只长冲澹而已,岂尽美哉?盖文辞施于野旅穷寒者易,敷于官阁富盛者难。元亮者,衰晋之介士也。故其诗清淡朴质只为长一格也,不可言全才矣"③。认为他的诗只具有"冲淡"一格,非为尽美。涉及诗人的生平作为,认为其"于行贵介,于诗贵淡","非大贤矣",是贵介之士而非大贤之才,"诗未尽美,人未尽善",这与中国的主流评价大相径庭。通过

---

① 《济北诗话》第21条,《五山文学全集》第一卷,第236页。
② 孙立:《日本诗话中的中国古代诗学研究》,北京:北京大学出版社2012年版,第65页。
③ 《济北诗话》第6条,《五山文学全集》第一卷,第229页。

《济北诗话》,我们可以既可以看出作者虎关师炼对中国古代文论的熟悉程度以及独到的见解,也可以看到中日诗话之间的渊源关系。《济北诗话》中虎关师炼的诗学思想并非完全正确,但其文学批评精神对日本江户时代的诗话产生了很大影响。

三、接受与创新——江户诗话

自虎关师炼的《济北诗话》后,日本诗话就已经绝迹,直到三百多年后的江户时代(1603—1868)才再次出现。与日本汉诗的蓬勃发展同步,诗话创作也日渐繁盛。据学者不完全统计,这期间,著录的诗话有百余种之多,呈现出百花齐放、百家争鸣的态势。日本明治末期·昭和前期的汉学家池田四郎次郎(1864—1933)编辑的《日本诗话丛书》中收录了日本江户时代的诗话65部。(见下表)

序号	诗话	卷数	著者	出版时间	语言
1	文镜秘府论	6	空海	820 年	汉文
2	济北诗话	1	虎关师炼	1346 年	汉文
3	史馆茗话	1	林梅洞	1667 年	汉文
4	诗律初学抄	1	梅室云洞	1678 年	和文
5	初学诗法	1	贝原益轩	1679 年	汉文
6	诗法正义	1	石川丈山	1684 年	和文
7	南郭先生灯下书	1	服部南郭	1733 年	和文
8	老圃诗媵		安积淡泊	1737 年	汉文
9	彩岩诗则	1	桂山彩岩	1739 年	和文
10	诸体诗则	2	林东溟	1741 年	汉文
11	斥非	1	太宰春台	1745 年	汉文
12	诗论(并附录)	2	太宰春台	1748 年	汉文

(续表)

序号	诗话	卷数	著者	出版时间	语言
13	丹秋诗话	3	芥川丹秋	1751年	汉文
14	诗律兆	11	中井竹山	1758年	汉文
15	诗学逢源	2	祇园南海	1762年	和文
16	艺苑谈	1	清田儋叟	1768年	和文
17	艺苑谱	1	清田儋叟	1769年	和文
18	日本诗史	5	江村北海	1771年	汉文
19	淇园诗话	1	皆川淇园	1771年	汉文
20	诗学新论	3	原田东岳	1772年	汉文
21	诗学还丹	2	川合春川	1777年	和文
22	白石先生诗范	1	新井白石	1782年	和文
23	唐诗平仄考	3	铃木松江	1786年	和文
24	(附录)诗语考	1	铃木松江	1786年	和文
25	作诗志彀	1	山本北山	1783年	和文
26	词坛骨鲠	1	松村九山	1783年	和文
27	诗讼蒲鞭	1	雨森牛南	1785年	和文
28	诗辙	前3	三浦梅园	1786年	和文
28	诗辙	后3	三浦梅园	1786年	和文
29	诗诀	1	祇园南海	1787年	和文
30	葛原诗话	4	释慈周	1787年	和文
30	葛原诗话后编	4	释慈周	1804年	和文
31	葛原诗话标记	1	猪饲敬所	1787年	和文
32	葛原诗话纠谬	前2	津阪东阳	1836年	和文
32	葛原诗话纠谬	后2	津阪东阳	1836年	和文
33	太冲诗规	1	畑中菏泽	1797年	和文

诗学论坛：中国诗学与世界　　**83**

（续表）

序号	诗话	卷数	著者	出版时间	语言
34	诗圣堂诗话	1	大洼诗佛	1799 年	汉文
35	弊帚诗话	3	西岛兰溪	1799 年	汉文
36	五山堂诗话	前 2	池菊五山	1807 年	汉文
	五山堂诗话	后 4	池菊五山	1807 年	汉文
37	孝经楼诗话	2	山本北山	1808 年	和文
38	竹田庄诗话	1	田能村竹田	1810 年	汉文
39	艺苑锄莠	2	松村九山	1811 年	和文
40	辩艺苑锄莠	2	奥山榕斋	1812 年	和文
41	梧窗诗话	2	林苏坡	1812 年	汉文
42	谈唐诗选	1	市河宽斋	1816 年	和文
43	夜航诗话	6	津阪东阳	1816 年	汉文
44	作诗质的	1	冢田大峰	1820 年	汉文
45	松阴快谈	4	长野丰山	1820 年	汉文
46	沧溟近体声律考	1	泷川南谷	1820 年	和文
47	木石园诗话	1	久保善教	1831 年	汉文
48	诗律	1	赤泽一堂	1833 年	汉文
49	夜航余话	2	津阪东阳	1836 年	和文
50	柳桥诗话	2	加藤善庵	1836 年	汉文
51	锦天山房诗话	前 1	友野霞舟	1847 年	汉文
	锦天山房诗话	后 1	友野霞舟	1847 年	汉文
52	诗山堂诗话	1	小畑诗山	1850 年	汉文
53	锄雨亭随笔	3	东梦亭	1852 年	汉文
54	诗格刊误	2	日尾省斋	1856 年	汉文

（续表）

序号	诗话	卷数	著者	出版时间	语言
55	诗格集成	1	长山樗园	1856 年	汉文
56	幼学诗话	1	东条琴台	1878 年	和文
57	社友诗律论	1	小野招月	1882 年	汉文
58	淡窗诗话	2	广濑淡窗	1883 年	和文
59	诗窗闲话	1	中根香亭	1913 年	和文
60	全唐诗选	3	市河宽斋	1804 年	汉文
61	诗史颦	1	市野迷庵	1792 年	汉文
62	东人诗话	2	（韩）徐居正		汉文

[池田四郎次郎《日本诗话丛书》（日本文会堂书店出版 1922 年版）。]

江户时代诗话最显著的特征是具有本土化的倾向。从表现形式上来看，开始出现日文诗话。如表所示，在 62 部诗话中有 31 部日文诗话，占全部诗话的 50%。日文诗话的出现有诗话作者本身汉文水平的因素，也有考虑到读者的接受程度，更有作者借用汉诗的概念、作诗方法、技巧等论述日本传统和歌、俳句理论。如：津阪东阳在其《夜航余话》中将日本和歌和俳句理论与汉诗进行比较时是这样论述的："岑参「忆长安」诗は、「东望して长安を望み、正に日初出に值る、长安见るにあたはず、よろこんで长安の日が见える」といへるは、阿倍仲麻吕の「三笠の山に出し月かも」とよみけると同一感情の词なり。帰思の切なる至り、そなたのそらに出る月日を望て、せめての思ひ出とす。かぎりなき情けなりけり"。（"岑参的'忆长安'诗：'东望望长安，正值日初出。长安不可见，喜见长安日'与阿倍仲麻吕的'三笠山顶上，想又皎月圆'抒发的是同样的感情，无论是望初生的太阳，还是静夜的皎月，都寄托了自己迫切的思归之情。"）① 在这里，津阪东阳提出了"诗歌同

---

① 中文部分为笔者译。

情""诗俳同趣"的独到见解。作者将汉诗与日本的和歌、俳谐相比较，试图提出日本和歌、俳谐也有与汉诗相同的内涵和意境。可以说随着日本诗歌内在的不断成熟，它非常需要从中国诗歌中寻找规范和理论范式。这种现象的背景与江户时代流行的国风、复古风气不无关系，和文诗话是日本诗话发展的必然归宿，对于日本诗话本土化、民族化，无疑起到很大的推动作用。

另一方面，江户时代不但延续了日本自古以来崇尚汉诗文的传统，而且由于江户幕府以儒学思想为主导、各地藩校私塾大力普及汉文教育，所以学习汉诗文写作非常普遍，汉诗文创作也盛况空前。汉诗的兴起、发展与兴盛，为诗话的大量出现准备好了作品基础。从内容上来看，江户诗话多为指导初学者而作。作为广义诗话的有《诗法正义》《诗律初学钞》《初学诗法》《诸体诗则》《太冲诗规》《诗辙》《诗律兆》《诗格集成》等，主要涉及汉诗文训读法、声律、诗家语、作诗法、作诗技巧等。还有些诗话，如《葛原诗话》《夜航诗话》《葛原诗话纠谬》《孝经楼诗话》等也有相当篇幅讨论唐宋诗歌语义、典故、名物、字词的解释等，这种形式的诗话入门书在中国诗话中很难见到，但是这种实用性的诗话源自平安时代以来日本文人的创作理念，对汉诗初学者来说非常重要，也大受欢迎。

江户时代，随着中日两国贸易、文化交流的增多，中国文学典籍大量传入日本，使江户诗人更容易接触到中国文学，中国本土所发生的文学思潮引起日本汉学界某种程度的跟风变化，① 对中国文学的吸收和消化也体现在诗话创作方面。有学者统计，其中仅 20 种诗话中引用的中国诗学著作就有《二十四诗品》《古今诗话》《沧浪诗话》《诗谱》《诗品》《石林诗话》《四溟诗话》《联珠诗格》《文心雕龙》《随园诗话》《枕山楼诗话》《诗人玉屑》《苕溪渔隐丛话》《老学庵笔记》《文苑卮言》《麓

---

① 孙立：《日本诗话中的中国古代诗学研究》，北京：北京大学出版社 2012 年版，第 30 页。

堂诗话》《司马温公诗话》《雪涛诗话》《六一诗话》《西清诗话》《诗法源流》《谈艺录》《唐诗正声》等115种。① 我们从中可以看出日本诗话作者对中国历代诗话的熟悉程度和接受情况。另外，中国产生的文学思潮随着中日两国的交流得以迅速传入，使江户日本学界出现了与元明清诗话同步的文学倾向。与中国一样，江户时代的日本文坛也有唐宋之争，主要体现在古文辞派和性灵派两大派之间。江户中期，以荻生徂徕②为首的古文辞派兴起，以《沧浪诗话》以及明前后七子的文学复古思想为思想基础，提倡唐、明诗，批评宋诗的以义理文字为诗。当时，古文辞派所崇尚的唐及七子学派占据上风，文坛也成拟古之势，人人以能模仿出唐、明之风的作品为尚。但不久，宋诗那平淡简易、风格清新、不拘一格、抒情言志的诗歌流行开来，因与唐、明诗那种题材相对单一、即景言情，追求圆润饱满的诗境不同，加上古文辞派兴起以来，模拟的积弊已久，厌旧思新的情绪在汉诗界蔓延，皆川淇园在《淇园诗话》中对唐诗整体的特色、风格、意境进行了分析，认为唐诗各个时期成就各异，风格不同，不能笼统地对唐诗盲目迷信，山本北山在诗话《作诗志彀》中推崇明代袁宏道"性灵派"诗论，攻击李攀龙、王世贞等格调派复古主张，倡言"清新"之风，倡导公安派"性灵"的理论，大洼诗佛著《诗圣堂诗话》更明确地反对模仿唐明之诗，并指出七子模仿盛唐诗带来的危害，并在江户后期形成大势。两派争论非常激烈，并持续相当长的时间。在争论过程中，双方均对自己的研究对象进行了较为深刻的研究和开掘，这些关于偏重诗歌理论的诗话对考察中国诗话对日本诗话的影响关系和日本诗话的独特性有着非常重要的史料价值。

---

① 孙立：《日本诗话中的中国古代诗学研究》，北京：北京大学出版社2012年版，第207—212页。

② 日本江户时代的儒学家、哲学家，被认为是江户时代最有影响力的学者之一，古文辞学派的创始人。

结　语

综上所述，随着中日两国古代文化的交流，诗话这种中国文学特有的文学形式作为一种母体文化传入日本。从最初的学习、吸取中国诗话的形式和内容到模仿、创作出本国诗话，进而对两国诗话进行反思和学术批评，在异文化语境中重新融合，形成独具特色的日本诗话。我们从这一流变过程中既可以看到日本诗话对中国诗话的认知、重构和创新的重要文学现象，也可以看到自古以来日本汉文学发展的趋势、日本文学内在的不断成熟以及日本民族自身的审美意识和价值观。

"情性"说发展述评[①]

周和军[②]

情性问题自先秦以来受到诸多先贤的关注,对于"情性"的阐释从最初的哲学层面的观照发展到诗学内涵的聚焦,逐步超越了美教化、厚人伦、淳风俗的诗教传统,肯定和强调了"情性"在诗歌创作中的重要意义,正视了诗歌自身的艺术特征,丰富和发展了诗歌创作理论和文学情感理论的内涵,切近了文学作为艺术的审美本质,因此,对于"情性"说的发展与内涵进行梳理,意义深远,我们从中可以发现中国文学源远流长的抒情传统。

早在先秦时期,情性问题就受到了诸子的关注。荀子对于"性""情""欲"的关系问题进行了辨析:"性者,天之就也;情者,性之质也;欲者,情之应也。性之好恶喜怒哀乐,谓之情"[③]。他突出情感的同时又强调导情和节情,主张"矫饰人之情性而正之","扰化人之情性而导之"[④]。荀子对于"性"的问题这样看待:"今人之性,饥而欲饱,寒

[①] 本文为2015年度天津市哲学社会科学规划项目"中国古代文论中的'中华美学精神'元范畴研究"(TJZW15-013)阶段性成果。

[②] 周和军(1977—),男,汉族,河南信阳人,博士,天津外国语大学比较文学研究所教授,比较文学与世界文学专业硕士生导师,主要从事比较诗学和文艺理论研究。

[③] 《荀子》卷十六,四库全书文渊阁本。

[④] 《荀子》卷十六,四库全书文渊阁本。

而欲暖，劳而欲休，此人之情性也。"① 韩非子提出："人之情性，莫先于父母，皆见爱而未必治也。"② 因此，先秦阶段，"情性"是指人自然本性，包含了情感因素，但不能等同于情感。先秦诸子更多的是从哲学层面来看待情性问题。

《毛诗序》是第一个把"情性"观念置入诗学范畴：

> 国史明乎得失之际，伤人伦之废，哀刑政之苛，吟咏情性，以风其上，达于事变而怀其旧俗者也。③

这里的"情性"不再专指人的生理本能以及与之相关的情绪情感，而是指严酷的社会现实所产生的抑愤不平的情感体验，是从政治和现实的角度揭示诗歌发生的原因。"情"的抒发是人性的表现，即所谓"发乎情，民之性也"。在不违背"发乎情，止乎礼义"的前提下，超越了以往把诗作为政治教化工具的观念，正视了诗歌自身的艺术本质。

班固对"情"和"性"进行分别阐释，其《汉书·礼乐志》：

> 人函天地阴阳之气，有喜怒哀乐之情。天禀其性而不能节也，圣人能为之节而不能绝也。④

班固是把"情"解释为人喜怒哀乐的情感活动，秉承天性，难以自控，即使是圣人也难以断绝。把"性"解释为人的"血气心知"，也就是与生俱来的自然天性。班固对于"情性"的看法显然与《礼记·乐记》的观点前后相承，《乐记》中云：

> 人生而静，天之性也；感于物而动，性之欲也。

---

① 《荀子》卷十六，四库全书文渊阁本。
② 《韩非子》卷十九，四库全书文渊阁本。
③ 〔唐〕孔颖达疏：《毛诗注疏》（卷一），四库全书文渊阁本。
④ 〔汉〕班固：《前汉书》（卷二十二），四库全书文渊阁本。

> 凡音之起，由人心生也。人心之动，物使之然也……乐者，音之所由生也，其本在人心之感于物也……六者（按：指哀、乐、喜、怒、敬、爱）非性也，感于物而动，是故先王慎所以感之者。①

我们可以看出《乐记》中揭示出情与性的关系，性静情动，性，"生而静"，是原初的，情，"感于物而动"，是后起的，实际上，情性本质上是相同的，从静态看是性，从动态看是情，即静的性感物而动，动的性便是情。汉代的情性观仍是一种"饥者歌其食，劳者歌其事"的情感表达，只不过这种情感不再是喜怒哀乐，而是不平则鸣，这时的"'情性'是指人们对时政的不满情绪，这是一种带有普遍性的情感，或者说是一种社会心态。汉儒认为'变风''变雅'的价值在于真实地表现了百姓的普遍心态，有助于当政者了解民风、民情，从而改革弊政"②。

魏晋南北朝时期，玄学中有"圣人有情无情"之辩，王弼认为圣人有情，他提出"性其情"③，即"以情近性"，让本性来制约情感，使情感不致远离本性。王弼把本性看做是第一位的，情感受本性的制约。陆机在《文赋》中提出了"诗缘情而绮靡"④，把情作为文学艺术的发生来源和基本特征来论述。钟嵘也是"情性"说的极力推崇者，他的《诗品序》："若乃经国文符，应资博古，撰德驳奏，宜穷往烈，至乎吟咏情性，亦何贵于用事？"⑤ 他对于文学的发生机制这样论述："气之动物，物之感人，故摇荡情性，形诸舞咏"⑥，"情性"是文学发生的根本，诗歌要感物喻志荡人心腑就必须把"吟咏情性"放在首位。刘勰更是把"情性"

---

① 〔清〕纪昀：《钦定四库全书总目》（卷三十七），四库全书文渊阁本。
② 李春青：《"吟咏情性"与"以意为主"——论中国古代诗学本体论的两种基本倾向》，《文学评论》，1999年第1期。
③ 〔宋〕蔡渊：《易象意言》，四库全书文渊阁本。
④ 张少康：《文赋集释》，北京：人民文学出版社2005年版，第99页。
⑤ 〔清〕何文焕：《历代诗话》（上），北京：中华书局1981年版，第4页。
⑥ 〔清〕何文焕：《历代诗话》（上），北京：中华书局1981年版，第2页。

说推进到一个新的高度,"据《文心雕龙,新书通检》载,'情'字见于《文心雕龙》全书达一百处以上"①。他把情性看作文艺创作中最主要的因素,其《文心雕龙·明诗篇》:"诗者,持也,持人情性。"②其《文心雕龙·情采篇》中"情者,文之经;辞者,理之纬。"把情感放在文章之经的重要地位。他在《文心雕龙·体性篇》中又说:"气以实志,志以定言,吐纳英华,莫非情性。"③情性是文辞的根本、措辞的依据,把文学创作的本体归结为情性。同样,文辞是表达情性的工具和手段,《文心雕龙·情采篇》说:"夫铅黛所以饰容,而盼倩生于淑姿;文采所以饰言,而辩丽本于情性。"④文辞的修饰非常重要,但要以"情性"的自然流露为前提。刘勰突出强调了"情性"说的地位和作用。

南朝诗论家常常用"情灵""性灵"来替代"情性",如所谓"情灵摇荡""感荡性灵""综述性灵"等等。这一时期,对于情与性两个命题的重新探讨,"吟咏情性"这个诗学观念具有新的内涵,即诗歌既要抒发个人生活体验中产生的真情实感,又要表现诗人的独特才情。这一时期的"情性"不再是集体心态与普遍情感,而指向了抒情个体的一己感受与情绪表达。"'情性'一词不再有普遍社会心态的涵义,而是指纯粹个体性的才情性灵,是个人心态。……文学创作必须以'情性'——个人的内心世界为最主要的表现对象,这自是对儒家诗学本体论的突破与超越。"⑤

唐代诗论延续和发展了汉魏以来的吟咏情性的文学观念,如孔颖达的《毛诗正义序》"发诸情性,谐于律吕"⑥,诗歌既要发之于内心情感

---

① 王元化:《文心雕龙创作论》,上海:上海古籍出版社1976年版,第170页。
② 范文澜:《文心雕龙注》,北京:人民文学出版社2006年版,第65页。
③ 范文澜:《文心雕龙注》,北京:人民文学出版社2006年版,第506页。
④ 范文澜:《文心雕龙注》,北京:人民文学出版社2006年版,第506页。
⑤ 李春青:《"吟咏情性"与"以意为主"——论中国古代诗学本体论的两种基本倾向》,《文学评论》,1999年第1期。
⑥ 〔唐〕孔颖达:《毛诗注疏序》,四库全书文渊阁本页。

与自然本性，又要合乎格律的要求。唐代很多诗论家都对"情性"有过专门论述，魏征等的"潘著哀词，贵人灵之情性"①。李延寿的"文章者，盖情性之风标，神明之律吕"②。唐代皎然也谈论到"情性"，其《诗式》卷一："康乐为文，直于情性，尚于作用，不顾词彩，而风流自然。"③ 皎然把谢灵运的诗作为楷模，认为他的诗已经达到登峰造极的程度，因为他的诗"但见情性，不睹文字"④。司空图的《二十四诗品》中"实境"品说："情性所至，妙不自寻，遇之自天，泠然希音。"⑤ 司空图认为情性的自然生发是一种自得自适的状态，就像灵感一样，悄然而来，倏忽而逝，但风格天成。晚唐五代的徐铉提出："诗之旨远矣，诗之用大矣……及斯道不行，犹足以吟咏情性，黼藻其身，非苟而已。"⑥ 唐代"情性"论，总的来说，继承和延续了六朝以来的张扬个性，情性为本的诗学观念。只是"六朝诗学更强调'情性'的本体地位，目的是区分文学作品与非文学作品的本质差异；唐代诗学则侧重于探讨诗歌本体与其表现技巧和表现形式之间的关系。"⑦ 因为"情性"说发展到唐代，唐人认为，"情性"是诗歌本体的应有之义，他们更注重探讨诗歌内容、形式与技巧的关系。

北宋时期，诗人提倡诗歌吟咏以适情性，如李昉的："若无吟咏，何适性情，一唱一酬，亦足以解端忧而散滞思。"并说："自喜身无事，闲吟适性情。"⑧ 北宋梅尧臣在《依韵和晏相公》中也明确提出："微生守

---

① 〔唐〕房玄龄等：《晋书》（卷五十五），四库全书文渊阁本页。
② 〔唐〕李延寿：《南史》（卷七十二），四库全书文渊阁本页。
③ 〔元〕陶宗仪：《说郛》（卷七十九上），四库全书文渊阁本页。
④ 〔元〕陶宗仪：《说郛》（卷七十九上），四库全书文渊阁本页。
⑤ 郭绍虞：《诗品集解》，北京：人民文学出版社 2005 年版，第 34 页。
⑥ 〔宋〕徐铉：《骑省集》（卷十八），四库全书文渊阁本页。
⑦ 李春青：《"吟咏情性"与"以意为主"——论中国古代诗学本体论的两种基本倾向》，《文学评论》，1999 年第 1 期。
⑧ 北京大学古文献研究所：《全宋诗》（第一册），北京：北京大学出版社 1991 年版，第 181 页。

贱贫，文字出肝胆。""吟适情性，稍欲到平淡。"①"平淡"是梅尧臣诗论的关键。他认为要达到"平淡"的诗味必须"吟适情性"。黄庭坚也继承了汉魏以降的"情性说"，其核心理论见于《书王知载〈朐山杂咏〉后》这篇短文中：

　　诗者，人之情性也，非强谏争于庭，怨忿垢于道，怒邻骂坐之为也。②

　　黄庭坚认为，诗歌就是吟咏人之情性，遇物之悲喜，而不是"强谏争于庭，怨忿垢于道，怒邻骂坐之为也"。

　　南宋严羽在《沧浪诗话》中对妙悟这样诠释："诗者，吟咏情性也。盛唐诸人惟在兴趣，羚羊挂角，无迹可求。故其妙处透彻玲珑，不可凑泊，如空中之音，相中之色，水中之月，镜中之象，言有尽而意无穷。"③

　　情，情感，情绪；性，本性，天性。严羽认为情性是文学艺术的本质特征，他把"吟咏情性"当作文学创作的基本要求和表现对象来看待。严羽的"情性"观体现了与当时"义理之学""心性之学"不同的诗学观念和诗歌创作原则，是对以往"情性"说的继承和超越。

　　金元时期，王若虚要求文学作品体现真性情，他在《滹南遗老集》卷三十九中提出："哀乐之真，发乎情性，此诗之正理也。"④ 情性是诗之正理，他把情性的自然流露看做是"如肺肝中流出。自是好文章"⑤。元好问也认为，"吟咏情性之谓诗"⑥，"性情入吟咏"⑦，他认为文学一定要"诚"与"真"，抒发人的真情实感，让人的情性得到自然抒发。他直言：

---

① 〔宋〕梅尧臣：《宛陵集》（卷二十八），四库全书文渊阁本页。
② 〔宋〕李幼武：《宋名臣言行录》（续集卷一），四库全书文渊阁本页。
③ 郭绍虞：《沧浪诗话校释》，北京：人民文学出版社 2000 年版，第 26 页。
④ 〔金〕王若虚：《滹南集》（卷三十八），四库全书文渊阁本页。
⑤ 〔金〕王若虚：《滹南集》（卷三十六），四库全书文渊阁本页。
⑥ 〔金〕元好问：《遗山集》（卷三十六），四库全书文渊阁本页。
⑦ 〔金〕元好问：《遗山集》（卷二），四库全书文渊阁本页。

"唐贤所谓,情性之外,不知有文字云耳。"① 他认为,文学作品要以表现情性为主旨,除此别无文字。吴澄论诗,也强调情性之说,主张:"诗以道情性之真,十五国风有田夫闺妇之辞,而后世文士不能及者,何也?发乎自然而非造作也。"② 吴澄既强调"诗以道情性之真",也关乎发乎情,止乎礼。他突出诗的教化作用的同时,从诗的本质特征出发,强调"诗以道情性之真"。此外,刘将孙认为:"诗本出于情性,哀乐俯仰,各尽其兴。后之为诗者,锻炼夺其天成,删改失其初意,欣悲远而变化,非矣!"③ 他进一步提出:"夫诗者,所以自乐吾之性情也,而岂观美自鬻之技哉!"④ 其《胡以实诗词序》云:"发乎情性,浅深疏密,各自极其中之所欲言。"⑤ 可见,刘将孙的诗学观:情性是诗歌的根本和关键,如果只关注诗歌的格律,就会影响"情性"的抒发与表达,诗歌还具有自娱自乐的社会功用。杨维桢也重点讨论了情性问题。其《李仲虞诗序》云:"诗者,人之情性也。人各有情性,则人有各诗。"⑥ 其《剡韶诗序》云:"诗本情性,有性此有情,有情此有诗也。"⑦ 杨维桢谈及的"性"是指诗人的自然禀性,"情"也是自然生发的情感,诗的风格是因情而发,因人而异。

明清时"情性"说是一个继往开来的时期,"情性"说得到进一步弘扬和发展,与明清之前不同的是,"情性"说的阐发与解释不再局限于诗歌艺术的审美特征上,而是产生了新质和流变。王国维提出了意境说,标志着"情性"说发展一个新的高度。

---

① 〔金〕元好问:《遗山集》(卷三十七),四库全书文渊阁本页。
② 〔元〕吴澄:《吴文正集》(卷十七),四库全书文渊阁本页。
③ 〔元〕刘将孙:《养吾斋集》(卷九),四库全书文渊阁本页。
④ 〔元〕刘将孙:《养吾斋集》(卷十),四库全书文渊阁本页。
⑤ 〔元〕刘将孙:《养吾斋集》(卷十一),四库全书文渊阁本页。
⑥ 〔元〕杨维桢:《东维子集》(卷七),四库全书文渊阁本页。
⑦ 〔元〕杨维桢:《东维子集》(卷七),四库全书文渊阁本页。

明代大兴师古拟古之风，诗歌缺乏真实情感，以致谢榛感叹说："《三百篇》直写性情，靡不高古，虽其逸诗，汉人尚不可及。今学之者，务去声律以为高古，殊不知文随世变，且有六朝、唐、宋影子，有意于古而终非古也。"① 他认为诗歌必须写"性情"，否则，"有意于古而终非古"。晚明的李贽《读律肤说》：

盖声色之来，发于情性，由乎自然，是可以牵合矫强而致乎？故自然发于情性，则自然止乎礼义，非情性之外复有礼义可止也。惟矫强乃失之，故以自然之为美耳，又非于情性之外复有所谓自然而然也。故性格清彻者音调自然宣畅，性格舒徐者音调自然疏缓，旷达者自然浩荡，雄迈者自然壮烈，沉郁者自然悲酸，古怪者自然奇绝；有是格，便有是调，皆情性自然之谓也。莫不有情，莫不有性，而可以一律求之哉！②

李贽认为，诗歌是作家情性的自然抒发，情性是文学的本色和当行，作家要表现情性的真实，反对任何形式的矫饰与虚伪。明末清初的黄宗羲也提出"诗以道性情"③，诗歌就是道出人的自然天性和心灵情感，他更强调感情的真实性。王夫之也主张诗歌表达情感，有诗必有情。他说："诗以道情，'道'之为'言'路也。诗之所至，情无不至。情之所至，诗以之至。……往复百歧，总为情止。"④王夫之认为，诗与情紧密相依：有诗必有情，没有情，诗之不立；有情必有诗，没有诗，无以表达情。王夫之认为诗文的情感性是文学作品区别于一般学术著作的重要标志："诗以道性情，道性之情也。性中尽有天德、王道、事功、节义、礼乐、文章、却分派与《易》《书》《礼》《春秋》去，彼不能代诗而言性之情，

---

① 谢榛：《四溟诗话》，宛平校，北京：人民文学出版社2005年版，第3页。
② 蔡景康：《明代文论选》，北京：人民文学出版社1999年版，第234页。
③ 陆世仪：《思辨录辑要》（卷三十五），四库全书文渊阁本页。
④ 王夫之：《古诗评选》，北京：文化艺术出版社1997年版，第149页。

诗亦不能代彼也。"① 彼此不能相互替代，就是因为各有专长，而诗歌的独特性就在于"道情性"，表现人的心灵世界和情绪感受。叶燮对于"情性"说有所发展，他认为"作诗有情性必有面目"，他以杜甫诗为例来说明情性的重要地位和作用："如杜甫之诗，随举一篇，篇举其一句，无处不可见其忧国爱君，悯时伤乱，道颠沛而不苟，处穷约而不滥，崎岖兵戈盗贼之地，而以山川景物，友朋杯酒，抒愤陶情，此杜甫之面目也，我一读之，甫之面目，跃然于前，读其诗一日，一日与之对，读其诗终身，日日与之对也，故可幕可乐而可敬也。"② 杜甫的诗歌反映出他自己的真情实感，见诗如见人，每天读杜诗就是与他进行情感的交流。

沈德潜也提出："诗贵性情"③，"诗之为道，可以理性情"④，作者不同的性情也会体现出不同的艺术风格："性情面目，人人各具。读太白诗，如见其脱屣千乘；读少陵诗，如见其忧国伤时。其世不我容，爱才若渴者，昌黎之诗也，其嬉笑怒骂，风流儒雅者，东坡之诗也。即下而贾岛、李洞辈，拈其一章一句，无不有贾岛、李洞者存。倘词可馈贫，工同罄悦，而性情面目，隐而不见，何以使尚友古人者，读其书想见其为人乎？"⑤ 他从作者的创作个性和审美特征出发，增添了"情性"说的内涵。刘熙载谈到杜诗时说："杜诗只'有无'二字足以评之。有者，可见性情气骨也；无者，不见语言文字也。"⑥ 刘熙载把杜诗作为诗歌的典范之作，情性是诗歌的本体，语言只是表现情感的工具和载体，成功的文学作品是只见情性不见文字。施补华在《岘佣说诗》中指出，鉴赏不同诗人的作品，就是对不同诗作情性的区分："羌村三首，惊心动魄，真

---

① 王夫之：《明诗评选》，北京：文化艺术出版社1997年版，第243页。
② 叶燮：《原诗》，霍松林校，北京：人民文学出版社2005年版，第50页。
③ 沈德潜：《说诗晬语》，霍松林校，北京：人民文学出版社2005年版，第188页。
④ 沈德潜：《说诗晬语》，霍松林校，北京：人民文学出版社2005年版，第186页。
⑤ 沈德潜：《说诗晬语》，霍松林校，北京：人民文学出版社2005年版，第257页。
⑥ 徐中玉等：《刘熙载论艺六种》，成都：巴蜀书社1990年版，第60页。

至极矣。陶公真至，寓于平澹；少陵真至，治为沉痛。此境遇之分，亦情性之分。"①

王国维在《人间词话》中继承了前人的"情性"说观点，进一步提出了"境界"说，"境界"即"故能写真景物、真感情者，谓之有境界、否则谓之无境界。"②他认为，"写情则沁人心脾，写景则在人耳目，述事则如其口出。"③情景物的浑然一体交汇融通就产生了作品的"境界"即"意境"。王国维把"情性"说演进到"意境"的高度，"意境"是中国古典诗学的核心命题，是诗歌创作所追求的审美理想和终极目标，"意境"理论不仅概括了艺术的本质特征和创作的内部法则，而且为中国诗学理论、艺术鉴赏理论的发展和完善做出了不可磨灭的功绩。

综上所述，"情性"说在中国文学长期的实践中，一脉相承，源远流长，在整个中国古典诗歌发展史上占据主要地位，"情性"说贯穿了中国诗学发展的始终。"情性"说"由'言志'，即单纯地表现道德情感，几经补充和发展，到文学表现一般情感，即包括道德情感、理智情感、审美情感在内的人的所有情感，在原有的理论基础上，情感范围得以扩展，并向情之真、之强深化，而且，开始注意到情感在动态的创作过程中所起到的积极的推动作用，强调了情感在创作活动中的重要性，丰富了文学情感理论的内涵，切近了文学作为艺术的审美本质，使文学不再只是作为政教工具，而是走向高度自觉，真正以一种人类掌握世界的艺术方式，充实着人类自身的精神生活。其间的过程固然波折起伏，但其方向总是向前的，而且，是不断前进的"④。

---

① 丁福保：《清诗话》，上海：上海古籍出版社1978年版，第979页。
② 王国维：《人间词话》，徐调孚、周振甫注，北京：人民文学出版社2005年版，第193页。
③ 王国维：《宋元戏曲史》，杨扬编校，上海：华东师范大学出版社1995年版，第121页。
④ 朱恩彬、周波：《中国古代文艺心理学》，济南：山东文艺出版社1997年版，第224页。

夏目漱石《文学论》在现代中国的译介与影响[①]

孟智慧[②]

夏目漱石（1867—1916）是日本近代文学史上非常重要的一位作家，一生创作了许多文学作品，特别小说以其高超的写作技巧和对现实的批判深度，深深影响了后来的日本作家。除了在文学上的极高造诣之外，他在文学理论方面也颇有建树，曾经写了不少文学批评与理论著作，其中《文学论》（1907）是其最有代表性的论著，奠定了他在日本近现代文论史上无可争辩的地位。研究夏目漱石，如果不论及其文艺批评和《文学论》则会显得十分褊狭。目前，中国学界对漱石文学作品的研究众多，而对其文学理论的研究则寥寥无几，除了20世纪90年代何少贤先生的《日本现代文学巨匠夏目漱石》一书以及近期几篇零星的文章介绍外，研究的力度和深度仍然存在很大的不足。事实上，早在20世纪二三十年代，我国知识界就认识到了夏目漱石文论的价值，对他的这两部理论著作《文学论》和《文学评论》已经进行了介绍和翻译。应该说，较其他日本近代文艺理论家如坪内逍遥、森欧外、北村透谷、高山樗牛等人而言，夏目漱石的文论著作是在现代中国介绍和翻译最多的，其文论思想也是对中国现代文学理论和现代文学创作影响最大的。本文就通过其理

[①] 天津市哲学社会科学研究规划项目（TJWW16-014）。
[②] 孟智慧，天津师范大学文学院博士生，天津理工大学汉语言文化学院讲师。主要研究方向：比较文学与世界文学，东方文化与文学。

论代表作《文学论》在现代中国的译介和接受情况,来探究夏目漱石文艺思想对中国现代文学研究和文学批评实践所产生的影响,以及在中国文论的现代性转型过程所起到的推动作用。

一、《文学论》的价值与中国现代文论发展的需求

《文学论》是夏目漱石最重要的一部理论著作,是他留学英国归来后的重要思想结晶,原本是作者1903年到1905年在东京大学的讲稿,经学生中川芳太郎整理后于1907年出版。该书内容广博,思想深邃,见解独特、新颖,充分反映了漱石独特的思考能力和探索创新精神。在这部论著的开篇,夏目漱石独创了一个"F+f"的文学公式,他认为:"大凡文学内容之形式,须为[F+f]。F代表焦点的印象或观念,f代表附随那印象或观念的情绪。然则上举公式,可以说是表示印象和观念的两方面即认识的要素F,和情绪的要素f之结合的了。"① 随后,他又论述了F与f的关系、F和f的具体内容和相互影响,以及它们怎样成为文学作品描写对象、作者表现F和f的方法等。围绕这个公式,夏目漱石构建起自己独特的文学理论体系,探讨了文学的基本原理,确立了比较科学的文学批评标准、读者欣赏和作家创作理论,研究了文学流派演变的规律。

与同时期大多数日本文学评论家采用的印象式批评方法不同,夏目漱石把自然科学及其其他社会科学的研究成果引入到文学评论当中,运用心理学、社会学理论和方法,甚至数学公式来搭建起自己的文学理论大厦。此外,由于此书的原稿是向学生讲授的文学讲义,为了显得不过于理论化,漱石援引了大量的东西方文学作品作为实例来论证自己的观点、思想。正是这种理论思辨性与实证性的结合,以及其本身的自成体系性,使《文学论》不仅在当时的日本文学批评界显得别具一格、出类

---

① 〔日〕夏目漱石:《文学论》,张我军译,神州国光社1931年版,第1页。

拔萃,就是在当时的西方也难以找到类似的理论著作。甚至后来有学者认为,"漱石的《文学论》是世界范围内第一部超越'主义'和流派的、用'社会心理学'方法写成的自成体系的文学概论著作。"① 因此,这部论著自出版之后,便受到了日本许多作家、学者的高度评价和赞扬。《文学论》出版的第二年,学者生田长江就认为漱石的评论才能要高于日本近代的另一个文艺理论家坪内逍遥;川端康成在1925年所撰的《文学理论家》一文中,也认为夏目漱石的见识是出类拔萃的,"在漱石以后已经找不到一本值得信赖的文学概论,这样说毫不夸张"②。而对其文论最为推崇的学者,则是研究日本近代文论的权威、著名文学评论家吉田精一。他认为《文学论》是"整个明治和大正时代唯一的、最高的、独创的"著作。如果这部杰出的理论著作能够被介绍、翻译到中国,对于中国现代文学理论界来说会具有十分重要的意义。

就当时中国文论所处的文化语境而言,《文学论》被译介到中国也是自然而然的事情。"五四"新文化运动以后,随着大量外国文学理论、文艺思潮的涌入,中国传统文论受到了激烈冲击,迫切需要实现现代性的转型。而这种转型并不能完全依靠自己的力量自足地完成,而是需要借助外来的文学理论来实现,日本文论就是中国现代文论所汲取的重要外来资源之一。这与当时留日归来的一些学人不无关系。在20世纪二三十年代,一大批留日归来的青年才俊成为文坛的中坚力量,他们不仅用自己的创作促进了新文学的发展,而且针对新文学发展中出现的各种问题提出独特的见解,往往就某些分歧或差异与他人进行论争。在论争中,文艺理论问题就逐渐成为中国知识界关注的一个焦点。特别是20年代后期,郭沫若、成仿吾等人提出"革命文学"的口号之后,文艺问题越来

---

① 王向远:《卓尔不群,历久弥新——重读、重释、重译夏目漱石的〈文学论〉》,《南京师范大学文学院学报》,2014年第1期。

② 转引自何少贤:《日本现代文学匠夏目漱石》,北京:人民文学出版社1998年版,第200页。

越热,更多的文艺论战不断上演。"文艺论战的活跃,特别是30年代的'文学大众化'运动,使得更多的人,特别是年轻人开始关心文艺理论问题了。激烈的文学论争,需要新的理论武器,进一步强化了对新文学理论、对普及性、通俗性的理论著作的期待和需要。"① 而当时所论及的一些文艺问题,正是明治以来的日本文艺理论界所探讨过的。再加上,参与论战的人多是从日本留学归来,他们所熟悉的文论资源也大多来自日本。基于这种文学需要和现实背景,中国在20年代后期至30年代中期对日本文论进行了大规模的译介,短短几年内就译介了几十部日本文学理论的专著和论文集。而在日本文学界具有举足轻重地位的夏目漱石的论著《文学论》和《文学评论》,自然也进入了中国学人的视野,被介绍、翻译到中国,影响了中国现代文学理论。

二、《文学论》在现代中国的译介

其实,在夏目漱石的《文学论》被正式翻译成中文之前,其部分章节内容已经在1924年就被人介绍到中国,而介绍者正是中国现代著名作家郁达夫。郁达夫曾留学日本长达十年之久,留学期间正是漱石在文坛负有盛名之时,因此完全有可能阅读过《文学论》的日文原本。1924年,郁达夫到武昌师范大学任教,讲授文学概论、小说论、戏剧论等课程内容。期间,他向学生讲授了夏目漱石《文学论》第一章的内容。后来,他把记录下来的讲义整理成文章,发表在1925年9月10日《晨报副镌·艺林旬刊》第15号上,题名为《介绍一个文学的公式》。这篇文章的开头与《文学论》的开篇一样开门见山:"世界上的文学,总逃不了底下的一个公式:F + f。F是焦点的印象,就是认识的要素。F是情绪的要素。"② 然后分析了F与f的关系的三种不同形态,并对F是焦点的印象

---

① 王向远:《中日现代文学比较论》,长沙:湖南教育出版社1998年版,第215页。
② 《郁达夫全集》第五卷,广州:花城出版社1982年版,第223页。

从心理学方面做了说明,这些都是《文学论》第一章的基本内容。不同的是,他把这些晦涩难解的理论,用现实生活中形象的事例和图示讲解得更加通俗易懂。这是目前找到的中国最早介绍漱石《文学论》的文章了。而在此之前,还没有研究者发现郁达夫与夏目漱石《文学论》的关系。此外,郁达夫在 1930 年所写的《学文学的人》一文中,还讲述了夏目漱石的生活轶事,赞扬其独立的人格精神,并引用了漱石《文学论》序言的一大段话,足见对这本论著的熟悉程度。

1931 年《文学论》中文译本由上海神州国光社的正式出版,对夏目漱石文学理论在中国的传播起了重要的作用,也是当时理论翻译界一件比较值得关注的事情。该中文译本的翻译者是张我军先生。他出生于台湾,是 20 世纪 20 年代台湾新文学运动的先驱者之一,曾出版过台湾第一本新诗集的《乱都之恋》。同时,他还积极从事文学翻译活动,1926 年在《台湾民报》(94 号、95 号)上发表了日本白桦派作家武者小路实笃的《爱欲》的中文译本,标志着他走上了文学翻译的道路。1927 年进入国立师范大学国文系学习期间,他结识了周作人、钱道孙等著名日文翻译家,开始大量翻译日本文学作品、学术书籍,并在他们的引荐下翻译的作品不断发表于杂志和报纸副刊上,名气渐成。在 20 世纪二三十年代,张我军翻译了大约有十四、十五部日本书籍,比较有名的有岛武郎《生活与文学》(1929 年)、宫岛新三郎《现代日本文学评论》(1930 年)、千叶龟雄《现代世界文学大纲》(1930 年)、夏目漱石《文学论》(1931 年)。而对夏目漱石《文学论》的翻译,应该说是张氏翻译生涯中最值得浓墨重彩的一笔。正是对这部著作的翻译,确立了张我军在当时翻译出版界的地位。正如张我军的好友苏芗雨在《怀念张我军先生》一文中所说:"为求学,为养家,他开始翻译工作,经某著名日本文学者的介绍,翻译了日本夏目漱石氏著文学论在某书店出版,中国出版界之认识他,从这部翻译开始。"①

张我军凭借翻译《文学论》而得以在当时的翻译界成名,但精通日文的人如果拿漱石的日文原本来审视张氏的译本,可能会发现他的翻译并不十分完美,出现了一些不尽如人意的地方,如因理解不到位而产生的错译,对古典文学引文的漏译,所引用的英文没有翻译等。不过,出现这样的现象是可以理解的。首先,翻译本身是一种"创造性地叛逆",是一种再创造,不免会出现这样那样的误译、漏译;其次,《文学论》是夏目漱石总结东西方作家创作经验基础之上概括出来的理论,内容庞杂,思想深邃,理论性比较强,学院气息浓厚,因此对翻译者的要求极高,不仅要有很强的理解力和深厚的语言功底,而且要求具有广博的知识和学贯东西的素养。而当时年仅29岁的张我军能够把这样晦涩难懂的理论巨著完整翻译下来,虽有瑕疵但却不得不让人敬佩其勇气可嘉。另外,他日文功底扎实,翻译态度比较认真,因此周作人在为《文学论》译本写的序文中,充分肯定了他的贡献:"中国近来对于文学的理论方面似很注重,张君把这部名著译成汉文,这劳力是很值得感谢的,而况又是夏目的著作。故予虽于文学少所知,亦乐为之序也。"② 不仅如此,而且"在整个民国时代,《文学论》是我国翻译的仅有的一部篇幅最大、也是最为系统的文学概论方面的著作"③。

三、《文学论》对中国现代文学理论的影响

《文学论》无论是在翻译前还是翻译后,都对中国现代文学理论都产生了一定的影响,在中国知识界引起了较大反响。主要表现如下。

首先,《文学论》的出版促使人们对某些文学理论问题进行思考。如

---

① 苏芗雨:《怀念张我军先生》,《台北〈合作界〉季刊》,1956年第19号。
② 周作人:《文学论·序》,神州国光社1931年版,第2页。
③ 王向远:《东方各国文学在中国》,南昌:江西教育出版社2001年版,第227页。

周作人对作品文本与文学批评之间关系的认知。周作人在张我军《文学论》译本出版时,专门为之做了一篇序言。作为最早把夏目漱石介绍到中国的作家,他的确比较有资格做该译本的序言。在这篇序言里,周作人谈到自己虽感兴趣的是漱石的小说,但在《文学论》出版时就买过了一册,并自谦地称:"至今还不曾好好地细读一遍。"① 从这句话不难看出,周氏应该粗略地阅读过《文学论》原本。而且,他还谈及自己对漱石所作自序记忆深刻,清楚漱石创作此书的目的就是要探讨文学的本质和规律。由《文学论》的出版,他联想到文学作品与文艺批评的关系。周作人认为阅读文学作品好像喝茶,而探寻文学的原理就是茶的研究,"茶味究竟如何只得从茶碗里去求,但是关于茶的种种研究,如植物学地讲茶树,化学地讲茶精或其作用,都是不可少的事,很有益于茶的理解的。"比喻十分形象,简单明了地道出了文学作品的鉴赏离不开文学理论,文学理论有助于更好地理解文学作品。因此,他指出漱石的《文学论》就是"茶的化学",对我们理解文学作品大有裨益。

其次,《文学论》为中国现代"文学概论"的编写提供了学术思想资源,尤其在概念、范畴方面起了示范、参考作用。"五四"以来,大量外来文学理论纷纷被翻译到中国,为传统文论向现代文论的转换提供了契机。在译介国外理论著作的同时,中国知识界也开始模仿、借鉴外来文学理论的框架、观点,编撰本国的文学理论书籍,并在二三十年代掀起了一股编写文学概论教材的热潮。作为日本近代的一部重要理论著作,漱石的《文学论》为中国现代文学理论在概念、范畴乃至方法上都提供了新的范式,成为中国现代"文学概论"教科书编写时可供参考、借鉴的重要对象。

从二三十年代出版的"文学概论"类书籍的内容来看,夏目漱石的文学本质观对当时文学本质问题的探讨具有一定的影响。从 1928 年 9 月

---

① 周作人:《文学论·序》,神州国光社 1931 年版,第 2 页。

出版的夏丏尊所著的《文艺论 ABC》一书中,就可窥一斑。尽管当时《文学论》还没有被翻译过来,但精通日语的夏丏尊很可能读过此书,他在《文艺论 ABC》结语中直接把它列为第二参考书目。夏目漱石认为:"文学内容是以情绪为主的,有它故文学得以成立","情绪是文学的中心"。① 在这本书中,夏丏尊把文学称为文艺,他提出文艺的本质也是情,并认为:"所谓情者,不能凭空发生,喜悦必须有喜悦的经验,悲哀也必须有悲哀的事实","经验或事实着了感情的衣服表现出来的是文艺"。② 这种观点就是漱石所认为的"文学内容形式是[F + f],F 代表焦点的印象或观念,f 代表附随那印象或观念的情绪",只不过把焦点的印象、观念 F 置换成了"经验""事实",说法虽发生变化,但内涵却一样的。之后,陈穆如在 1930 年出版的《文学理论》中也把《文学论》列为参考书目,并在探讨文学的定义时深受到漱石观点的影响。他认为:"至若文学的定义,也并不神秘,构成文学要素的也不外下面的一个公式就是:文学=艺术(思想×感情)/文字 那就是说:我们有了艺术化的思想与艺术化的感情相融合,拿文字去表现出来就可以称为文学。……再具体的讲,文学是艺术地表现思想和感情的文字。"③ 这里面的公式虽没有照搬漱石的"F + f"的文学公式,却是原公式借用后的改造、演化,公式中的"思想"就相当于印象的焦点、观念 F,而"感情"就是情绪 f。1933 年孙俍工编著的《文学概论》,同样也借用、改造了夏目漱石的文学公式,认为:"文学的要素:文学=艺术(思想×感情)/文字。"④ 他认为一种文学内容的形式,是联合心理上的印象和观念的两方面,是认识的要素和情绪的要素的结合。除此之外,孙氏还援引《文学论》的其他理论来阐述自己的观点。如在第四章"文学与心理"中,他依照夏目漱石

---

① 〔日〕夏目漱石:《文学论》,张我军译,神州国光社 1931 年版,第 202 页。
② 夏丏尊:《文艺论 ABC》,北京:世界书局 1928 年版,第 4 页。
③ 陈穆如:《文学理论》,上海:上海启智书局 1930 年版,第 8—9 页。
④ 孙俍工:《文学概论》,上海广益书局 1933 年版,第 14 页,第 85 页。

《文学论》中关于"情绪"的分类,将文学的情绪分为作者、作品和读者三个方面,强调"情绪是文学的最重要的要素,是其始又是其终的"①,这与《文学论》中的文字极其相似,明显看到借鉴的痕迹。他还引用漱石书中有关心理学方面的观点,将对于文学创作的心理形态分为触觉、味觉、嗅觉、听觉、视觉等五类,同时说明心理对文学的作用。此外,1937年出版的孔芥编著的《文学原论》的第三章"经验的要素",更直接指明是参考《文学论》中的分类,把感觉分为触觉、温觉、味觉、嗅觉、听觉、视觉六种,而且在对每种感觉进行具体解释时原封不动地照搬夏目漱石的一些观点和例子,最后得出结论:"我们可以肯定地说:吾人之意志和情绪,大都由感觉而生。故感觉的经验为文学之基本的要素。"② 这一看法也与漱石的"感觉经验 F 是文学作品的重要内容"的观点相契合。

再次,《文学论》的思想、观念和研究方式、方法启发了中国现代一些文艺批评家,有助于他们构建自己的理论批评观点,进行文学批评,促进中国新文学的发展。如创造社重要成员成仿吾在20世纪20年代早期写的几篇文学批评的文章,如《评冰心女士的〈超人〉》《〈残春〉的批评》《诗之防御战》《写实主义与庸俗主义》等,就直接借用夏目漱石《文学论》的概念、观点,阐述对"五四"初期文坛上出现的一些作品和文学现象的看法。在具体借用过程中,他并不是对夏目漱石观点的生硬照搬,而是以解决当时文坛存在的严峻问题、促进文学的健康发展为己任,根据自己批评实践的需要对其进行改造、变形。从某种程度上,他的这些批评和建议在客观上为新文学摆脱困境,走上健康、正常的道路起到了一定的作用。

1922年11月所写的《评冰心女士的〈超人〉》一文,是成仿吾最早借用夏目漱石理论进行文学批评的开始。在这篇文章中,他批评冰心

---

① 孙俍工:《文学概论》,上海广益书局1933年版,第14页,第85页。
② 孔芥:《文学原论》,正中书局1937年版,第58页。

在塑造主人公何彬的性格时，对性格发展变化的内在成因观察不够深入，描写只是浮于表面，表现得不够具体充分，因而产生的效能即情绪很微弱。这种观点应该是受《文学论》的影响而形成的。漱石提出"f 与 F 的具体之度成正比例"①，F 越具体唤起人们的情绪 f 就越强烈，反之 F 过于简单、抽象，唤起的情绪 f 就较弱。为此，面对冰心创作中行文过于抽象化的现象，他提出中肯的建议："一个作品的戏剧的效能，不能靠抽象的记述，动作 action 是顶要紧的，最好是把抽象的记述投映 project 在动作里。"② 也就是说，只有将抽象的记述具体表现出来才能唤起读者的情绪。这一建议无疑对"五四"初期一些抽象化、概念化严重的哲理小说走出创作的误区，走向正确的道路提供了有益的帮助。在随后的《〈残春〉的批评》中，成仿吾对漱石理论的借鉴则更为明显。为了反驳有人批评郭沫若的小说《残春》情节平淡、没有高潮的看法，他首先提出"一个文艺的作品，总离不了内容（即事件）与情绪"③，显而易见是对文学公式"F + f"的借用改造。接着，他从内容（即事件）与情绪这两方面出发，对文艺作品是否应该有一个最高点进行了探讨。为了更明晰地分析情绪是否应存在一个最高点，成仿吾以横轴 x 代表文艺内容（即事件），直轴 y 代表情绪的变迁，列出函数图形来详细解释。他指出 dy/dx 是正符号时，内容与情绪并长；而 dy/dx 是负符号时，内容虽递增但情绪却减少，进而下结论：文艺作品的情绪不需要存在最高点，因为"由文艺的原则说起来，情绪不可不与内容并长；因为内容增加时，情绪若不仅不与他同时增加，反而减少，则此内容之增加，不啻画蛇添足。"④ 这种情绪与内容并长的观点，可以说是《文学论》中"f 与 F 的具体之度成正比例"理论的变形而已。

---

① 〔日〕夏目漱石：《文学论》，张我军译，神州国光社 1931 年版，第 109 页。
② 《成仿吾文集》，济南：山东大学出版社 1985 年版，第 33 页。
③ 《成仿吾文集》，济南：山东大学出版社 1985 年版，第 41 页。
④ 《成仿吾文集》，济南：山东大学出版社 1985 年版，第 43 页。

除了对个别作品的评论外,成仿吾还在《诗之防御战》和《写实主义与庸俗主义》中借用漱石《文学论》和其他外来理论对当时文坛出现的整体现象和问题进行了思考。在 1923 年 5 月发表的《诗之防御战》中,漱石公式中的两个符号 F 和 f 则被成仿吾直接拿过来,并且在内涵上完全没有区别。他提出:"F 为一个对象所给我们的印象的焦点(focus)或外包(envelope),f 为这印象的焦点或外包所唤起的情绪。"① 对于 F 与 f 之间的关系,成仿吾用 df/dF 的算式来表示,认为:"这对象的选择,可以把 F 所唤起的 f 之大小来决定。用浅显的算式来表出时,便是我们选择材料时,要满足 df/dF>0 一个条件。如果这微分系数小于零时,那便是所谓蛇足。这算式所表出的意思,如用浅近的语言说出,便是诗中如增加一句一字,必是这一句一字能增加全体的情绪多少。"② 这一看法与《〈残春〉的批评》中的观点一致,仍是受《文学论》中"f 与 F 的具体之度成正比例"的启发而成,不同的是这里他用 df/dF 来表示,而不再用微分系数的常用表示法 dy/dx,更能直接显示出他的理论来源。受到漱石"情绪是文学的中心"观点的影响,他十分强调情绪对于文学作品的重要性,"文学始终是以情感为生命的,情感便是它的终始"③。正是基于这一认识,成仿吾对"五四"初期的诗坛进行了批评,认为早期的白话诗缺乏真情,难以引起读者共鸣,小诗因篇幅过短不易承担过多的感情,所抒发的情感大都陷于轻浮,哲理诗则概念化、哲理化倾向严重。他的这些批评和看法对纠正当时诗坛粗制滥的不良现象,促进新诗健康、正常的发展大有裨益。此外,成仿吾对"五四"文坛所出现的庸俗现实主义写作倾向也进行了深刻的批评,主要体现在《写实主义与庸俗主义》一文中。在具体论述过程中,他对夏目漱石理论的运用更是得心应手,甚至达到化有形于无形,完全为我所用的地步。为了说明写实主义与浪漫

---

① 《成仿吾文集》,济南:山东大学出版社 1985 年版,第 75 页。
② 《成仿吾文集》,济南:山东大学出版社 1985 年版,第 75 页。
③ 《成仿吾文集》,济南:山东大学出版社 1985 年版,第 75 页。

主义文学在取材和表现上的差异，成仿吾按照漱石的分法将文学材料分为人事、感觉、理智与超自然这四类，但对它们唤起情绪的排序却不一样，把人事提到了感觉前面，认为："在文学上最有效力的是关于人事，其次是关于感觉世界的，最后乃是理智的与超自然的。"① 以此，他提出浪漫主义文学大多取材于理智与超自然的内容，而写实文学更多表现的是人事与感觉世界，反映的是现实生活，因而更能引发读者的感受。对于文学作品如何写实，成仿吾提出自己的看法："我们已与现实面对面。我们要注视着它而窥破它的真相。我们要把它赤裸裸地表现出来。然而我们于观察时，要用我们的全部机能来观察，要捉住内部的生命，而不为外部的色彩所迷；我们于表现时，要显出全部的生命，要使一部分的描写暗示全体，或关联于全体而存在。"② 这种认识其实也来自《文学论》。夏目漱石认为："所谓写实法就是如实表现真实世界的方法。③ 因此，可以方便地把真实世界的片断缩写到纸上。而这里所说的真实的世界的片断，是由写实法所必须叙述的材料组织起来的。"④ 即文学作品在表现现实的时候，所反映的内容并不是与现实世界完全一模一样，而是需要对真实世界进行艺术加工和组织。而当时文坛上的庸俗现实主义却像留声机或照片一样完全忠实地反映现实生活，而没有发现表面真实的下面所隐含的本质内容，成仿吾对此进行了彻底否定。

总之，夏目漱石《文学论》在20世纪二三十年代被译介到中国是中国文论进行现代转型需求的必然结果，它对中国现代文论的发展也产生了重要的影响，不仅为20世纪二三十年代文学概论教材的编写提供了可以借鉴的理论来源，而且对中国新文学批评家的理论观念的形成也具有积极的启发作用。

---

① 《成仿吾文集》，济南：山东大学出版社1985年版，第100页。
② 《成仿吾文集》，济南：山东大学出版社1985年版，第100页。
③ 〔日〕夏目漱石：《文学论》，张我军译，神州国光社1931年版，第438页。
④ 《成仿吾文集》，济南：山东大学出版社1985年版，第100页。

印度文化视角下《悲剧的诞生》：摩耶与阿波罗个体化之辨①

曾 琼②

尼采在《悲剧的诞生》中引用阿波罗统称美的外观的无数幻觉，并以阿波罗所代表的外观和现象世界与狄奥尼索斯所代表的生命力横溢的酒神世界形成对应。摩耶这一概念在他论述阿波罗个体化的审美性时被直接引入。摩耶是印度宗教哲学中的一个重要概念，既有幻现、幻象之意，又具有幻体之意，与印度哲学中的梵形成一组有紧密联系的概念。阿波罗个体化与摩耶在均为幻象、均将破灭这两点上具有共同性，但两者的起源和文化内涵又迥然不同。虽然尼采在后期背叛了叔本华哲学，但从对摩耶概念的理解来看，尼采、叔本华乃至更早的黑格尔，这些西方哲学家对摩耶的理解距离真正进入印度宗教哲学的文化语境还有距离。

《悲剧的诞生》是尼采的第一部著作，也被看做尼采哲学的起点，在这部作品中，尼采引用两位古希腊神话人物阿波罗和狄奥尼索斯象征性地说明艺术的起源和本质以及人生的意义。酒神呼唤整个现象世界进入人生，阿波罗同样是不可或缺的，阿波罗所提供的个体化世界使人执着

---

① 本文系国家社科基金青年项目"印度文学中国20世纪传播史"（13CWW015）阶段性成果。

② 曾琼，女，汉族，文学博士，天津外国语大学比较文学研究所副教授，北京外国语大学亚非学院在站博士后，研究方向：印度文学、中印文学比较研究。

于生命，尼采"用日神的名字统称美的外观的无数幻觉"①。在尼采的审美形而上学中，日神的作用就是给人以"壮丽的幻觉"，从而推动人以审美的态度来经历人生，给现实人生以审美动力和存在理由。在论述日神阿波罗个体化的审美性时，尼采提到了另一个概念：摩耶。

在《悲剧的诞生》中，尼采直接提到摩耶（Maya⁻）的地方分别是第一、第二、第十八、第二十一节（the veil of Maya⁻）和第二十五节（the veil of Maya⁻）。它与尼采对阿波罗个体化关于外观、幻想的阐述有密切联系。尼采对摩耶的使用是取其何意，是否切合摩耶一词的核心含义，从印度哲学的角度如何看待尼采对摩耶的理解，这是本文将要从印度文化视角考察的内容。

一、摩耶（Maya⁻）与日神个体化的相似之处

"摩耶"是印度哲学和美学中的一个词汇，早在印度最古老的典籍《梨俱吠陀》中就已经出现。它是吠陀诗人和哲学家从对宇宙万象的直观中得到的一个认识论上的共识。摩耶（Maya⁻）即"幻"，音译为摩耶，在"吠陀"中的原意为"智慧（prajña）"，"智慧"的另一个同义字是"行动（karma）"。在吠陀诗人看来，自然界的一切现象，诸如风调雨顺、草长莺飞、生老病死都是由于摩耶即幻力的作用，幻力就是行动。《梨俱吠陀》中就有诗句吟诵大神因陀罗以他的神力即摩耶创造了各种形式。这里的因陀罗，在哲学思考上，可认为是日后为奥义书哲学家所津津乐道的"梵"的代名词。"是顾彼名曰'见此者'。唯然'伊檀陀罗'乃彼之名。以彼名'伊檀陀罗'也，故隐秘之称曰'因陀罗'（Indra）。盖诸天皆似好隐也。"② 摩耶就是这无前无后超越时间和空间的梵的幻化。

---

① 周国平：《悲剧的诞生：尼采美文选读》，北京：作家出版社2012年版，第86页。
② 《五十奥义书》（修订本），徐梵澄译，北京：中国社会科学出版社1995年版，第26页。

在《梨俱吠陀》里,摩耶("幻")既具有哲学的义理,又包括美学的内涵,有极具创意的"二幻"理论。二幻即幻现和幻归,幻现是外在世界的艺术创造,幻归是幻现复归于设定的超验实在,因而幻归实际上是要求回归到美的绝对实在体,二幻的美学理论在其根本上是"梵"的宗教哲学理论的外化。

"吠陀"时期是摩耶概念的萌芽期,之后关于摩耶有各种不同的解释与发展,其中共同的一点在于认为摩耶与梵是互相依存、不可分裂的。在印度哲学中,梵是不可见、不可闻、不可触、不可说、不可思议的绝对实在。印度伟大的哲学家商羯罗曾把梵分为上梵和下梵,认为梵本身是没有任何属性的精神实体,但是世俗的凡人不能理解梵的这种实在,因而用世俗的眼光和思维去思考梵,从而给梵附上了种种属性,如全智、全能等,这样实际上人们看到的不过是有限止、有差别、被属性所限制的下梵,而真正无限制、无差别、无属性的上梵却不为人们所认识。摩耶是梵的一种幻力,世界的一切都由"摩耶(幻)"产生,摩耶是梵的显现,是一切现象的根源和种子。梵在世间显现的一切就是"幻"即摩耶,人必须要破除"幻"才能找到"梵",在这个意义上理解尼采说的"撕破摩耶的面纱",看到个体化的真相,也就是要看透生活的表象。

摩耶既是产生世界的幻力,世界现象本身也是一种"摩耶"。明确了摩耶这两重含义之后再来看阿波罗的个体化,便不难发现这二者的共同之处。首先,二者都是一种幻象。"日神本身理应被看做个体化原理的壮丽的神圣形象"[①],日神代表的是现象世界的美之外观,日神世界是为了使人能够继续生存下去的必要的幻觉。尼采将日神的境界比作梦境,并认为在梦中即便明知是梦,也会强迫自己把梦做下去。摩耶也是一种幻,它是梵的外在显现,好比是人在半梦半醒间看到的海市蜃楼,又好像是人将绳误认为蛇。绳固然不是蛇,但蛇也并不就是真实的,蛇本身也是

---

① 周国平:《悲剧的诞生:尼采美文选读》,北京:作家出版社2012年版,第4页。

一种幻现，是梵的显现，也是摩耶。

其次，摩耶和日神的个体化都是一种力的作用。前文已经论述了摩耶是梵的一种幻力，梵运用这种幻力来显现世界。日神的个体化同样是一种力的作用。通过这种力，日神使酒神认识和酒神作用得到日神式的感性化表现，使希腊悲剧成为以酒神精神为实质，但不断向着日神的个体化世界，即具有完美表现的现象世界的一种建构和努力，"日神的妙手回春之力能在我们身上激起幻觉"①，使酒神获得完美的幻景显现。

最后，摩耶和日神的个体都将最终遭受破灭。在印度宗教哲学中，人生的最终目的就是要破除摩耶，领悟到与梵的内在的合一，达到梵我一如的境界，获得最终的解脱。而日神的个体化同样必将遭受破灭的命运，酒神只是借日神的幻景来缓和自身的横溢和过度，但"在最关键的时刻，这种日神幻景就会遭到破灭。……日神幻景因此露出真相，证明它在悲剧演出时一直遮掩着真正的酒神效果"②。摩耶与日神破灭的方式也是相似的，都是自弃。在追求梵我合一的过程中，经历过摩耶领悟到真梵之后，追求者自弃以求得与梵的合一，从而回归永恒的宁静平和。而日神在最后以自弃的方式达到与酒神的最高和解，生成了希腊悲剧，由此即便生命是永恒的痛苦也值得我们去经历。

二、摩耶和日神个体化的不同

尽管上文论述了摩耶和日神的个体化有众多的相似之处，但并不代表二者就是同一的。在印度宗教哲学中，摩耶和"梵"的关系是十分复杂的。摩耶虽然翻译成"幻"，但并不是幻觉、也不是幻想、同样不是幻象，它本身是"梵"的显现，因而也是梵的一种，因此也就具有实在性。对于普通人而言，摩耶是必须经历的，它对人们证悟"梵"是必不可少

---

① 周国平：《悲剧的诞生：尼采美文选读》，北京：作家出版社2012年版，第75页。
② 周国平：《悲剧的诞生：尼采美文选读》，北京：作家出版社2012年版，第76页。

的。在这个意义上来看,它和尼采在《悲剧的诞生》中用摩耶来喻指阿波罗式的"外观"是不同的。尽管摩耶和日神的个体化似乎是循着同一条道路发展,但二者的来源和归属截然不同。

作为个体化的神化,日神提出的最高要求是适度,"要求人们认识自己和适度,提醒人们注意这条界限是神圣的世界法则"①。因此,日神是规则的化身,以庄严、肃穆为特征,以造型艺术为艺术上的代表。日神以其坚定的否决姿态,在生命的充盈与泰坦式的野蛮之间划开一条界限,为酒神充溢的显现提供了可能。日神是酒神充满力的舞蹈之上的锁链,使酒神力的舞蹈具有完美的艺术价值而免于泛滥的发泄,从而体现生命的真正丰满。"唯有在它身上,太一永远达到目的,通过外观而得救"②。没有日神的规则,就不会有酒神的显现,日神凭借它强大的个体化力量,为把酒神的普遍痛苦审美化提供了机会,它使得我们不再仅仅关注于生命的永恒痛苦,同时还将生命的梦津津有味的继续下去。日神文化凭借幻觉和幻想使人沉浸于外观美的世界,从而帮助人们战胜对世界和生命的恐惧,亦即为生命提供正当的审美理由。因此,真正日神阶段的人与酒神状态的人一样充满了丰沛的生命力,"在日神阶段,'意志'如此热切地要求这种生存,荷马式人物感觉到自己的生存是如此难解难分,以致悲叹本身化作了生存颂歌"③。领悟了真正的日神,便同样可以达于酒神,充满了生命意志的日神在某种程度上同样了具有非理性的酒神色彩。这时,日神与酒神结成了兄弟,在执著于也唯有执著于个体化的同时领悟生命的痛苦和欢乐,亦即,日神的生命意志使得我们永远热爱个体化的生活。

奥义书哲学家明确提出"我即梵",并认为人生的目的是亲证"梵我同一",这一思想在后世印度教一以传之。生活在现象世界即摩耶中的人

---

① 周国平:《悲剧的诞生:尼采美文选读》,北京:作家出版社2012年版,第32页。
② 周国平:《悲剧的诞生:尼采美文选读》,北京:作家出版社2012年版,第12页。
③ 周国平:《悲剧的诞生:尼采美文选读》,北京:作家出版社2012年版,第11页。

如何才能亲证梵？摩耶是梵的一种显现，因而通过在摩耶世界的历炼，人能够证悟梵。要想获得真正的解脱，必须依靠修行和冥思，向内观察和体会自己的内在世界，以对梵真诚无私的爱为桥梁，努力提升自己接近大梵，最后在与梵相遇的无限喜悦中实现梵我合一，破除小我，实现大我。所谓小我，是摩耶的一种，是人由于无知而执著于自我的状态。处于小我的人，执迷于世间种种，为名、利、欲所累，看不到人生的真正目的。获得了梵我合一的人，并不就抛弃世间，世间就是他的游戏场所，他就像梵最初创造世间万物一样，以游戏的方式对待摩耶。但对待摩耶的态度并不是游戏的，而应该遵循应有的"达磨"。梵在运用幻力创造世界的时候遵循一定的法则——"达磨"，即正法，世界的万事万物无不遵循各自的"达磨"。因而只有遵循相应的"达磨"，才能得到解脱。在追求人生的目的时，摩耶是必须被破除的，否则人生将永远处于无明之中，人永远得不到解脱。但摩耶又是必不可少的，因为人由于认识的缺陷，不可能直接认识到梵，因而必须通过摩耶来体验和证悟，没有了摩耶，人就不可能实现梵我合一。

摩耶就是一个游戏场，这个场之中遵循一定的规则活动，但游戏本身并不带给人任何东西，人所获得的必须从游戏中体会，人最终所立足的也并非游戏。因而摩耶并不像日神的个体化一样推动人热爱个体化的生活现实，摩耶促使人在现实中寻求始终不变的绝对。但人在摩耶之中对绝对的寻求与苏格拉底式的注重知识是完全不同的。在与绝对相遇的过程中，印度宗教哲学强调对神的真诚和虔信。这种虔信与所谓道德善恶无关，人只要遵循自己的达磨行事，就可以获得解脱。在大史诗《摩诃婆罗多》中，难敌百子虽然作为不义的一方出现，但当做为正义代表的坚战升上天国时，却发现难敌百子早已在天国等候他，最后互相作战的双方在天国实现了融洽和团圆，义与不义都获得了解脱。这就是因为获得解脱的标准依据是其所作所为是否符合各自的达磨。从这一点来说，印度文化中的摩耶理论所倡导的价值取向和尼采阿波罗日神个体化中所体现的一样具有非功利性。但二者的来源和归属完全不同。

阿波罗的个体化的非功利性来源于对生命的热爱，在与酒神的狄奥尼所斯经过相互妥协、相互推动之后二者最终血脉相通，归于对生命的矛盾痛苦的审美式礼赞。而摩耶的形成和摩耶的破除则来自于对梵的追求，在经过遵循达磨的修炼之后，归于对再生和解脱的宗教性赞美。因此，尼采认为，世界上不再有艺术，人本身就是一种艺术品，在人成为艺术品的过程中，通过酒神似的"沉醉"大自然的艺术创造力呈现了出来。在摩耶那里，哲学、艺术都是为取悦于显现为神的梵，因而哲学与印度教信仰紧密结合。阿波罗与摩耶相似的个体化幻现之下，掩藏了两种完全不同的价值取向和文化内涵。

三、印度文化视角下尼采审美形而上学批评

由于将人也纳入了艺术品之内，试图为人的存在寻找理由和基础，尼采所提出来的日神与酒神的结合便具有了形而上的意味。克尔凯郭尔曾将人生划分为三种类型，审美的、道德的和宗教的，实际上也就是人生摆脱存在困境的三种方式，道德的方式是大多数人所采取的方式。在这样一种生活方式中，生命的激烈碰撞和颤抖被道德戒律和行为规范小心翼翼地掩盖起来，日益孱弱的现代人无法经受生命真正力量的冲击，甚至无法感受真正的生命的痛苦与喜悦，而是满足于由理性思考和有利原则选择的结果。这一类人事实上是苏格拉底的畸形发展。在《悲剧的诞生》中，尼采认为可以将苏格拉底看做所谓西方文化的"转折点和漩涡"。转折点也许只有一个方向，漩涡却包含了无数方向和可能，并蕴含着一股具有强大吸力的力。因而苏格拉底实际上是一柄双刃剑，一方面，他是"知识即美德"这一说法的肇始者，诱使其后西方文化循着以理性知识寻求存在理由这一无出路之道走向没落，成为导致希腊悲剧死亡的元凶之一，另一方面，在苏格拉底本人身上却体现出真正的审美精神。

苏格拉底生活态度的神圣的单纯和自信，面对死亡时超越本能的安宁平静，都向我们显示，苏格拉底对知识的追求已经达到了理性所不能解释的"非自然"状态，苏格拉底是酒神通过日神显现的另一种表达方式。因而在苏格拉底身上科学思考的极限处与艺术达到了相通。苏格拉底众多的后世追随者，往往只注重他运用逻辑思考的外在表现，而忽视了对苏格拉底来说，批判是他的本能活动。

　　用有限的理性精神来追寻无限的存在之根，无疑只会使理性陷入更大的困境而无法解决生命面对虚无所产生的焦虑与失落，随着西方现代文化的不断发展，这一弊端也日益突显。因此，尼采提出了与理性寻求完全不同的审美形而上学，试图用艺术来解决理性无法解决的问题。在看到了人生的虚无和痛苦之后，日神的造型艺术充分发挥了它强大的幻觉能力。"日神通过颂扬现象的永恒来克服个体的苦难，在这里，美战胜了生命固有的苦恼，在某种意义上痛苦已从自然的面容上消失。"① 为此尼采一再指出，应该抛弃道德、伦理的束缚，保持艺术在审美领域内的纯洁。这时候，"甚至丑与不和谐也是意志在其永远洋溢的快乐中借以自娱的一种审美游戏。"②此时，尼采对日神个体化的态度最能说明他的审美形而上学取向。作为梦境的日神，是一种幻景，它最终要在酒神横溢的生命力中破灭，但正因为它的要破灭，它的要被毁坏，才显出它的价值，就好像孩子在沙滩上堆砌房子的游戏，建起又推倒、推倒再建起，日神个体化的意义并不在于它是否建立了什么，而在于它不断生成的幻象，使人在追寻自身存在的过程中始终保持者游戏的乐趣，而不至于陷入生命的无尽痛苦。周国平对此概括为："日神精神的潜台词是：就算人生是个梦，我们要有味地做这个梦，不要失掉了梦的情致和乐趣。"③ 因而在

---

　　① 周国平：《悲剧的诞生：尼采美文选读》，北京：作家出版社2012年版，第57页。

　　② 周国平：《悲剧的诞生：尼采美文选读》，北京：作家出版社2012年版，第84页。

　　③ 周国平：《悲剧的诞生：尼采美文选读》，北京：作家出版社2012年，"尼采美学导论"，第79页。

尼采看来，宗教、科学都是艺术的显现，一切都是为审美的形而上学服务的。

与日神的个体化相对应的摩耶，在尼采看来走的是一条"悲剧文化"的道路。他在《自我批评的尝试》中写道："……悲观主义一定是衰退、堕落、失败的标志吗？抑或是疲惫而羸弱的本能的标志吗？——在印度人那里，显然还有在我们'现代'人和欧洲人这里，它确实是的。……"结合《悲剧的诞生》中尼采明确提到印度文化的三处（第十八节、第二十节和第二十一节），可以看出尼采是将印度文化作为一种失败者的悲观主义来看待的，认为印度文化和罗马文化一样也是一种失去了生命力的文化。尼采似乎是把印度文化当成一种极端消极避世、禁欲克己的文化的代表，从而与罗马文化形成两个极端。尼采认为在这种悲剧文化中，摩耶的作品，即由摩耶幻化出来的世界万物不过是纯粹的现象，作为一种纯粹的现象，则必然遭受最终消失和破灭的痛苦，对这种必将消失之物的追逐也注定是一种痛苦："这种文化最重要的标志是，智慧取代科学成为最高目的……以亲切的爱意努力把世界的永恒痛苦当做自己的痛苦来把握。"①

"摩耶"是印度哲学的重要概念之一，其最初的起源可以追溯到《梨俱吠陀》。《梨俱吠陀》诗云："云生因陀罗，金刚神棒主！天然即具有，无比勇猛威；妙施摩耶法，杀彼幻变鹿。"② 称颂婆楼那③："彼以摩耶，揭示宇宙，既摄黑夜，又施黎明；顺随彼意，三时祭祀。其余怨敌，愿俱毁灭。"④《梨俱吠陀》哲学认为，世界万象都并非客观实体，均是由神（一般是主神或最高神）的幻力变现出来的。因此世界万象的存在都

---

① 周国平：《悲剧的诞生：尼采美文选读》，北京：作家出版社2012年版，第63页。
② 巫白慧译解：《〈梨俱吠陀〉神曲选》，北京：商务印书馆2010年版，第115页。
③ 婆楼那（Varuna），《梨俱吠陀》初期神话中与因陀罗并列的主神之一，也是最高神之一，神威不在因陀罗之下。后期降格为水神，主管水域。
④ 巫白慧译解：《〈梨俱吠陀〉神曲选》，北京：商务印书馆2010年版，第265页。

是暂时的，并最终将归还于本体。这是摩耶最基本的含义。吠陀哲学家还将摩耶"作为观察世界从产生到消亡的一种最基本的方法，因而在哲学上既是一种世界观，又是一种认识论"①。在《梨俱吠陀》之后，摩耶在印度哲学各流派中一直是一个重要的哲学理论问题，尤其是在吠檀多哲学中，但各分支流派对摩耶最基本的认识与吠陀经是一致的，即认为宇宙间的一切现象，我们的经验世界均是"幻现非真"。《薄伽梵歌》认为世界原质的背后潜藏着创造的本源"无上我"（Paramātmā），原质蕴含的三德萨埵（sattva）、剌阇（rajas）、答摩（tamas）分别给人以纯洁、智慧、幸福；贪婪、嗔怒、欲望；以及愚昧、懒惰、玩忽。而"三德"决定世界的不可思议力量就是"摩耶"。② 印度中世纪吠檀多哲学集大成者商羯罗在总结和发展吠陀哲学以及《奥义书》理论的基础上，认为"真实的是梵，其他都是非真实（brahmasatyamjaganmithyā），但是，在世俗的（vyāvahārika）和相对的（āpekṣika）意义上看，世界又是实在的"③。梵是绝对真实，但难以把握和认识；由梵幻化的经验世界，是认识所依存的对象，是无明的"附托"，从经验意义上看，具有相对的实在性，但其最终要复归于梵。"梵的纯粹精神与摩耶结合时就是主宰神，而在与无明相结合时就是个我（jīva）"。④ 吠陀经中的主神，是吠陀诗人在"二幻"美学思想下创作的艺术形象，究其实质也是梵这一抽象实在的显化。人生的最高目的是获得梵识，认识绝对实在，从而跳出轮回获得解脱，达到与最高实在的合一。关于个我与最高实在"梵"的关系，商羯罗将其比喻为空瓶子里的虚空与瓶子外的虚空，个我由于无明无法认识摩耶既是瓶子也是瓶子得以形成的方式，一旦瓶子被打破就实现了个我

---

① 巫白慧：《印度哲学——吠陀经探义和奥义书解析》，北京：东方出版社2000年版，第42页。
② 参见张保胜译：《薄伽梵歌》，北京：中国社会科学出版社1989年版，第26—29页。
③ 孙晶：《印度吠檀多哲学史》，北京：中国社会科学院出版社2013年版，第246页。
④ S. Radhakrishnan, *Indian Philosophy*, Allen & Uwin, 1958, Vol.II, p.609.

与梵的合一。在实现梵我合一的方法中,有四种方式即四种瑜伽,分别是业瑜伽、智瑜伽、王瑜伽和信瑜伽。业瑜伽是通过在现实世界做业来遵循自身的达摩,智瑜伽是通过思考哲理来获得对梵的认识,王瑜伽则是通过自我控制来达到与"梵"合一的境界,而所谓信瑜伽,强调的是对梵以及梵幻化的神的热爱和虔诚。在寻求认识梵,与梵合一的过程中,诗、舞蹈、戏剧等艺术,都是认识梵的方式,艺术是摩耶的一种幻现,其本质"幻体"还是梵。

印度哲学认为,通过摩耶认识梵之后,个我获得绝对知识和解脱,个我归于永恒的平静。在人生的追寻过程中,智慧不是最高目的,获得智慧之后的解脱并与梵合一,才是最终目标。梵是不可言说的绝对实在,痛苦和欢乐都只是梵的幻象,作为摩耶表征之一的人,其个我实现梵我合一之后,达到一种绝对的充盈,超乎于痛苦与欢乐之外,获得永恒的宁静。酒神的狂喜来源于生命的原始痛苦,与生命的痛苦水乳交融,梵作为绝对实在是永恒中立的,与梵合一之后充溢的个体也无痛苦可言。梵不是尼采所说的"世界的永恒痛苦",认识梵并非"把世界的永恒痛苦当做自己的痛苦"。在印度"摩耶"幻化理论中,经验世界的非真实并不必然导向"人生是虚幻"这一结论,经验世界的部分真实性决定了个体在世界中,只要遵循达磨行事,就可以通过幻化之梵体验实在之梵,并进而获得解脱。由此反观印度民众的宗教崇拜活动,获得崇拜的主神是绝对之梵的显现,具有哲学上的绝对性。这一哲学下的个体,其生活并不"悲观""消极",而是遵循宗教哲学的指引走向领域真知的过程。摩耶"幻"论得以萌生和发展的印度宗教形而上世界,与尼采所建构的审美形而上世界迥异,这也是尼采最终并未正确把握摩耶核心内涵的原因之一。

尼采《悲剧的诞生》中的摩耶论以及对印度文化的观点深受叔本华的影响,后者哲学思想的直接来源之一是印度《奥义书》,在其代表作《作为意志和表象的世界》第一篇的初论中,叔本华写道:"'这是摩耶,是欺骗［之神］的纱幔，蒙蔽着凡人的眼睛而使他们看见这样一个世界，既不能说它存在，也不能说它不存在……'在根据律的支配之下作为表象的世界。"① 叔本华吸收印度哲学关于"摩耶"的理论，认为世界完全是表象，并由此走向虚无主义和悲观主义。尼采在大学时代读到《作为意志和表现的世界》之后成为叔本华的热烈信徒，但他最终与叔本华的悲观主义哲学决裂，《悲剧的诞生》就是他对生命虚无主义的一种反抗。尽管如此，尼采在"摩耶"一论上并没有超越叔本华，《悲剧的诞生》中对摩耶的认识基本沿袭了叔本华的思想，他也同时认为印度文化是一种消极避世的文件而加以批评。两位哲学观迥异的哲学大家对印度文化的这种相似认识，也可以看做是当时西方大部分人对印度文化的认识。世纪末症候让当时的西方哲学陷入病态与恐慌，向东方寻求灵感与良方的努力却又受制于其自身对东方的误解而未能深入和奏效。巫白慧在论述摩耶的"二幻"美学理论时曾提出，黑格尔认为美的显现只能依靠幻想和显现（外形），美的真实依靠在心灵深处进行艺术加工，黑格尔曾读过奥义书和印度两大史诗，因此，他的这种认识很可能与吠陀二幻原理存在渊源关系。② 印度摩耶理论在欧洲哲学思想中有草灰蛇线般的存在，要厘清以它为关键理念和具一定代表性的印度宗教哲学在欧洲语境中的误读路径，《悲剧的诞生》可以作为一个切口，但其需要深入之处还不止于尼采。

参考文献：

［1］黄心川：《印度哲学史》，北京：商务印书馆1989年版。

［2］龙达瑞：《大梵与自我——商羯罗研究》，北京：宗教文化出版

---

① 〔德〕叔本华：《作为意志和表象的世界》，石冲白译，北京：商务印书馆1997年版，第32页。

② 参见巫白慧：《印度哲学——吠陀经探义和奥义书解析》，北京：东方出版社2000年版，"注释2"，第4页。

社2000年版。

[3] Robert Bruce Cowan, "Nietzsche's Attempted Escape from Schopenhauer's South Asian Sources in 'The Birth of Tragedy'", *German Studies Review*, Vol. 30, No. 3 (Oct., 2007), pp.537-556.

[4] Stephan Atzert, "´The Veil of Maya´: Schopenhauer's System and Early Indian Thought (review)", *Philosophy East and West*, Volume 56, Number 4(October 2006), pp.675-678.

识"趣"辨"理":作为诗学方法的"理趣"*
——从钱锺书的《诗经》研究与戏剧批评谈起

杨 果**

《管锥编·毛诗正义》中的《诗经》选篇问题常常为钱锺书的研究者所忽视。实际上,钱锺书《诗经》研究中的"尚趣"与"尚理"两大选材原则不仅标示了钱氏诗学的与众不同,而且以其识"趣"辨"理"的方式确立了"理趣"在钱氏诗学体系中的独特地位。通过连类富于理趣的诗文以资研讨或是借"理趣"谈艺论文等途径,钱锺书不仅为诗学探索引入了一个更为深邃的视角,而且使其摆脱了纯粹理论层面推进的单调,并为其增添了一种独特的思辨机趣。"理趣"在钱锺书诗学中也因此而具有了某种方法论意义。

作为比较文学界公认的最重要的代表性学者之一,钱锺书不仅在学科原理、研究意识与理论立场等方面为比较文学、比较诗学研究奠定了基础,而且通过具体的研究个案为本学科的方法论建设提供了重要启示。《管锥编》中的《诗经》研究,就以其独特的识"趣"辨"理"方式,为初涉比较诗学的研究者勾勒了一条以"理趣"为中心的、极具中国特色的研究路径。

---

* 本文为天津市艺术科学规划项目"跨文化视阈下的中国现当代戏剧理论与批评"的阶段性成果。项目编号:A14006。
** 杨果,天津外国语大学比较文学研究所讲师。

一、"趣"与"理"——钱锺书《诗经》研究的关键词

《管锥编》中有关《毛诗正义》的讨论文字总共有60则。其中,首先出现的5则文字讨论的是理论性的《诗谱序》和《诗大序》——前者使用1则篇幅,后者以"《关雎》(一)"到"《关雎》(四)"为题使用4则文字加以详细论述;其余55则文字则讨论具体的诗篇。前5则文字历来受到学界重视,引发许多学者的探讨,其中尤以张文江所论为确。张氏认为,开篇的5则文字实为"总论",并对每一则进行详细阐发,指出"第一、三、四则论诗之为诗",而"第二、五则论诗六义",它们共同阐析了"《毛诗》和中国传统诗论的基本观点"。① 这一跳出篇章顺序的约束、打散重组文本以直击要害的观察方式深得钱锺书诗学"反体系之体系"的精髓,而其观点也道中了钱氏《诗经》研究的重心及其价值所在。然而略显遗憾的是,张文江虽然对《管锥编·毛诗正义》中的既有篇章作出了精彩解读,却似乎忽略了另一个看似细微实则重要的问题,即:《管锥编》中的这些《诗经》篇章是根据什么标准入选的?

值得注意的是,在讨论《诗经》具体诗篇的55则文字中,钱锺书并非是对《诗经》展开整体研究,而是选择了305首诗歌中的55首分别予以单独讨论,包括"国风"中的《关雎》等43首、"小雅"中的《四牡》等9首和"大雅"中的《大明》等3首。《诗经》中的"颂"诗全都没有入选。这就产生了一个问题:为什么钱锺书不选其他诗歌,而恰恰选择了这55首?中外诗学史早已证明,虽然文艺研究者的观点、学说必然集中体现在其具体著述之中,但其在研究对象及具体诗学材料上的个性化选择,往往就已经间接反映了其学术主张。因此,揭示钱锺书《诗经》研究的选篇标准,对于深入理解钱锺书诗学同样是大有助益的。

---

① 张文江:《钱锺书传——营造巴比塔的智者》,上海:复旦大学出版社2011年版,第105—108页。

从内容上来看,《管锥编·毛诗正义》中所选的 55 首诗明显地分为两大类:一是以《关雎》等为代表的描述情感的诗——尤其是爱情诗,这类诗歌所占比重达到五分之三左右;二是以《伐檀》等为代表的描写生活的诗,包括战争、政治、日常生活题材等,这部分约 23 首左右,占五分之二比例。不过,由于钱锺书通常只选择每首诗中的一两句进行讨论而非对整首诗歌进行全面分析,一旦以其所分析的诗句为统计对象,那么上述两类诗歌所占的比重还将发生重大变化——与情感相关的诗句所占比重可高达三分之二左右。导致这一变化的主要原因是钱锺书在许多描写生活的诗歌中选择的同样是情感洋溢的诗句,如《行露》中选择的是"谁谓雀无角?何以穿我屋!谁谓鼠无牙?何以穿我墉"!①而《叔于田》选的则是"巷居无人;岂无居人?不如叔也,洵美且仁"②。值得注意的是,这些以爱情为主、表达各类情感的诗句,其特点往往并非深情动人,而是有着某种盎然智趣——既有诗句内容上的意趣,也包括各类妙言趣语以及诗歌中的修辞机趣。前者如《山有枢》中的"子有车马,弗驰弗驱;宛其死矣,他人是愉"③,极尽戏谑调侃之能事;后者如《常武》中所选的"王旅啴啴,如飞如翰,如江如汉,如山之苞,如川之流。绵绵翼翼,不测不克,濯征徐国"④,比喻、排比、对比修辞混用,配以大量叠音词,使整个句子读来音韵悠长,妙趣无穷。以上诸例表明,钱锺书对其诗学对象的选择往往是以"趣"为宗旨的,表现出一种鲜明的"尚趣"倾向。那么,在其所选的其他三分之一描写生活的《诗经》句段中,钱氏遵循的又是什么标准呢?

先以《车攻》为例。在由"萧萧马鸣,悠悠旆旌"一句引发的论述中,钱锺书集中探讨了"以静写动"这一创作技巧,但他并没有停留于

---

① 钱锺书:《管锥编》,北京:生活·读书·新知三联书店 2007 年版,第 126 页。
② 钱锺书:《管锥编》,北京:生活·读书·新知三联书店 2007 年版,第 177 页。
③ 钱锺书:《管锥编》,北京:生活·读书·新知三联书店 2007 年版,第 201 页。
④ 钱锺书:《管锥编》,北京:生活·读书·新知三联书店 2007 年版,第 262 页。

简单描述层面，而是进一步借心理学理论中有关"同时反衬现象"的观点尝试进行心理规律的发掘："眼耳诸识，莫不有是；诗人体物，早具会心。寂静之幽深者，每以得声音衬托而愈觉其深；虚空之辽广者，每以有事物点缀而愈见其广。"① 而在分析《行露》中的修辞手法所引起的艺术真实与生活真实的关系问题时，钱锺书同样不只满足于诠解此诗中的创作特色，而是进一步发掘艺术创作自身的规律："盖明知事之不然，而反词质诘，以证其然，此正诗人妙用。夸饰以不可能为能，譬喻以不同类为类，理无二致"——这正是因为"诗之情味每与敷藻立喻之合乎事理成反比例"。② 这样的论述充分表明了钱氏对于发现文学现象背后的理论本质的热忱。而支撑这一热忱的正是钱锺书诗学中的又一个组织原则，即"尚理"原则。

在具有"总论"性质的开篇 5 则文字中，"尚趣"与"尚理"这两大原则同样得到了鲜明而集中的反映。具体说来，《诗谱序》和《关雎》（一）讨论钱氏最为关心的"并行分训"和"背出分训"的语言现象，反映了其一贯的修辞兴趣，是"尚趣"原则的鲜明体现；《关雎》（二）和《关雎》（三）讨论文艺中的"通感"问题——这同样是钱锺书持续关注的一个文艺大问题，显然是循"尚理"原则而展开的；《关雎》（四）则探讨《诗经》"六义"中的"赋、比、兴"，尤其对"兴"的双重归属——诗歌创作方法与诗歌功能——的问题进行了集中探讨。这一则的前半部分体现出鲜明的理论倾向，而后半部分通过连类"儿歌市唱"、纽约民众示威口号等又使理论探讨妙趣顿生，可以说体现了上述两大诗学组织原则的有机结合。

多年前即有学者在概括钱著特征时指出：钱锺书一方面已经达至"学理上"的"圆融统贯"、《管锥编》等著作中多有"微言大义"之处；另一方面又表现出"一派童心""许多物事的广征博引，会通中西，趣味

---

① 钱锺书：《管锥编》，北京：生活·读书·新知三联书店 2007 年版，第 232—234 页。
② 钱锺书：《管锥编》，北京：生活·读书·新知三联书店 2007 年版，第 129—130 页。

多于意义（significance）"。① 具体到"钱学"方法研究领域，也有学者将"趣味之优游"视为钱锺书以"中西互证之方法阐释经典"方面最为显著的特征。② 的确，"趣"与"理"这两个关键词不仅体现在《管锥编·毛诗正义》部分的论述中，也体现在《管锥编》中《楚辞洪兴祖补注》《太平广记》《全上古三代秦汉三国六朝文》等部分，以及包括《谈艺录》《宋诗选注》《七缀集》等在内的整个钱锺书的主体诗学著述中。即便在《周易正义》等集中讨论哲学、历史著作的篇章里，"尚趣"与"尚理"两大原则在凡是涉及诗学问题的部分也几乎得到了同样的贯彻。那么，为什么"理"与"趣"会成为钱锺书如此看重的诗学要素？

首先，这是由钱锺书本人的性格特征决定的。杨绛曾经将钱锺书的性格特点归纳为"好学深思""忧世伤生"和"'痴气'旺盛"三点。③ 正如杨绛指出的，钱氏"忧世伤生"的一面几乎集中体现在其本人诗作、尤其是晚年编订的《槐聚诗存》里，在以讽刺、批判为主调的《围城》以及《人·兽·鬼》中没有明显的表露，在其文艺研究中更似乎被有意包裹了起来。因此，就钱锺书的诗学著述而言，人们最容易感受到的恐怕还是他的"好学深思"与"'痴气'旺盛"。

在《记钱锺书与〈围城〉》一书中，杨绛对钱锺书的"痴气"有过详细介绍与描述。④ 钱锺书小时候的所谓"稚气""淘气"、喜欢"胡说八道"、手舞足蹈演绎小说情节、自得其乐玩游戏，以及成年后的种种恶作剧的确都是天性使然，毫无做作。而自始至终贯穿于其旺盛"痴气"之中的，应该说便是一个"趣"字。借钱锺书对其所谓"石屋里的和尚"

---

① 参阅王大吕：《"中西会通"与钱锺书的文化"打通说"》，载《探索与争鸣》1993年第2期，第64页。

② 冯川：《经典阐释与中西比较——对王国维、陈寅恪、钱锺书有关思想的一点讨论》，载《西南民族学院学报》（哲学社会科学版）2000年第1期，第82页。

③ 杨绛：《记钱锺书与〈围城〉》，长沙：湖南人民出版社1986年版，第37页。

④ 参阅杨绛：《记钱锺书与〈围城〉》，长沙：湖南人民出版社1986年版，第17—37页。

这个旁人实在看不出趣味的游戏的评价来说，即"好玩得很"。的确，正是这"好玩"二字，不仅让看来"瘦弱"、透着"善眉善眼的一副忠厚可怜相"①的幼年钱锺书做出了许多令人意想不到又不由捧腹的顽皮之举，更重要的是，藉此二字，钱锺书尚在童稚时便迷上小说，并进而推广到所有文字书籍——"只要有书可读，别无营求"②，为其今后的学问养成与学术创获奠定了最坚实的基础。在长达30多年的"钱学"研究史中，无论是钱锺书的崇拜者还是批判者，在钱氏读书的勤奋、知识的渊博和钱著的语言机趣方面几乎达成了完全的共识。钱锺书宏富学问体系的形成，除了其天赋的惊人记忆力和过人的勤奋刻苦精神之外，使其无论何时都能做到手不释卷、"把读书做到极致"的③，恐怕还是阅读的趣味。俗话说，兴趣是最好的老师。对于钱锺书而言，趣味不仅是其书海领航的良师益友，也是其著书立说时孜孜以求的佳偶好述。他因为趣味而阅读并向人"搬演"书中情景、与人纵论古今，同时也通过研究和著述传达自己对于趣味的追求和理解。如此执着于一个"趣"字，恐怕便是钱锺书"'痴气'旺盛"的根源之所在吧。

如果仅仅是有着旺盛的"痴气"，钱锺书的学术恐怕不会是现在的模样。使钱锺书最终成为今天"这一个"的，还有其性格上的另一要素，即与其"尚趣"追求紧密结合在一起的"好学深思"。例如上文提到的"石屋里的和尚"这个游戏，童年钱锺书玩得兴致勃勃，中年时期回忆给杨绛听，依然认为"好玩得很"。然而究其细节，竟不过是独自一人披条被单坐在帐子里模仿和尚念念有词而已。显然，这个游戏的"好玩"完全有赖于游戏者本人想象力的加工塑造，——这里便充分展现了钱锺书性格中喜爱思索、善于思考的一面。胡河清对钱氏幼年玩的这个游戏给

---

① 杨绛：《记钱锺书与〈围城〉》，长沙：湖南人民出版社1986年版，第17页。
② 杨绛：《记钱锺书与〈围城〉》，长沙：湖南人民出版社1986年版，第36—37页。
③ 金宏达语。见金宏达：《把读书做到极致》，杨联芬编：《钱锺书评说七十年》，北京：文化艺术出版社2010年版，《丛书主编谈》第1页。

予高度重视，认为"这是一条研究钱锺书个性心理的极其重要的材料"，其重要性在于，"纵观钱锺书的一生，'石屋里的和尚'可谓是能够概括他在这个世界上所担任的角色之原型的"。那么，钱锺书所担任的是一个什么"角色"？胡氏认为是艺术家中的"隐士"，不过不是消极避世的隐居者，而是"一名足智多谋的岩穴之士"、一位具有"极其浓厚"的"艺术幻想气质"的"艺术家"。① 可以说，胡河清准确地道出了钱锺书性格中艺术家气质的一面，却忽略了钱氏的好学深思其实还有学问家的一面——而正是这一方面的特点决定了钱锺书以后的成长方向。同样可以将这个特征追溯到钱氏的幼年时期。一般儿童听完或者读完一个"好玩"的故事后或许也会不由自主"搬演"一番，但自己再来进行一番加工创造的恐怕不多；至于从逻辑层面反思情节真实性的只怕就更少了。而童年钱锺书不仅把《三国演义》里的关公编排进《说唐》，畅想美髯公是否敌得过李元霸；又把李元霸编排进《西游记》，担心李将军的铁锤敌不过孙悟空的金箍棒②；甚至还对林纾翻译的哈葛德《三千年艳尸记》里鳄鱼和狮子搏斗场景描写的真实性大胆提出了连"家里的大人也解答不来"的疑问③。这样的思考显然已经超越了纯粹的"艺术幻想"天地，初步展现了钱氏学问中最为可贵的质疑精神。可见，钱锺书的好学深思从一开始就不仅仅是艺术的，更是学术的。而这一艺术与学术双兼的"好学深思"，使钱锺书从一开始就对文艺之"理"情有独钟。

其次，"尚趣"与"尚理"倾向也与钱锺书对中国传统文艺理论的自觉继承密不可分。古典诗学的两大传统"言志"与"缘情"本身即内蕴着某种重"理"与重"趣"的倾向性。自魏晋时期文学走向自觉以来，

---

① 胡河清：《真精神与旧途径——钱锺书的人文思想》，石家庄：河北教育出版社1995年版，第41—43页。

② 杨绛：《记钱锺书与〈围城〉》，长沙：湖南人民出版社1986年版，第21页。

③ 参阅钱锺书：《林纾的翻译》，见钱锺书：《七缀集》，北京：生活·读书·新知三联书店2007年版，第81页。

两大诗学传统并驾齐驱，虽然不同时代中二者互有消长，但在影响力方面却基本保持着一种平衡态势。举例来说，南宋时理学的渗透大大加重了诗学的尚"书"与尚"理"倾向，但严羽《沧浪诗话》的"别才""别趣"说一出，很快又将"趣"的追求重置于聚光灯下。或许正是受益于诗学领域的"理""趣"之辨，古典诗歌的花园里才绽放了杨万里"诚斋体"这朵"理""趣"并重的奇葩。这一传统诗学现象对自觉以"中国古典文学研究者"自居的钱锺书来说显然不会陌生，而无论是在其文艺研究还是诗歌创作中，他也始终自觉地继承着上述诗学传统，重"理"而又不失其"趣"。例如，《宋诗选注》中的注释与阐析都是考据严谨、说理透辟的文字，然而其写作风格却是诙谐幽默、举重若轻；虽然所作古体诗常常说理论世、宋诗风味十足，但像《戏燕谋》《谢振甫赠纸》等意趣盎然的诗作比重也不小。这一"趣""理"并重的研究、创作立场反映到诗学对象的选择上，便是"尚趣"与"尚理"原则的同时并举。

二、"理趣"与钱锺书诗学

从《管锥编·毛诗正义》来看，"尚理"与"尚趣"原则在钱锺书诗学中从来不是孤立存在的，而是常常紧密结合在一起。理论阐析与学术意趣的双重结合，一方面使得钱锺书诗学启人神智却毫不板滞，另一方面则使古典诗学范畴"理趣"在钱氏诗学体系中具有了非同寻常的意义。

"理趣"原是中国古代文学批评中的一个常用术语，大概自沈德潜开始便广泛使用于文学作品的鉴赏和评述之中，直到今天依然为学术界所沿用与关注——如葛晓音曾专文研究过苏轼诗文中的理趣，并将其主要内涵阐释为"面对宇宙无限、人生有尽的现实，如何对待永恒与一时这对矛盾"①。此外，也有学者直接探索"理趣"的本质内涵，将其概括为以"理性"为基础的"义理情趣"，并认为"从话语哲学的高度看，理趣是一切有效话语的基本要素"②。钱锺书对这一概念同样非常重视，无论在早期的《谈艺录》还是晚年的《管锥编》中对其都有集中而详细的论述。钱氏在这方面持续数十年的理论热情既反映了"理趣"本身的价值，也向我们展示了其本人理趣观的某种变化。厘清钱氏"理趣说"，对于全面、准确地把握钱锺书诗学的特点有着重要的意义。

钱锺书在其诗学著作中多次谈到理趣，但最集中、最详细的当属《谈艺录》第69则。这则文字以对袁枚关于"诗中理语"的讨论为中心，细致探讨了"理"和"理趣"这两个概念，并对"理趣"范畴提出了自己的见解。

在结合具体例子分析古代文学史上"理"和"诗"的关系的基础上，钱锺书详细梳理了"理趣"的概念史。钱氏考证指出，"理趣"说最早出现在沈德潜1738年（乾隆三年）为释律然《息影斋诗钞》所做的《序》中，所谓"诗贵有禅理禅趣，不贵有禅语"；到1744年（乾隆九年）写作《说诗晬语》时，沈氏明确提出了"理趣"这一概念，用以形容杜甫诗歌的"言外有余味"；1757年（乾隆二十二年）《国朝诗别裁·凡例》中"诗不能离理，然贵有理趣，不贵下理语"的说法则标志着沈氏"理趣说"的完成。虽然沈氏的观点后来在纪晓岚那里得到了呼应，但钱锺书认为"理趣之旨，极为精微，前人仅引其端，未竟厥绪"，因此接下来又探析了"理趣之旨"的演变。钱氏首先清理了"以诗言理"在诗歌创作史上的流变，在分别考察了晋宋玄学、宋明道学、佛门禅诗与"话头"中不同层次的理趣之后，将"以诗言理"与"言情写景"并置参观，指出两种手法的共同特点均在于"举一反三"。接下来则通过进一步辨析

---

① 参阅葛晓音：《论苏轼诗文中的理趣——兼论苏轼推重陶王韦柳的原因》，《学术月刊》1995年第4期，第82—84页。

② 参阅张思齐：《从中西诗学比较看宋诗的理趣》，《文学遗产》2002年第1期，第37页。

"举一反三"在"理趣"和"言情写景"中的不同表现,提出了自己的"理趣"观:

> 惟一味说理,则于兴观群怨之旨,背道而驰,乃不泛说理,而状物态以明理;不空言道,而写器用之载道。拈形而下者,以明形而上;使寥廓无象者,託物以起兴,恍惚无朕者,著述而如见。譬之无极太极,结而为两仪四象;鸟语花香,而浩荡之春寓焉;眉梢眼角,而芳悱之情传焉。举万殊之一殊,以见一贯之无不贯,所谓理趣者,此也。①

这一段文字既有形象阐发,也有抽象概括,极为清楚地道出了钱锺书所理解的"理趣"。简单说,钱锺书认为"理趣"存在于这样一个艺术传达过程之中,即运用文字通过各种具体的事物形象地传达出普遍的道理。有学者将其概括为两大要点——"举例以概"和"妙合而凝"②,道出了钱锺书的"理趣"本义。后来又有学者从文学创作的角度界定"理趣",认为"理趣就是寓哲理于形象之中"③,与钱氏本人的界定也是颇为相似的。

除了上述较为详细的定义之外,钱锺书在论述中还曾通过列举程颢的诗句"道通天地有形外,思入风云变态中"间接道及理趣的含义,认为此诗为"理趣"的"好注脚"④;也曾直接道及理趣的特征——"若夫理趣,则理寓物中,物包理内,物秉理成,理因物显"⑤,强调了"理"与"物"的相互依存,可以说是对其"理趣"定义的进一步完善。

---

① 钱锺书:《谈艺录》,北京:生活·读书·新知三联书店2007年版,第563页。
② 参阅牛月明:《钱锺书的"理趣"论》,《青岛海洋大学学报》(社科版)2000年第2期,第94页。
③ 参阅文利:《理趣》,《文艺评论》1985年第3期,第71页。
④ 钱锺书:《谈艺录》,北京:生活·读书·新知三联书店2007年版,第566页。
⑤ 钱锺书:《谈艺录》,北京:生活·读书·新知三联书店2007年版,第571页。

不过，《谈艺录》中的"理趣"说仍有漏洞。因为，虽然钱锺书对"理"与"理趣"的解说较为充分，但通观第69则乃至《谈艺录》全著，却几乎看不到有关"趣"的明确阐述。这就容易引发误解，让人以为"理趣"之"趣"便是日常语言中"有趣"的同义词。甚至有论者将"趣"理解为作品的"形式"，而将"理"理解为"属于逻辑范畴"的"作者意图"，认为"理、趣相合才成其为作品，这种相合在于'拈形而下者以明形式上'，所谓'举例以概'，是一种隐喻形式"。① 此论虽能自圆其说，但这样的理解显然已经偏离了钱锺书所谓"理趣"之本义。

钱锺书"理趣"说的漏洞在《管锥编》中得到了弥补。在讨论孙绰《游天台山赋》一文时，钱锺书再次集中论述了"理趣"。此处的分析在很大程度上是对早年《谈艺录》中观点的继承，却就"理趣之旨"进行了一定程度的扩充，指出"盖'理趣'之旨，初以针砭僧诗，本曰'禅趣'，后遂充类旁通，泛指说理"，暗示了"理趣"在应用上的普遍化。事实上，这一扩展也可以视为对早期观点的重申。在《谈艺录》中钱锺书曾认为，虽然"理趣"一词早在宋代李耆卿《文章精义》中即已出现，但沈德潜所谓"理趣"并非师承于此，而是源自严羽"诗有别趣，非关理也"一句。② 钱氏认为严羽此说用意是在反对宋代性理之学，因此其"理趣"之"理"原本就并非"性理"这样的单一所指，而是包括各个方面、各个层面的"道理"，"理趣"的普遍化也就是情理之中的事了。另一个更为重要的发展是在考察"理趣"流布的基础上，借用清代学人史震林的话对"趣"进行了正式界定。史氏在其《华阳散稿》的《自序》中曾写道："诗文之道有四：理、事、情、景而已。理有理趣，事有事趣，情有情趣，景有景趣；趣者，生气与灵机也。"③ 所谓"生气与灵

---

① 李洪岩：《智者的心路历程——钱锺书的生平与学术》，石家庄：河北教育出版社1995年版，第496页。
② 钱锺书：《谈艺录》，北京：生活·读书·新知三联书店2007年版，第557页。
③ 钱锺书：《管锥编》，北京：中华书局1979年版，第1809—1811页。

机",大致与我们常说的"活泼""智慧"相当。显然,这里的"趣"与日常生活中理解的"趣味"之"趣"是异大于同的。

至此,钱锺书的理趣观可以完整归纳如下:所谓理趣,即是在通过具体事物形象地传达普遍道理的过程中所体现出来的活泼智趣。这种由特殊见一般——也就是钱锺书所谓的"举万殊之一殊,以见一贯之无不贯"——的方式很容易令人想起"规律"的特征来。事实上,钱锺书的研究者们在这方面论述甚多,主要观点即钱氏诗学的最大特征为发现东西方共同的文艺规律。那么,能否藉此将"理趣"等同于对规律的发现呢?从钱锺书本人的意见来看,他虽然承认规律的重要性,但对那种以"规律"为唯一目标的研究模式却是极其反对的。在1983年发表的一篇文章中,钱氏就曾对某些研究者所理解的"科学性"提出辛辣讽刺:"在人文科学里,历史也许是最早争取有'科学性'的一门,轻视或无视个人在历史上作用的理论(transpersonal or impersonal theories of history)已成今天的主流,史学家都只探求历史演变的'规律''模式'(pattern)或'韵节'(rhythm)了。"① 由此推论,钱锺书所谓的理趣虽然包括"规律"的发现,但绝不等于规律本身。"理趣"有着更为深广的内涵。

在如何结合钱锺书的"理趣"定义把握钱著中"理趣"的具体运用这个问题上,陈子谦的研究在一定程度上给出了答案。根据钱锺书的界定,"理趣"可以说是一个动态过程(通过具体事物传达普遍道理)中的静态存在(活泼机趣与智慧)。然而钱氏以"举万殊之一殊,以见一贯之无不贯"来概括理趣,却很容易令人联想起钱著中时常讨论的"以实涵虚"问题。陈子谦正是在钱锺书的"寓'一贯'于'万殊'"和"以实涵虚"之间相通性的基础上,详细地论述了钱氏诗学的"以实涵虚",指出"以实涵虚"乃是钱锺书在执着的细节意识、精准的"鉴赏眼力"基

---

① 钱锺书:《一节历史掌故、一个宗教寓言、一篇小说》,见《七缀集》,上海:上海古籍出版社1979年版,第164页。

础上实行的一种"批评方法",具有鲜明的辩证法特征。① 既然理趣与"寓'一贯'于'万殊'"在"钱学"中具有同一性,那么理趣对于钱锺书诗学而言,也就具备了方法的属性。因此,就钱锺书本人的定义而言,"理趣"是创作者的智慧,需要研究者去发现;但就钱著中"理趣"的具体运用而言,它实际上又兼有一种方法的形态,完全可以加以主动的运用——这就是钱锺书诗学中的"理趣"范畴的二重性。

三、理趣的方法论意义

(一)钱锺书诗学中的理趣

实际上,钱锺书本人在"理趣"问题上也是"运用"胜于"发现"的。一个有趣的例子是,钱氏曾恶作剧般提取宋明理学家语,写下"除蛇深草钩难着,御寇颓垣守不牢"这样的情诗送给杨绛,且颇为得意地宣称:"用理学家语作情诗,自来无第二人!"② 故意用自己于诗学中并不主张的理语作诗,所追求的自然是如林希逸《竹溪十一稿》所谓"运使义理语,作为精致诗"的独特理趣了。——钱氏对理趣的心摹手追可见一斑。具体说来,在其诗学著作中,钱锺书对理趣的运用主要表现在以下两个方面:

第一,连类富于理趣的诗文以资研讨。

这点在钱锺书著作中表现得极为鲜明。钱著中常常以"连类"的方式围绕核心论题组织起海量文本"旁行以观"。在这些来自多位作者、多个领域的材料中,富于理趣的文本几乎随处可见。这既再次印证了钱锺书诗学的"尚理""尚趣"倾向,也充分体现了钱氏本人对"理趣"及

---

① 参阅陈子谦:《钱锺书"以实涵虚"的文艺批评》,见陈子谦:《论钱锺书》,桂林:广西师范大学出版社 2005 年版,第 184—201 页。

② 吴忠匡:《记钱锺书先生》,见李明生等编:《文化昆仑:钱锺书其人其文》,北京:人民文学出版社 1999 年版,第 45 页。

其诗学价值的重视。例如，在讨论诗文中"同类相克制"的主题时，钱锺书引用了郑燮的《题画篱竹》诗——"一片绿阴如洗，护竹何劳荆杞？仍将竹作篱笆，求人不如求己"，虽然推之为"才士隽爽之句"，却又认为其只是"明理而已，无当风雅"。也就是说，郑诗说理过于直接，缺乏含蓄的味道。相比之下，曹植的"七步诗"——"萁在釜下燃，豆在釜中泣，本是同根生，相煎何太急"——就远胜一筹了，因为曹氏之诗"言同类相残害苦毒，情文斐然，遂可以兴、可以怨矣"①。平心而论，从钱氏本人的定义来看，无论郑板桥还是曹植的诗句其实都可算作有"理趣"的作品。钱锺书认为曹植诗胜过郑板桥，明言的是"理趣"应该"当风雅"、有韵味（"可以兴，可以怨"），暗示的则应该是这样一种价值倾向："理趣"不宜刻意营造，而以自然流露为佳。同样的，在讨论诗中之"悟"时，钱锺书引用了陆世仪（桴亭）《思辨录辑要》中的论述作为参考，即"人性中皆有悟，必工夫不断，悟头始出。如石中皆有火，必敲击不已，火光始现。然得火不难，得火之后，须承之以艾，继之以油，然后火可不灭。故悟亦必继之以躬行力学"一节文字。钱氏认为陆氏的观点与英国学者格雷姆·华莱士（Graham Wallas）所说的人们在获得"启发"（illumination）之后仍需加以"核查"（verification）异曲同工，并由此立论道："罕譬而喻，可以通之说诗。明心见性之学，有益谈艺，岂浅尠哉。"② 陆氏用以石取火这个具体事件来揭示如何获得"悟"的抽象过程，且能做到"罕譬而喻"，的确与钱锺书所推崇的"理趣"妙合符节。

第二，借理趣谈艺论文。

钱著中的"理趣"也体现在作者本人的直接运用上。在对某些比较深奥的诗学问题进行探讨时，钱锺书有时借用前人富于理趣的见解协助解诗，有时则亲自"操刀"，以一种理趣盎然的方式谈文论艺。

---

① 钱锺书：《管锥编》，北京：中华书局1979年版，第1560页。
② 钱锺书：《谈艺录》，北京：生活·读书·新知三联书店2007年版，第235页。

《诗经·正月》中有这样一个句子："谓天盖高，不敢不局；谓地盖厚，不敢不蹐。"大意是指天虽然很高，可是仍然不得不低头弯腰；地虽然广，但走路依然得小心谨慎。①表面看，这里只是在叙述个人行状，但钱锺书却将其与《节南山》中的"我瞻四方，蹙蹙靡所骋"进行了连类。这样一来，两首诗中描写个人行状的诗句背后便具有了某种共同所指。我们也许可以将其转换为以下这个问题——为什么诗中之"我"在高天广地之间却那么局促不安？钱锺书借钱大昕《十驾斋养新录》的论述对此做出了回答。这位清代学者认为，"夫古人先齐家而后治国；父子之恩薄，兄弟之志乖，夫妇之道苦，虽有广厦，常觉其隘矣"。钱氏对这一解读极为赞赏，不仅称其为"入情切理之论"，而且进一步引王符《潜夫论》中"治国之日舒以长""乱国之日促以短"的观点加以引申。于是，在《诗经》诗句里所描写的个人行为与心理反应之中，实际上便蕴含了先民的一个独特政治观念，即"国治家齐之境地宽以广，国乱家哄之境地仄以逼"②。这显然不再是具体的地理考察所能解释的，而是一种看似有违事理、实则深合心理的特殊感受，其背后所蕴藏着的正是人类这样一个共同心理规律：在"心情际遇之有异"时，其情感体验也将随之发生变化。

　　值得注意的是，钱锺书不仅借鉴充满理趣的文学材料及前人富于理趣的精彩论说为自己的诗学探讨服务，其本人的论述在很多时候也是极富理趣的。这方面最突出的例子当为钱氏对比喻的精当使用。钱锺书不仅在文学创作中大量使用比喻手法，几乎达到出神入化的境界；其理论著作同样常常选取日常生活中的具体事物或寻常事例，以譬喻的方式精妙地阐析抽象的道理，从而收到形象生动、举一反三的论述效果。

　　例如，在《读〈拉奥孔〉》一文的开篇部分，钱锺书即提出了一个著名论点，即"片段思想"的价值不仅并不比"理论系统"低，而且其

---

① 可参阅周振甫：《诗经译注》（修订本），北京：中华书局2010年版，第275页。
② 钱锺书：《管锥编》，北京：中华书局1979年版，第235—236页。

生命力甚至比后者更长。钱氏在此并未通过理论的推演来证明这个观点，而是在参照大量具体实例的基础上，将"理论系统"比作"庞大的建筑物"，将"片段思想"比作建造建筑物的"木石砖瓦"，通过建筑物常常经不起岁月的侵蚀而整体垮塌、而木石砖瓦却往往依旧有用的事实，比喻式地阐发了自己的观点。① 唐代诗人李贺有着"诗鬼"之称。对这样一位文坛"鬼才"的创作特点进行把握并不是一件容易的事，钱锺书同样以譬喻的方式化抽象为具象，四两拨千斤般将这个问题阐述得明明白白：

> 余尝谓长吉文心，如短视人之目力，近则细察秋毫，远则大不能睹舆薪；故忽起忽结，忽转忽断，复出傍生，爽肌戛魄之境，酸心刺骨之字，如明珠错落。与《离骚》之连犿荒幻，而情意贯注、神气笼罩者，固不类也。②

所谓"文心"是一个抽象概念，运用抽象的说理方式很难将其解说清楚。这里钱锺书借人们熟知的近视眼的特点对其设喻，使得李贺诗歌的特征瞬间鲜明呈现于读者眼前。"短视人"之喻再配以形容李文妙语佳句的"明珠错落"及其与《离骚》的比较辨析，就将一个看似简单、实则并不易说透的诗学问题分梳得明白晓畅，充分展现了其过人的智慧与独特的诗学"理趣"。总的来说，钱著中的理趣往往是通过比喻的方式加以实现的。这种出现在学术论著中的比喻的具体特点，有学者曾概括为——"不追求幽默讽刺，也不追求含蓄意蕴，而是用浅显明白、人人皆知的事说明文艺美学中的艰深道理。使文章深入浅出，活泼生动"。③虽然"不追求幽默讽刺，也不追求含蓄意蕴"的说法略显武断，但整个判断却是基本符合钱著实情与钱氏"理趣"特征的。

---

① 钱锺书：《七缀集》，上海：上海古籍出版社 1979 年版，第 33—34 页。
② 钱锺书：《谈艺录》，北京：生活·读书·新知三联书店 2007 年版，第 119 页。
③ 田建民：《再论钱锺书比喻的特点》，《河北大学学报》1995 年第 1 期，第 65—66 页。

（二）作为方法的理趣

钱锺书之所以对"理趣"问题持续关注达数十年之久，又自觉地在其诗学著述中以各种方式主动加以运用，最主要的原因即在于"理趣"本身的独特价值。从方法论角度来看，钱氏诗学中的"理趣"在以下三方面发挥了重要作用：

首先，对"理趣"的关注为诗学探索提供了一个深邃的视角，常常收到举一反三的论述效果。早在《谈艺录》中首次论及理趣时，钱锺书即指出，"理趣作用，亦不出举一反三。然所举者事物，所反者道理，寓意视言情写景不同"。而且，由于"理趣"乃是"说易尽者"，因而最好"不使篇中显见"。① 钱氏关于"理趣"作用的论述不仅点明了"举一反三"的重要性，而且也侧面指出了"理趣"作为一种增加文章深度的方法的性质。以《谈艺录》中关于"文如其人"的讨论为例。"文如其人"之"人"，显然是就作者而言。对"文如其人"展开辨析，势必涉及作品中反映出来的作者与日常生活中的作者是否同一的问题——这一点颇似叙事学研究中作者与叙述者的关系问题。钱锺书首先指出，客观事物总是"实而可征"的，但语义和"词气"却"虚而难捉"，这就导致人们常常犯下"顾此而忽彼"的错误；而很多研究者在推断作者本人的特征时，也就往往"以风格词气为断，不究议论之是非"。接下来，钱氏进而强调"人之言行不符，未必即为'心声失真'"，因为人常有"言不由衷"的时候，甚至连做事的时候同样也有可能"不由衷"，实在很难判断说"此必真而彼必伪"。紧接着，钱氏展开了一段著名的论述：

> 见于文者，往往为与我周旋之我；见于行事者，往往为随众俯仰之我。皆真我也。身心言动，可为平行各面，如明珠舍利，随转异色，无所谓此真彼伪；亦可为表里两层，如胡桃泥笋，去壳乃能

---

① 钱锺书：《谈艺录》，北京：生活·读书·新知三联书店2007年版，第562—563页。

得肉。古人多持后说，余则愿标前论。是以有自讳自污之士，有原心原迹之谈。①

钱锺书首先将"真我"一分为二，肯定了文中之"我"与文外之"我"都是"真我"之一面。接着以"明珠舍利""胡桃泥笋"为喻，形象地说明了"我"的多重属性。最后则更进一层，提醒人们文内、文外之"我"的不一致不仅仅是因为语言、观念的误解而产生的，甚至有可能是作者本人有意为之（"自讳自污"）的结果。这段理趣十足的论析文字称得上一波三折，深刻入微。

其次，理趣的运用，使诗学探讨摆脱了纯粹思辨的枯燥，为其提供了更加灵活而全面的考察模式。例如，在分析《诗经·蟋蟀》一诗时，钱锺书敏锐地指出，虽然此诗"每章皆申'好乐无荒'之戒，而宗旨归于及时行乐"，并拈出西方自古希腊、罗马以来诗中的"且乐今日"主题与之连类。继而连续列举《国语·晋语》中重耳语、杨恽诗句直至小说《游仙窟》中的赠诗，指出"或为昏君恣欲，或为屠夫晏安，或为荡子相诱，或为逐臣自壮，或则中愉而洶能作乐，或则怀戚而聊以解忧，心虽异而貌则同为《车邻》《蟋蟀》之遗"②。从作为"一贯"的"及时行乐"主题出发，列举作为"万殊"的各类具体论述，最后又返身点明前提，这样的分析考论显然是全面而灵活的。此外，钱氏在分析作品中的真伪问题时所论的"恶伪之乱真，欲去伪而乃并铲真，非知言也。世间事物，有伪未遽有真，《墨子·经》上所谓'无不必待有'也，然而有真则必有伪焉。匹似有伪神仙，不足征亦有真神仙，有伪君子，则正缘有真君子耳"③，也是"理趣"有助于全面、灵活考察的体现。

---

① 钱锺书：《谈艺录》，北京：生活·读书·新知三联书店2007年版，第427—429页。着重号为笔者所加。
② 钱锺书：《管锥编》，北京：中华书局1979年版，第199—200页。
③ 钱锺书：《管锥编》，北京：中华书局1979年版，第1866页。

最后，对理趣的推崇使钱锺书诗学增添了一种独特的思辨机趣，成为钱氏诗学著述的一大特征。这一点在钱锺书的戏剧批评中表现得最为突出。法国戏剧理论家狄德罗在《关于戏剧演员的诡论》一文中指出，演员只有保持内心冷静才能最为充分地表现所演角色的热烈情感。这一发现令国内戏剧界叹服不已，并在上世纪60年代初引发热烈讨论。钱锺书指出，这个"诡论"的发现虽然极富价值，然而它并非狄德罗的"专利"。不仅西方的塞万提斯早在《堂吉诃德》中即已借主角吉诃德之嘴一语道破——"喜剧里最聪明的角色是傻乎乎的小丑，因为扮演傻角的决不是个傻子"，而且拈出中国民间俗语中的"先学无情后学戏"，不仅以之印证了狄德罗的相关说法，而且从比较诗学的角度揭示了这种在东西方具体的戏剧认知之间所展开的对话的深刻意义，即：使人们"对习惯的事物增进了理解""从旧相识进而成真相知"。① 这无疑是"理趣"所致的思辨机趣在钱锺书著述中的一个极好注脚。

结　语

传统的四部之学中，钱锺书兴趣最大、用力最勤的当属集部之学，涉及经学的研究在钱著中比重并不大。这种情况下，《管锥编》对经学典籍《毛诗正义》的探讨便格外引人注目。根据《管锥编·毛诗正义》中的60则文字还原钱锺书的研究思路，归纳其诗学主张与文艺思想并在此基础上与其展开正面对话，无疑是必要且具有重要意义的。然而，寻绎、揭示钱锺书在确立研究对象、选择诗学材料时所遵循的原则，对于理解钱氏诗学同样重要。《管锥编》在《诗经》选篇上的"尚趣"与"尚理"，不仅显示了钱锺书《诗经》研究的焦点所在，而且揭秘了常常给人云山雾沼之感的钱氏诗学体系的通幽之径。具体而言，《管锥编·毛诗正

---

① 钱锺书：《读〈拉奥孔〉》，见钱锺书《七缀集》，北京：生活·读书·新知三联书店2007年版，第34—35页。

义》以其对"趣"与"理"两大关键词的强调及其识"趣"辨"理"的讨论方式,引导读者揭开了作为钱锺书诗学核心范畴之一的"理趣"的面纱。

从钱著的整体情况来看,"理趣"不仅成为钱锺书诗学形态上的一个突出特点,也作为一种诗学方法广泛应用于其理论著述之中。或连类富于理趣的诗文以资研讨,或在谈艺论文时直接抉发其内在"理趣"——这样的方式一方面使诗学探索跳出纯理论思辨的抽象与单调,为其增添了一种独到机趣,另一方面也为其寻觅到了一个更为深邃的视角,真正做到了所谓的"从现象到本质"。"理趣"的方法论意义因此而生。把握钱氏"理趣"的内涵、应用与价值,不仅有助于认识钱锺书诗学的方法论体系,对钱著的读者、尤其是比较诗学的初学者而言,更有举一反三的方法示范意义。对于初涉比较诗学者而言,在掌握了本学科的基本概念及相关原理后,最迫切的问题便是如何将这些抽象的理论运用于具体的研究之中。而任何一种研究,首先面对的便是研究对象的选择与材料组织的问题。钱锺书的《诗经》研究及全部钱著所展示的这种识"趣"辨"理"、揭橥"理趣"的探讨方式,或许可以为所有面对浩如烟海的诗学资源望洋兴叹、徒呼奈何的比较诗学初学者提供启发,使其在研究中找到一条切实可行的入思途径。

论菊池五山的诗学思想

——以《五山堂诗话》为中心

赵文婧

日本古代文学史的长河中，曾出现三次汉文学的高潮。平安时期（794—1192），由于遣隋使、遣唐使的交流，中国的文学文化被带回日本国内，受到天皇及贵族文人的喜爱，因而掀起了日本汉文学的第一个高潮。镰仓（1192—1333）、室町时代（1333—1573），日本留学僧来华和中国高僧渡日，以佛教僧侣为主导的诗文创作在日本盛行开来，形成第二个汉诗文高潮。到了江户时期（1603—1867），德川幕府为维护自身的统治地位，提倡儒学，并将其定为官学，日本出现了大量的儒学家和文人，因而形成第三次汉文学高潮，更是日本汉文学的全盛期。这个时期，诗社众多，汉诗人人才辈出，菊池五山便是江户后期的著名儒学家、汉诗人。

菊池五山生于江户明和六年（1769），卒于嘉永二年（1849）。名桐孙，字无弦，号五山、娱庵、小钓台，通称左大夫。他是高松藩儒菊池室山的次子，著名小说家菊池宽是他兄长菊池守拙的后人。年少时，菊池五山跟随藩儒的父亲学习汉诗，后赴京都游学，拜在儒学家柴野栗山门下，后又移住江户，参加了山本北山、市河宽斋的江湖诗社，与柏木如亭、大洼诗佛和小岛梅外并称为"江湖四大才子"，是一变江户诗风的核心人物。他著有《水东竹枝》1卷、《明人绝句》1卷、《西湖竹枝》2卷和《五山堂诗话》。大田南畝曾评价五山"诗是五山，画是文晁"，五山的汉诗水平可见一斑。如果说五山早年因"竹枝诗"而得名，那么中晚年则得益于他的《五山堂诗话》。

菊池五山的《五山堂诗话》共十卷，以汉文书写，从 1807 年第一卷开始，就以年刊的形式连续出版，成为发布新诗的载体，也是菊池五山诗学思想的集中体现。该诗话从内容和体例上都深受中国诗话的影响，它以分条列项的形式记录了大量中国唐宋元明清时著名诗人的诗作，除此之外，还收录了与五山同时代的六百多位诗人的共计两千多首汉诗。[①]这对收集和研究江户时期的汉诗和当时汉文学发展有重要意义，同时，也是研究日本诗学思想与中国诗论的渊源关系的珍贵史料。菊池五山以一己之力，在中国诗学思潮的影响下，品诗论诗，用自己的诗学思想，针砭时弊，给当时的日本汉诗带来新的契机，开辟了一片新天地。

一、诗的境界——"味"

味是中国人的审美观念，从中国古代先秦开始已纳入审美观念之中。味论确立于魏晋南北朝时期，发展于唐宋，承传于元代，完善于明清，已成为中国古代文学理论批评最重要的范畴之一。两汉的陆机首开其端，陆机之后，后继者蜂起，刘勰、钟嵘、司空图等大文论家提出"趣味说""滋味说"等理论，从而丰富和发展了味论。自北宋欧阳修《六一诗话》问世之后，诗话体逐渐成为诗歌批评的主要形式之一。其中，以味论诗又各有千秋，其巧妙比喻如珠如玑，美不胜收。至元明清，诗话著作数以百计，论诗趋于理论化，然以味喻诗仍闪烁着光彩。蔡镇楚先生在《比较诗话学》一书中指出："'味'作为文艺美学范畴发展演变中的三个里程碑：钟嵘，司空图，揭傒斯"。[②]他指出这三人都以味论诗，将味

[①] 清水茂、揖斐高、大谷雅夫校注：《日本诗史·五山堂诗话 新日本古典文学大系65》，岩波书店1991年版，第617页。

[②] 蔡镇楚、龙宿莽：《比较诗话学》，北京：北京图书馆出版社2006年版，第180页。

论从"味"上升到味外之味,对其成为诗歌美学的范畴作了极为精辟的阐释和全面的总结。①

在日本,并没有系统阐释和总结诗味的作品和文学家,但这并不妨碍日本的诗学作品中以味论诗观念的形成。《文镜秘府论》中记录了中国唐朝释皎然《诗式》中关于味的论述:"括文章德体,风味尽矣"。而《济北诗话》中虎关师炼对宋代以"平淡"作为诗歌审美的标准表达了反对意见。他说:"赵宋人评诗,贵古朴平淡,贱奇工豪丽者,为不尽耳矣。夫诗之为言也,不必古淡,不必奇工,适理而已。"② 虎关师炼所谓"赵宋人评诗,贵古朴平淡,贱奇工豪丽者"便是苏东坡、梅尧臣的"平淡论"。他认为"理"重于"味",说明当时的日本汉诗坛并不关注"味"。到江户时期,以味论诗的倾向有所发展。特别是菊池五山,他在自己的《五山堂诗话》中论诗评诗,注重"味"。

> 人动轻近体截句,而重长句累韵。不知雄作大篇只须学力,满腔书卷,矢口发露。譬如富贵家供张有余,然后数十百客,不难措辨。求诗妙处,全不在此。弦外有音,味外有味,会到此境,二十八字即摩尼宝珠,何必造八万四千塔,方始为至哉。……③

当时的诗人轻视近体绝句诗,而看重长句累韵的所谓长篇大作,而五山认为诗之妙处不在制作那种长篇大作,重要的是要在于体会弦外之音、味外之味。这里的味已经不单单是饮食上的味,而是作为一种诗的意境审美追求。这与我国唐宋味论的开拓者司空图的论诗标准相似。司空图对味论的贡献除了主张以"辨味"为言诗标准外,就是提倡"味外

---

① 蔡镇楚、龙宿莽:《比较诗话学》,北京:北京图书馆出版社2006年版,第180页。
② 马歌东:《日本诗话二十种》(上卷)"济北诗话",广州:暨南大学出版社2014年版,第2页。
③ 马歌东:《日本诗话二十种》(上卷)"五山堂诗话卷一",广州:暨南大学出版社2014年版,第193页。

之旨"。他说:"今足下之诗,时辈固有难色,倘复以全美为工,即知味外之旨矣。"司空图用"全美"来解说"味外之旨",旨在说明诗味的多样性,品味诗歌艺术的"味外之味"这样一种审美享受。而五山所说的"味外有味",是对汉诗的一种境界的阐释与理解,好的诗歌应该给人一种细细品味的空间,这是一种审美要求。两者的出发点略有不同。

菊池五山在说到讽喻诗时,也以味作为标准来评价。在《五山堂诗话》卷二中:

> 讥刺之诗以讽托不露为妙,余最爱明虞克用《题赵松雪画》云:"王孙今代玉堂仙,自画苕溪似辋川。如此青山红树底,可无十亩种瓜田。"何言之优游而有味也。①

这首诗是明代诗人虞堪嘲讽赵孟頫,说他没有像唐朝王维不仕安禄山的气节。诗中确实如五山所说,讽而不露,讥而不发,给人留有余韵,所以五山才会用"有味"两字来做评价。五山不仅对中国诗人的作品以味品评,对当时江户汉诗人的作品也力求如此。《五山堂诗话》中多次提到"风味""神味"等字眼来论诗,为了方便研究,以表格的形式呈现。

《五山堂诗话》中关于"味"的统计(卷三—卷六)②

序号	出现位置	关键字	原文
1	卷三	风味	奥平升,字秀士,信州人。以诗来见,《秋日道上》云:"一溪如玉泻寒流,红树云遮野寺楼。马上欲描无纸笔,满胸贮得眼前秋。"《山村暮归》云:"风吹短帽弄昏黄,几个寒鸦投暝忙。犹有夕阳收不了,丹枫一树照前冈。"颇得晚唐**风味**。

---

① 马歌东:《日本诗话二十种》(上卷)"五山堂诗话卷二",广州:暨南大学出版社2014年版,第207页。

② 此表由笔者所作。

(续表)

序号	出现位置	关键字	原文
2	卷四	臭	梁高祖不读谢朓诗三日,便觉口臭,余读近人诗,便觉三日口臭。
3	卷五	况味	淇园《紫骝马》云:"朝跨紫骝行踏春,郊花看遍小平津。归来欲及朱城暮,秀鬟风生柳陌尘。"情态如画,自非谙京中**况味**,难与论此诗之妙。
4	卷五	风味	诗人无学,学人无诗,是今时通病。余读柴碧海《枕上集》,特怪其不然。如五言云"江水多于地,青山欲到门""野径垂杨外,人家乱水间""蹊回方学斗,潭转欲成轮",七言云"风前林影藻荇动,露下虫声络纬愁""真源在在无非水,觉路头头总是山""七十平分仍故我,寻常负债又今春"诸句,极有**风味**,不似平时勃窣谈理。
5	卷五	有味	仙台滕珉,字子璞,号昆山,年齿已高,诗兴不衰,每至秋日,辙设诗席,延余及诗佛于其邸舍,霜叶残霞来射窗几,殊觉助诗酒之赏。其《新岁》云:"青帝行时岂有私,今朝星暖袖先知。水浮鸭绿风披冻,柳蘸鹅黄烟弄丝。未必颓龄叹驹隙,却缘新历检花期。全家迎岁传酒杯,一笑屠苏到手迟。"《灯花》云:"苦吟微倦夜方中,灯火无端缀玉虫。一月几回能得笑?不知何喜报衰翁。"皆达者之言,亦自**有味**。
6	卷五	臭味	余酷爱诚斋诗而不敢劝人者,只恐其因以伤指耳。果能同**臭味**者,吾其可不与哉!
7	卷六	真风味	唐诗自有唐诗字面,宋诗自有宋诗字面,今人不择,随手混用,殊为欠炼。譬之化饭道人沿门乞米,钵中所受,新旧精粝,纷然相糅,煮熟到口,只是救饥,不复知**真风味**所在,此等诗,余目为化饭体。
8	卷六	风味	诗禅《山亭夏日》云:"山色映轩苍翠深,风琴奏韵答溪音。人间岂有凉如许?赤日炎尘午铄金。"《夜雨》云:"夜窗雨扑芭蕉树,恰似熬秤腽膊鸣。闻到三更四更际,被渠裂尽渐无声。"每一篇出,**风味**益饶,所谓一蟹不如一蟹者。
9	卷六	神味	上侯五律有绝佳者,如《秋夜》《客中岁晚》《寄兄》,皆得放翁**神味**。

（续表）

序号	出现位置	关键字	原文
10	卷六	真风味	人或有喜缀巨篇，而以七绝为小作，不复措意者，只知驼峰熊掌之为美，未尝知晨凫夜鲤自有**真风味**也。
11	卷六	甘美	余拟古云："采莼又采莼，采莼何时止？今岁又采采，莫是近下体。"忽得秦里诗，便觉余言未是。《无题》云："扬州孤鹤梦相牵，掷尽腰缠十万钱。绣被暖生重阁雨，翠屏香锁半帘烟。温柔乡里身堪老，歌吹海中人欲仙。今日青春何负我，又浮一棹上觥船。"有斯**甘美**，余之采莼，曷可止乎？

《五山堂诗话》从第三卷到第六卷，提及"味"的共有11处。而这11处有5处是以"风味"的形式出现的。风味一词在唐代释皎然的《诗式》中就有记载，他在概括不同诗歌风格时归结"其一十九字，括文章德体，风味尽矣……其比兴等六义，本乎情思，亦蕴乎十九字中，无复别出矣"①，释皎然将"风味"用以概括诗作的不同个性特征。菊池五山将"风味"注入含蓄无垠的特征，"晚唐风味""极有风味""风味益饶"无一不是五山论诗尚"味"的表现，切实将其运用在自己的诗学批评中，对江户汉诗提出高要求。

除此之外，还有3处是直接以"臭""甘美"这样具体的形态品评诗歌。通过对文本进行分析，不难看出菊池五山多以味喻诗，"化饭体"不知真风味，表意浅指饮食之美味，实则通过饭之味隐喻唐宋不能混用之理。另一处是驼峰熊掌与晨凫夜鲤之间的对比，长篇巨制与七绝小作之间，显然五山认为后者自有它的特点和境界，饮食的真味与诗作的境界相映成趣，以喻写实。其他则是直接成为鉴赏汉诗文优劣的一把量尺。总而言之，菊池五山以味论诗，认为汉诗佳作应该有"味外之味"的境界，言诗必有味，否则即是令人口臭之作。

---

① 张伯伟汇校：《全唐五代诗格汇考》，南京：江苏古籍出版社2002年版，第242页。

二、诗的本质——性灵

日本江户时期的诗坛，自享保时代（1716—1736）受明代前后七子"文必秦汉，诗必盛唐"文学复古思潮的影响，荻生徂徕（1666—1728）开创古文辞派，学习七子倡唐明诗风，重视表现技巧。近至天明宽政（1781—1801）年间，山本北山、市河宽斋等人兴起的江湖诗社，以清除拟古之风为己任，他们以袁宏道、袁枚为榜样，倡言宋诗，提倡清新的诗论，尖锐地批评徂徕不知诗道，无真实感情。自此，海内诗风靡然一变。菊池五山正是活跃于文化、文政时代的又一位反对拟古，倡导清新性灵的诗人。他的门人大沼枕山①曾在自己的《枕山诗抄》中评价五山为"久向江湖唱性灵"。

五山认为汉诗的本质就是性灵。

> 诗者，情所由发，苟无所兴，则一月可不作；境致一到，一日累几篇，亦不为多。若必以诗为课，则夭阏性灵，桎梏才情，粗率牵强之弊亦随生焉。②

《五山堂诗话》卷六中菊池五山强调了性灵的重要性。他反对以诗为课，无所兴而强作，诗歌创作要直接抒发诗人的心灵，认为诗歌的本质即是人的感情的自然流露。菊池五山性灵的诗学思想反映在两个方面：一是宗宋排古，提倡清新；二是写真弃奇，追求平淡。

（一）宗宋排古，提倡清新

江户时代中后期有关唐宋诗之争的讨论比比皆是，以荻生徂徕为首

---

① 大沼枕山（1818—1891），名厚，字子寿，号枕山，江户末期诗坛的名家。初师事菊池五山，后师事梁川星岩。

② 马歌东：《日本诗话二十种》（上卷）"五山堂诗话卷六"，广州：暨南大学出版社2014年版，第253页。

的古文辞派崇尚唐明诗，对宋诗竭力诋毁，而以江湖诗社为代表的反古文辞派高举宋诗大旗，抒发性灵，成为宋诗派的有力支持者。菊池五山的《五山堂诗话》继承并发展了这种诗风。

菊池五山以"五山"为号的由来，就鲜明地表达了自己的诗歌审美趋向。《五山堂诗话》卷一有云："余贫不能贮书，偶有购得，早已羽化去。箧中留集五部，一白香山，一李义山，一王半山，一曾茶山，一元遗山。外此无有。因以五山名堂。有句云'家徒四壁立，书仅五山存'。"古文辞派独尊盛唐而排斥中晚唐、宋元诗，菊池五山恰恰推崇的就是中唐白居易、晚唐李商隐、北宋王安石、南宋曾几以及金代元好问。他旗帜鲜明地表达了自己与古文辞派的对立。古文辞派攻击性灵一派"浅直""谐谑"，而五山不这样认为。

> 白香山以诗为说话，杨诚斋以诗为谐谑，二公才力，故当不减少陵。只欲新变代雄，故别出机杼以取胜耳。后人轻诋二公者，固不知二公心，其模仿二公者，亦未免懵懵也。①

古文辞派以杜甫为理想，排斥白居易。五山与之不同，他认为白居易及杨万里的诗才力量绝不逊色于杜甫，这也与中国文学史上一贯对杜甫的评价有所不同。而且谐谑之诗未必就不好。在《五山堂诗话》卷二也有"诗令人笑者必佳"的论述。可以看出五山在自己的诗话中全力为宋诗做辩护。而这一点也体现在他所欣赏的诗集、诗人和诗论上。古文辞派林东溟说周弼的《三体诗》为"薰莸错杂，失鲁莽者"，对之嗤之以鼻，不敢苟同。五山则盛赞《三体诗》。菊池五山所坚持的"宗宋排古"是反对古文辞派，却并不是一味地贬唐。他认为古文辞派的"格调"是模仿和剽窃唐诗，是"伪唐诗"。五山对唐诗和宋诗进行了下面这样的

---

① 马歌东：《日本诗话二十种》（上卷）"五山堂诗话卷二"，广州：暨南大学出版社2014年版，第204页。

比较：

> 唐诗温润，有春水四泽之象。宋诗磊砢，有东岭孤松之象。唐则满朝诗人，宋则不过数家。只斯数家，优足与全唐诗人抵敌。此宋诗所以称雄也。①

由此可知，以温润、磊砢为唐、宋诗各自特点，切中肯綮，五山举出宋诗的长处，力说宋诗不劣于唐诗，但这都是建立在承认唐诗的基础上，只是唐宋诗所处的大环境有所不同，宋诗相较唐诗来说更难创作，因此好的宋诗足以媲美唐诗。他认同唐诗而反对伪唐诗，主张宋诗的伟大而又鄙视伪宋诗。他指摘伪唐诗之弊是"刻鹄类鹜"，伪宋诗之弊是"画虎类狗"，伪唐、伪宋诗都是模拟失形，然而后者更可鄙，因为模拟唐诗尚不失君子体统，而学习失真的宋诗则易陷俗陋，因而学习宋诗更要慎重。所以说，五山可谓是"唐宋皆吾师"，采取了一种折中的态度，但他显然更倾向于宋诗而已。

菊池五山的老师山本北山在自己的诗话《作诗志彀》中说道："清新性灵四字，诗道之命脉也。不模拟剽窃，必清新性灵。不清新性灵，即模拟剽窃也。"虽太过武断，在一定程度上还是值得赞同的。但五山所提倡的清新，又有所区别。他在自述其于宋人中深喜杨万里，而不满黄庭坚时，以"尖新"论诗。

> 袁子才不喜黄山谷，而喜杨诚斋。与余天性若有暗合。然不特余也，喜黄者绝少，喜杨者常多。盖黄诗奥峭耳，苦艰涩；杨诗尖新，易入心脾故也。②

---

① 马歌东：《日本诗话二十种》（上卷）"五山堂诗话卷五"，广州：暨南大学出版社2014年版，第242页。

② 马歌东：《日本诗话二十种》（上卷）"五山堂诗话卷一"，广州：暨南大学出版社2014年版，第201页。

这里的"尖新",是与"奥峭"相对,要求诗歌创作平易近人,简明畅快。宋代杨万里反对江西诗派模拟剽袭的恶习,主张"风趣专写性灵",也对性灵说产生了很大影响。而五山喜爱杨万里,袁枚对杨万里也是相当推崇的。五山与袁枚天性暗合正是有此原因。在古文辞派崇拜盛唐华美之风的大背景下,菊池五山与之反向而驰,掀起一股清新的诗风。《五山堂诗话》中多言类似词语,表明五山对清新诗风的选择。

《五山堂诗话》中关于"清新"类似字眼的统计。①

序号	出现位置	关键字	原文
1	卷一	诗曰清警	米庵书名倾动一时,索字者杂然麇至,殆无虚日,犹能拨忙作诗,诗曰**清警**,骎骎欲度骅骝前矣。……其游崎岙所得诗曰《西征小稿》,未脱草。
2	卷一	殊为清婉	圣民作诗,世多不知,其《寄内》一绝云:"幽竹留丛在故山,三秋无主护柴关。愁风苦雨知多少,惭愧清阴待我还。"殊为**清婉**。
3	卷二	尤为尖新	木芸亭,名雄飞。作《黠鼠诗》尤为**尖新**,词曰:"群鼠何太恶,来穿北墉中。稊米将耗尽,猖獗本无穷。众猫怒须起,逐捕互竞雄。鼠辈忽窜迹,未闻策奇功。寄言老猫子,重责在汝躬。平生毡与肉,恩养非不丰。此时不竭力,争报主人翁?"余时在南部,封寄此诗,实某年某月某日也。
4	卷二	清雅如此	庭濑森冈松荫,名璋,字伯珪,即蠖斋之昆也。风调和雅,真不愧为士衡矣。……二子长为足庵,次为柯亭,兄弟俱耽吟咏,又善书画,一门**清雅**如此,真美事也。
5	卷二	故自清警	井敬义伯直,书宗董文敏,自号董堂,人但知书法妍妙,而不知诗才故自**清警**。
6	卷三	清丽却可喜	……《梅花雌鸡图》云:"谷谷相呼钻破篱,羁栖恋侣落梅时。秦关一别无消息,不记当年炊爨廖。"**清丽**却可喜……

---

① 此表由笔者所做。

(续表)

序号	出现位置	关键字	原文
7	卷三	清新可喜	宽斋先生亦尝宿其家,余从先生得其《郊行》一绝云:"烟淡风恬放午晴,春衫适得一身轻。半堤野烧痕如墨,早有笔头追步生。"**清新可喜**。
8	卷三	清丽绵芊	如亭近日学画,极为超脱。有诗云……"无限征途信一鞭,马蹄尘里过年年。谁家醉后身无事,山雨溪风闭户眠。"**清丽绵芊**,杂之唐解元诸作中恐未易辨也。
9	卷三	尖新殊极	带鱼,一名刀鱼,形如刀,见《八闽通志》,此际俗称大刀鱼。如亭有诗云:"呐喊声销天日丽,波涛海静太平初。折刀百万沉沙去,一夜东风尽作鱼。"**尖新殊极**。
10	卷三	殊为清雅	金鸡道人,卖药为业,忽而大厦重茵,忽而穷巷飧粝,亦奇士也。生平好作诙谐俚文,人多蔑之。然其《秋初》诗云:"枕上风凉团扇休,虫音微奏竹窗幽。短檠影透纱窗里,检历今宵是立秋。"**殊为清雅**,后竟至落魄,已而病亡。
11	卷三	人尽服其清妍	淡斋绝句,近已经刊,人尽服其**清妍**,不知律诗亦自深造。……
12	卷三	诗自清隽	弘斋于书,六书八体无所不该,殊为有识所推赏。诗自**清隽**,优入作者之域。……
13	卷四	清爽之气	盖平旦清爽之气,自然所发乃尔。释贯休有句云:"乾坤有清气,散入诗人脾。"信矣。
14	卷四	清微委婉 极写性灵	百年客都已四岁,今秋其妻深井氏讣至,远托如亭为其撰墓文,盖以如亭尝在信最久,相识之熟也。又自作诗十章悼之。兹抄其四云:"……双燕呢喃近社期,羁人犹自滞天涯。故山纵是今归得,客里穷愁话向谁?"**清微委婉,极写性灵**。百年壮气勃勃,势欲搏虎,而深于性情乃能如此,诗人敦厚,亦可以见。
15	卷四	清致殊可喜	果亭有园池之胜,其间起书楼,缃帙万卷,井然伦次,**清致殊可喜**。

（续表）

序号	出现位置	关键字	原文
16	卷四	清新超隽	《秋日游高台寺》云："绳榻哦诗日易斜，秋光一味在僧家。暮光吹乱红璎珞，开遍满庭天竺花。"**清新超隽**，自然成家。
17	卷四	诗极清婉	岛棕轩《鸭东杂咏》二十首，**诗极清婉**，虽有继者，竟不能出其右。
18	卷五	诗出新裁	兰庭饭田侯讳燮，字景和。木芙蓉极言公儒雅，延余入谒。公为政之暇，**诗出新裁**。
19	卷五	境致清远	《春晓闲步》云："疏钟响断散林鸦，吟杖先移野水涯。残影暂留山中月，暗香时动雾中花。杨杉阴合疑无路，鸡犬声幽知有家。衣袖不妨行露湿，一生痼疾在烟霞。"境致**清远**，有风骚之旨，使读者自忘其贵。
20	卷五	诗笔亦清	梅所君，讳成章，竹所之子，**诗笔亦清**，有《夏日园中十咏》……
21	卷五	诗亦清婉	诗禅谈，其乡有闺秀细香，名多保，字禄之，书画俱佳，最善墨竹，**诗亦清婉**。
22	卷五	清新拔俗	《夜意》云："孤灯油尽向残更，趺坐疲时眼尚明。忽听竹丛风雨过，不胜冷气野狐鸣。"**清新拔俗**，令人更爽然。
23	卷五	清真委婉	又《山樱》一绝云："落日风前轻似雪，清宵月下白于云。偶然看做云还雪，不道山樱开十分。"清真委婉，极摹樱花之神。
24	卷五	颇为清雅	关达，字成章，号谦斋。《白川道中》云："稚松青十里，晓雾趁行消。埭立三岔路，沙埋独木桥。微霜犹晒稻，晴日始收茶。秋程风物好，自然不觉遥。"**颇为清雅**。
25	卷五	此最为清绝	余破数日之程，为之翻撷，仅录其《江村夏雨》一首云："菰蒲深处雨声喧，新涨看看啮柳根。渔艇相维烟渚外，篝灯数点照黄昏。"此最为**清绝**。
26	卷五	诗极清矫	杏坪则数数出都，悉窃交欢，其人静温，杯酒之间，如坐春风，**诗极清矫**，敲推最细，读其《雨船载鹤》云："白发鬐髻雨里船，更安一鹤载双仙。……"

(续表)

序号	出现位置	关键字	原文
27	卷六	诗最新颖	宫本球,字求玉,号荼树,筼村之弟。**诗最新颖**,近出都下,人比之孟家少孤。
28	卷六	清词瘦句皆越流俗	《睡起六言》云:"梦回山月如洗,酒醒水风顿凉。知是睡中过雨,秋生一面荷香。"**清词瘦句,皆越流俗**。圣诞每对余称栩此三人,实诗坛之选也。
29	卷六	清绝可爱	《冬日游山寺》云:"寺前寺后削重峰,栖鹘归来雪后松。半日浮生闲未了,夕阳先报一声钟。"**清绝可爱**。

从上表可知,卷三开始,五山对清新之风给予了高度关注。他品诗论诗皆以清新为本,反对古文辞派千篇一律、没有个性,纠正了当时诗坛的痼疾,提倡宋元清新之诗。他针对长久以来不少人作诗片面追求雅丽,不敢用俚俗之语入诗的情况予以纠正,倡导可将生活中所用的俗字、俗词、俗语运用于诗歌创作,并运用了很多类似"清新"的字眼来评论诗歌和诗人,这恰恰是异于古文辞派的诗坛新气象。在《五山堂诗话》卷二中菊池五山收录了江户时期诗人木芸亭的一首《黠鼠诗》,诗中写道:"群鼠何太恶,来穿北墉中。稊米将耗尽,猖獗本无穷。众猫怒须起,逐捕互竞雄。鼠辈忽窜迹,未闻策奇功。寄言老猫子,重责在汝躬。平生毡与肉,恩养非不丰。此时不竭力,争报主人翁?"① 诙谐浅直地表现出老鼠的猖獗与猫的无能,虽然看起来流于俗化,但在诗意上内蕴可取之处,恰恰是这种俗语,极为自然,给人一种爽然之感,所以五山评此诗"尤为尖新",这与杜甫的"诗清立意新"所要表达的意思完全一致。

菊池五山提倡的"清新"不仅与"奥峭"相对,还与古文辞派的"华丽"相对,淡化诗的格调,从朴实自然中发掘诗的美,而在五山选诗

---

① 马歌东:《日本诗话二十种》(上卷)"五山堂诗话卷二",广州:暨南大学出版社2014年版,第207页。

的题材也能看出性灵从清新中来的观点。在诗话中五山往往发掘的诗作都是极具生活气息的。诗题"晒书""病起""午热""村夜"等等,与古文辞派的华美篇章相对,将江户诗坛陷入古文辞派的剽窃抄袭的低迷焕然一新,透出清新的风气。江户诗人柏木如亭写了一首关于带鱼的诗"呐喊声销天日丽,波涛海静太平初。折刀百万沉沙去,一夜东风尽作鱼",五山认为此题材很新鲜,所以用"尖新殊极"来表达对吟咏带鱼诗的赞美,同样另一首《栗熟》的诗也获得"诗自清隽"的评价,《梅花雌鸡图》与《鸭东杂咏》,仅从诗的题目就可看出这与古文辞派推崇盛唐之华美大相径庭。在菊池五山看来,诗的性灵并不在诗的雅俗,而在清新,只有性灵之作才能产生清新的氛围,才会有别于古文辞派的佳作诞生,才能荡涤当时江户诗坛的不良风气。五山所提倡的性灵除了清新排古,还应是"真诗"。

(二)写真弃奇,追求平淡

菊池五山认为诗是"情所由发",就是要有真情实感,才能有所创作,否则就会"夭阏性灵,桎梏才情"。古文辞派陷在雄浑华美的辞藻泥淖中无法自拔,使江户诗坛的诗风缺乏生机和活力。菊池五山反其道而行,他所推崇的真诗是一切以事实为依据,融情于现实的景,才能不失真实,直抒胸臆,而脱离现实的诗歌创作是行不通的。他坚持诗歌从生活中来,在《五山堂诗话》卷六批判了诗中"失实"之过。

> 诗中铺叙,不可失实,今日作者殆不胜其病。年齿方奢,而动有衰颓之语;不出新闻,而便发倦游之叹;四面无山,强称青岑;一时有雨,犹说夕阳;啸此不传,驴我所无,而屡言不置。凡如此类,随手滥用,不觉自陷于欺罔矣。①

---

① 马歌东:《日本诗话二十种》(上卷)"五山堂诗话卷六",广州:暨南大学出版社2014年版,第257页。

五山对当时"失实"的情况进行了生动的说明,明明年少方刚,非要言老成衰颓之语,令人生厌;刚刚走出城门还没开始游玩,就说疲倦的心情;明明四面没有山,却偏说处处青山耸立;这里雨水蒙蒙,就非得说夕阳无限,这种"自陷欺罔"矫揉造作的行为是对性灵的背离,有违真性情的抒发,这不符合菊池五山的诗学观。诗歌创作要求真实真意,脱离了真实的土壤那就只能是空谈。一次菊池五山在山中遇到大雾,当他读到市河米庵①的"行行山色渐迷离,白雾如冲又似驰。收取晓星残月去,忽成混沌未分时"和"细细沾衣湿如雨,蒙蒙遮面重于烟。同行咫尺看还失,只认人声知后先",便发出"情景最真,实获我心"的感叹。由此可见,五山认为真情与真景相融一体,便是诗歌创作的最佳方式,只有一切从事实出发,诗歌的内容才能充实,否则只会是陈词滥调。

菊池五山主张去陈腐华丽,提倡清新,坚持自然浑成,为朴为淡的诗风,追求平淡,排斥怪奇。当时的江户诗坛,古文辞派一味模仿盛唐,由此与之对立提出性灵。性灵一派推崇宋诗,擅用俗语、生僻字来作诗,被古文辞派批评轻浮鄙俗。他们中一部分人热衷于"奇巧",并渐次沦为炫博耀奇的毛病。五山批判这种炫奇的行为,他说:

> 诗虽嫌陈腐,亦无妄自捏造字面之理。韩文杜诗,无一字没来历,古人郑重乃如此。后生妄以己意,种种制作,所谓愚而好自用者。偶有人问来处,亦自知其非,乃诡曰出某集。吾谁欺,欺天乎?且所谓新变者,一换意思极令薪新之谓,其胜人处不必在用生字也,犹之善治庖人其料不过寻常鱼肉,一经调剂便作珍馐殊品。今之诗流,烹蛇享客者多矣。②

---

① 市河米庵(1779—1858),名三亥,字孔阳,号米庵、乐斋等,是江户末期的书法家、汉诗人。

② 马歌东:《日本诗话二十种》(上卷)"五山堂诗话卷二",广州:暨南大学出版社2014年版,第204页。

从这段文本可以看到，五山排斥"生字"，认为这是没有必要的。就像一个好的厨师，仅是平常的瓜果鱼肉，就能做出一桌美味珍馐。好的诗作也是如此，不用生僻的字来投机取巧，从真实出发写出率性、本心的东西，自然会受到肯定，而这正是当时诗坛所缺少的。不仅如此，五山还非难同时代的性灵诗人六如上人，理由就是其"诗用生字""挟字斗胜，仅可以悦中人，而不可以牢笼上智也"，甚至把六如上人所作诗话评价为"只算一部古董簿，殊失诗话之体也"，可见五山对于使用生僻、怪奇的排斥，也表明他虽与六如上人同属性灵，但所坚持的观念又有不同。他引用苏东坡的话更加印证了这一点。

> 东坡与鲁直书云："凡人文字当务使平和，至足之余，溢为怪奇，盖出于不得已也。"余谓诗亦然，作者能知怪奇出于不得已，则始可与言也。①

这里所说的"平和"是与"怪奇"相对的。"出于不得已"就应该直抒胸臆，保持平和，追求诗的"平淡"，而不是奇险。苏轼以古朴平淡而又意味隽永的诗风而受五山欣赏。与苏轼同一时代的黄庭坚可以说是宋代诗人中以"奇巧"之名著称的，也带来众多追随者，但在宋诗传入日本后，他的诗却不受欢迎，就是因为他的奥峭与怪奇令诗歌创作艰涩难习。针对这种怪奇，菊池五山在《五山堂诗话》卷三中提出的"七病说"进行了批判。

> 近今之诗，盖有七病焉。……略古喜新，次元其奇。挽近诸集，紊然过眼，捃险摭僻，错出淆陈。博则博矣，毫无意致，二病也。名利心躁，急张门户，皮里无诗，自愧乖谬，故昌言诋呵，以恐吓人。一二有古人执拗之论，驾以立己说，不知其间意义矛盾，贻笑

---

① 马歌东：《日本诗话二十种》（上卷）"五山堂诗话卷二"，广州：暨南大学出版社2014年版，第204页。

大方,三病也。①

五山批评以怪奇为好,虽怪奇,却无实意,这不是诗的真味。这点是对当时一些性灵支持者的指摘。他能站在性灵之中发现性灵的流弊,实属难得。五山追求诗歌平淡,就是说要立足于现实,认为诗贵平淡,平和之心态、枯淡之言辞、丰腴之情感从而显示出质朴含蓄的平淡之美。五山指出了江户中后期诗坛的弊病,把握了当时诗坛的动向,并对性灵派的不足之处予以指正,这正是他作为汉诗人自省精神的表现,也不得不承认其敏锐的诗学眼光。而在这之外,五山与时俱进,提出了"诗分都鄙"的观念。

《五山堂诗话》卷二中提到:"人有都鄙之分,诗亦有都鄙之分,闻见已广,琢磨已精,然后下笔,绰有余裕,自然不与时背者,谓之都诗;管天蠡海,矜矜自大,剽窃敷衍,死守旧套者,谓之鄙诗。人鄙而诗都,可以登于都也;人都而诗鄙,不可以齿于都也。"所谓"都鄙"就是指时代特征,"都诗"就是与时代同步发展,而"鄙诗"则是滞后于时代发展,在这是指古文辞派。古文辞派一味学习和模仿先人作品,甚至剽窃古人词句,因袭雷同缺乏创造。五山因此批判其为"鄙诗",他对古文辞派当道的毫无生气的诗坛进行了认真的思考,强调诗的时代性,为后来诗坛的兴盛提供了自己的见解。他并没有崇宋排唐,而是坚持性灵的基础上对唐诗的长处加以吸收,有着自己的自省精神,也因此成为江户后期诗坛不可忽视的存在。

菊池五山宗宋排古,提倡清新,写真弃奇,追求平淡,这都与古文辞派的高华雄浑形成鲜明的对比,在他看来,诗的本质就是性灵,要抒发自己的真性情,平淡处见真章,排斥怪奇,又不失清新之气。菊池五山凭借敏锐的洞察力和诗学观对当时江户诗坛的不正诗风进行了批判,

---

① 马歌东:《日本诗话二十种》(上卷)"五山堂诗话卷三",广州:暨南大学出版社2014年版,第225页。

他拥有作为汉诗人的自省精神，成为了江户后期诗坛的指导者。而这股"性灵"之风渐渐吹入了江户后期的诗坛，掀起了新的浪潮。

结　语

菊池五山在中国诗学思潮的影响下，以味评诗，充分体现出对诗味的标举之意，追求清新性灵，崇尚平淡之风，又不失自己作为诗人的自省，构成了自己独特的诗学世界，是鼓吹性灵的关键，为之后江户诗坛的兴盛打下坚实的基础。在江户诗坛已陷入困顿的背景下，菊池五山作为幕末江户诗坛的领军人物，在《五山堂诗话》中展现了自己独特的诗歌创作观和鉴赏观。他吸收中国文学的营养，从域外角度对中国诸多诗人提出异于主流观点的独创思想，又为当时的江户诗坛注入了新的活力。不仅如此，菊池五山为当今的文学批评提供新的视角，对中国学界研究唐宋明清诗论的传播和影响也不无益处。

参考文献：

［1］张伯伟汇校：《全唐五代诗格汇考》，江苏古籍出版社2002年版。

［2］蔡镇楚、龙宿莽：《比较诗话学》，北京图书馆出版社2006年版。

［3］祁晓明：《江户时期的日本诗话》，中国社会科学出版社2009年版。

［4］孙立：《日本诗话中的中国古代诗学研究》，北京大学出版社2012年版。

［5］刘欢萍：《论日本〈五山堂诗话〉的诗学观及对中国古典诗学之受容》，见《贵州文史丛刊》，2011年。

［6］谭雯：《日本诗话及其对中国诗话的继承与发展》，复旦大学博

士学位论文,2005年。

[7] 祁晓明:《江户汉诗人打通和、汉壁垒的尝试——以池田四郎次郎〈日本诗话丛书〉为例》,见《文史哲》,2012年。

[8] 毛明娟:《江户时期的日本诗话对清代诗歌的接受批评》,福建师范大学硕士学位论文,2013年。

[9] 王向远:《日本古代文论的千年流变与五大论题》,见《北京师范大学学报》(社会科学版),2014年。

[10] 池田四郎次郎:《日本诗话丛书》十卷,文会堂书店1992年版。

[11] 清水茂、揖斐高、大谷雅夫校注:《日本诗史·五山堂诗话 新日本古典文学大系65》,岩波书店2003年版。

[12] 市古贞次:《日本文学全史4 近世》,学灯社1978年版。

[13] 揖斐高:《化政期诗坛和批评家—〈五山堂诗话〉论》,见《文学》,岩波书店1975年。

[14] 富士川英郎:《儒者の随笔-7-菊池五山〈五山堂诗话〉》,见《新潮》,新潮社1975年。

博尔赫斯眼中的中国诗学

张如特

博尔赫斯的作品中蕴含了很多与中国诗学有关的思想，这体现出博尔赫斯重视比较、寻求交流的诗学思维。这种思维又是由博尔赫斯的非本质主义民族观所决定的。博尔赫斯的思考为中国文化及诗学的发展带来了启发：让中国诗学与其他民族诗学进行"外向"求同是推动中国诗学走向世界的可行手段。

博尔赫斯对于中国文化情有独钟，他虽不通中文，但却大量阅读中文名著的译本，积累了许多关于中国诗学的思想，可以说，中国是作家长久以来心向往之的文化圣地。博尔赫斯关于中国诗学思想的阐释往往是片段化的。终其一生，作家都"拒绝专断、抽象的人为体系之超验性"①，因此不曾尝试对中国诗学问题进行系统性建构，而是喜欢以灵动自如的方式阐发观相关思想。将这些思想的闪光碎片进行整合梳理，并对其背后的民族观思想展开探讨，我们将对世界文化语境中的中国诗学产生积极有益的认识。

---

① Phillips, Katharine Kaiper. "Borges as Concomitant Critic." *Latin American Literary Review* 2：3 (1973)：15.

一、博尔赫斯作品中的中国诗学

博尔赫斯是一位广博深邃的作家,往往以短小精炼之文字承载宏大复杂的思想,有学者甚至认为因为博尔赫斯"以简洁作为其文字生命的美德",结果其文字篇幅之"小"与文章主题思想之"大"显得"不成比例"①。然而,读者要做的恰恰就是"小"中窥"大",从凝练的文字中领会重大的思想,并且梳理出博尔赫斯阐释中国诗学的基本方式。

其经典的阐释方式之一,就是在对中国文艺作品的具体批评中阐发中国诗学思想。现实与梦幻在文学作品中的关系是博尔赫斯喜爱探讨的主题。《文稿拾零》是博尔赫斯的文学评论集,其中专章谈论了《红楼梦》,并提出了重要的诗学思想:《红楼梦》将梦幻与现实交织描写模糊了二者之间的边界,这实际上也模糊了《红楼梦》本身的文学性质,它既是幻想的又是现实的,"中国文学不了解'幻想文学',因为所有的文学,在一定的时间内,都是幻想的"②。在为《聊斋志异》的西班牙语选译本所做的序言中,博尔赫斯也阐述了文学的现实与幻想不可分割的观点:"它所产生的现实主义的长篇巨著——如《红楼梦》,我们讲谈到它——都有大量的怪诞成分,而正因为它们是现实主义的,人们并不认为那怪诞是不可能与不可信的。"③ 此外,在对庄周梦蝶这一寓言的评论中,博尔赫斯认为寓言中虚实交织的意境堪称梦幻文学的经典,梦与蝴

---

① Sturrok, John. "Between Commentary and Comedy: The Satirical Side of Borges." *The Yearbook of English Studies*, Vol. 14, *Satire Special Number. Essays in Memory of Robert C. Elliott 1914—1981* (1984), *Modern Humanities Research Association*: 276.

② 《博尔赫斯全集·散文卷(下)》,黄志良等译,杭州:浙江文艺出版社1999年版,第376页。

③ 《博尔赫斯文集·文论自述卷》,陈东飚、陈子弘等译,海口:海南国际新闻出版中心,1996年版,第92页。

蝶的隐喻也是人类文学常用的隐喻模式之一。①

寻求中国诗学与其他文艺思想之间的互证或比较，在跨文化的互文关系中把握中国诗学也是博尔赫斯的重要阐释方法。在博尔赫斯文学评论的只言片语当中往往蕴含着重大的诗学话题，比如他在谈论关于沃尔弗拉姆·埃伯哈特译《中国神话故事与民间故事》的文字中涉及中国神话与欧洲、阿拉伯神话的比较：后两者的神话"完全是公式化的"，"是一种对称的被分成若干部分的装置，是一种完全的对称。"② 而中国神话在叙述方式则没有诸多规范，不规则的故事构造反倒凸显出一种真实感，抓住读者的注意力。博尔赫斯在小说中也会援引中国文化典籍并将其与其他文化中的类似现象加以对比，比如在《扎伊尔》中，作家引用了《礼记》里对于饮酒时的细致礼仪要求与犹太教的繁琐生活规范，实际上也是关注了不同民族经典文献中反映出的相似精神面貌。所有这些探讨都体现出作家寻求交流的跨民族诗学思想，可见作家始终渴望这能够打破民族诗学间的文化壁垒。

二、博尔赫斯诗学思想背后的民族观

考察一个作家对于异民族诗学的关注，势必要引申到"这个作家的民族观是怎样的"这样一个问题。博尔赫斯对于中国文化情有独钟，然而我们发现，这份钟情背后反映出的民族观却是颇有些"另类"的。博尔赫斯的民族观在很多方面与"传统"的民族观不尽相同。

"传统"的民族观呈现出怎样的面貌呢？一般说来，民族总是一个带有本质主义色彩的概念。一个民族必然要区别于其他民族，使民族保持其独立特性的那些特质也就构成了这个民族的本质。所以，谈论一个民

---

① 《博尔赫斯谈诗论艺》，陈重仁译，上海：上海译文出版社2008年版，第33页。
② 《博尔赫斯全集·散文卷（下）》，黄志良等译，杭州：浙江文艺出版社1999年版，第394页。

族"是"怎样的，就是要采用一种提喻的思维，将民族中每一个成员都共同分有的特质归纳出来，求得民族的本质。这其实是一个"内向"求同，"外向"求异的过程——在民族的内部成员中寻求共同点，在面对外部民族时则着眼于差异。

然而，博尔赫斯呈现出的民族观却可以说是一种"外向"的求同：他关心的往往不是一个民族的个性，而是这个民族的非个性，也就是一个民族与另一些民族之间的相通之处。以其作品中的中国主题为例，博尔赫斯笔下的中国是神秘的、博大的，但并不意味着是具有绝对个性的：《关于宫殿的寓言》是以想象中的中国为背景的，其中出现了一字之"诗"的主题，即一个玄秘的包罗万象的字符，它令人神往、甚至令人眩目。而这个主题并不只出现在这里，《翁德尔》《镜子与面具》中同样有所涉及，前者的背景设置在北欧，后者的故事发生在爱尔兰。不同民族分有同一个主题，三个民族在对神秘字符的想象故事中得到了"去个性化"的处理。《想象的动物》中有一篇《镜中动物志》也是如此，它将中国的传说与巴黎的民间故事并举，都涉及想象中只存在于镜中的生物。可见类似意象在跨民族想象中总是会重复出现。非线性时空观的主题，是另一个中国与其他民族文化主题的交集：《小径分叉的花园》将这种观念归结到一个虚构的明代作家身上，《永生》《关于犹大的三种说法》在希罗文化、犹太教诺斯替教文化的背景上也有展示。由此可见，不同民族文化文本之间的互文关系构成了博尔赫斯对于中国诗学的认识基础，就像小说《一个厌倦的人的乌托邦》中的说法，"语言本身就是系统的引语"①，民族文化间广义的互文关系更是无法回避的。

固然，博尔赫斯创作、思想当中的游戏精神决定了他不会以刻板写实的态度对待民族主题，中国民族的真实形象或许并不比想象中的中国形象更加重要。博尔赫斯"在阅读某一个作家时产生的思想往往会产生

---

① 《博尔赫斯全集·小说卷》，王永年等译，杭州：浙江文艺出版社1999年版，第446页。

一个链条，而这链条最终总是指向他个人化的阐释。"① 博尔赫斯对于民族特性的阐发也往往是高度个性化的。然而，游戏精神真的就意味着博尔赫斯没有严肃地对待民族个性与民族共性间关系的思考吗？

实际上，博尔赫斯曾经明确地用"克里奥约主义"思想阐发了文学创作中的民族问题。克里奥约人是殖民地白人种族的泛称，博尔赫斯本人就属于其中一员，然而克里奥约主义却不是单纯民族主义的。相反，这几乎是一种"世界主义"。1926年前后，博尔赫斯开始了"克里奥约主义"的写作计划，他希望能够用文字重塑一个布宜诺斯艾利斯，书写现代语境中的游牧精神，但是"这个词要放到广义的范围中来理解，因为这不是一个对牧人怀念似的崇拜，也不是卢贡内斯笔下的大草原，而是一种可以'和全世界和自我进行交流对话，也可以和神或死亡对话的'克里奥约主义"。博尔赫斯心目中的布宜诺斯艾利斯仿佛一个"巴别塔似的世界性城市"②，这恰恰是一个让各个民族进行对话的理想的、喧闹的民族集市。民族间进行对话也就是在民族间寻找共同点的"外向"求同过程，是寻求广义上文化间互文关系的过程。

要理解这种文化间的"互文"关系，我们也可以举文学文本间的互文关系进行参照。《卡夫卡及其先驱者》是一篇精妙的文学评论，博尔赫斯认为，不仅可以说作家的创作"修正了我们对于过去与未来的概念"，而且"每一位作家都创造自己的先驱者"③。比如，芝诺、克尔凯郭尔、勃朗宁等等作家，甚至中国的韩愈都可以说是卡夫卡的先驱者。作为《获麟解》的作者，韩愈流露出的困惑与犹豫被博尔赫斯认为接近于卡夫卡行文的笔调。将韩愈和卡夫卡相提并论，这恐怕出乎很多人的意料。然而，读者之所以观察到卡夫卡与芝诺、韩愈的相似恰恰是因为卡夫卡

---

① Martin S. Stabb. Jorge Luis Borges. New York: Twayne Publishers, 1970:86.

② 〔英〕埃德温·威廉斯：《博尔赫斯大传》，邓中良等译，上海：华东师范大学出版社2014年版，第161—162页。

③ Aizenberg, Edna. "Borges, Postcolonial Precursor." World Literature Today 66.1 (1992):24.

的作品提供了一个各个互文文本相互对话的平台，恰恰是对于卡夫卡作品的阅读使得读者再度阅读芝诺或韩愈的时候发现了后两者新的特质，因此，对"后来者"的阅读创造出了对"先驱者"的全新理解。在这个意义上说，作家确实"创造"了他自己的先驱者。民族文化间的关系也可以用类似观点看待。现代德语文学的代表作家卡夫卡为古希腊、古代中国等等民族文化提供了对话的平台，卡夫卡成为异民族文本互文关系网络的交叉点，"外向"求同的思维也就是将一个民族的某一特点作为其他民族文化的交叉点进行看待，"去个性化"的方法将世界各个民族纳入同一个互文话语的巨大网络之内，这样不仅积极组织了不同声音的共鸣、对话，也推进了个体对于各个民族的具体认识。

三、博尔赫斯的启示：中国诗学的"世界化"策略

博尔赫斯对于中国诗学的援引和探讨客观上起到了推动中国诗学走向世界的作用。在今天看来，博尔赫斯作品中多民族诗学交相辉映的热闹景象当然符合全球化背景下多方对话蓬勃兴起的潮流。中国诗学迫切地要求与世界进行交流，世界也需要聆听中国诗学的声音，那么，博尔赫斯的思维方式在这个问题上对我们有何启示呢？我们认为：以非本质主义的观点看待民族差异，以"外向"求同的方式寻求交流，是中国诗学进一步走向世界化的可行手段。

中国诗学、中国文化拥有深厚的积淀，在历史上一次次影响世界文化的发展进程，纵然在西方强势话语的逼迫下面临了逐渐丧失话语权的危险，中国诗学仍然有着与他人平等对话的权利和条件，高度畅通的交流机制也为中国诗学提供了越来越多的对话机遇。因此，中国诗学仍然会保持着高度的文化自信，以开放包容的心态迎接他者。

在交流心态的敞开与包容方面，博尔赫斯做出了积极的思想启示。游牧民族文化是博尔赫斯思想中的关键词。仍以博尔赫斯对中国文化的

援引为例，可以说，在博尔赫斯眼中其实有着"两"个中国：一个是农耕文明的中国；一个是游牧文明的中国。前者是中国文化的主流，博尔赫斯对于儒家、道家文化的探讨都属于对农耕之中国的关注。如果说农耕的中国是博尔赫斯理论思想关注层面的重心，那么游牧之中国就是博尔赫斯情感认同的投注点。从总体上说，游牧文化处于中华文明的边缘地带，但它却是中国文化与阿根廷大草原文化的显著交集，因此得到了作家的关注。在《骑手的故事》是南美洲游牧民族与元代游牧民族故事的互文互证，游牧文明作为农耕文明的他者出现，二者之间有着先天的互不理解的屏障：游牧民族渴望世界成为无边无际的草场，农耕文明却在将整个地球城市化，成吉思汗若不将中国"变成一个游牧他们的马匹的巨大牧场……这个帝国便毫无用处"①。游牧民族与农耕民族之间的相互斗争并不能归结为道德正义的问题，而是两种不同民族思维的本质不同。与农耕文明不同，游牧民族不需要绝对稳定的耕地占有才能安身立命，他们的不断迁移使得他们需要不断适应新的生存环境，更加频繁地在与不同民族、不同集体接触，因此相对而言较少具有自我封闭的意识，也因此不愿固守本质、强调差异。从文化传承的角度来看，正是因为草原民族这种与生俱来的开放心态的影响，博尔赫斯能够以一种非本质主义的开放心态看待民族差异，并"反对孤立的个人主义带来的市民式的冷漠"②，这种态度正是农耕文明中的个人需要借鉴和反思的。

　　游牧思维势必会带来一种外向求同的意识，也就是在与其他民族的交流中寻求"我"与"他"之间的共同点。博尔赫斯的小说《小人》中的菲施拜恩说出了这样的话：犹太复国主义"使犹太人变成了普普通通的人，像所有别的人那样给捆绑在一个单一的传统、单一的国家上，不

---

① 《博尔赫斯全集·散文卷（上）》，黄志良等译，杭州：浙江文艺出版社1999年版，第68页。

② Salinas, Alejandra. "Political Philosophy in Borges: Fallibility, Liberal Anarchism, and Civic Ethics." *The Review of Politics* 72.2 (2010): 299.

再具有目前那种丰富多彩的复杂性和分歧"①。观点本身自然是偏激的，也并不代表博尔赫斯本人的声音，却提供了一种关于民族的独特视角："丰富多彩的复杂性和分歧"才是一个民族应该引以为豪的东西，犹太民族的流散命运使得他们在世界各地"混同"于其他民族，但犹太民族也因此真正摆脱了本质主义观点的束缚，成为世界上最独特、也是最有活力的民族之一。如果从积极的方面来理解，如果各个民族都展开了游牧式的迁移和游动，各个民族重新结合在新的喧哗嘈杂的巴别塔脚下形成一个全新的文化集市，这时的民族交流才会是真正平等的、多样的。

地理上的民族流动也许遥不可及，但文化间的大胆交流却是每个民族的迫切需要。在新的时期，为中国文化与中国诗学注入一些野性的、充满活力的游牧精神可以说是推动文化交流的可行策略。博尔赫斯的作品告诉读者，民族的适应性"在发达资本主义主导的现代性"中是"必须的"②，各民族文化相互包容互通有无，这样的境界既是博尔赫斯诗意幻想中的理想之地，也是中国文化有理由期盼实现的美好图景。

参考文献：

[1]《博尔赫斯全集·小说卷》，王永年等译，杭州：浙江文艺出版社1999年版。

[2]《博尔赫斯全集·散文卷》，黄志良等译，杭州：浙江文艺出版社1999年版。

[3]《博尔赫斯文集·文论自述卷》，海口：海南国际新闻出版中心，1996年。

[4]《博尔赫斯谈诗论艺》，陈重仁译，上海：上海译文出版社2008年版。

---

① 《博尔赫斯全集·小说卷》，王永年等译，杭州：浙江文艺出版社1999年版，第324页。
② Franco, Jean. "The Utopia of a Tired Man: Jorge Luis Borges." *Social Text* 4(1981):78.

[5]〔阿〕博尔赫斯(台译波赫士):《想象的动物》,杨耐冬译,台北:志文出版社1981年版。

[6]〔英〕埃德温·威廉斯:《博尔赫斯大传》,邓中良等译,上海:华东师范大学出版社2014年版。

[7] Martin S. Stabb. *Jorge Luis Borges*. New York: Twayne Publishers, 1970.

[8] Phillips, Katharine Kaiper. "Borges as Concomitant Critic." *Latin American Literary Review* 2:3(1973):7-17.

[9] Sturrok, John. "Between Commentary and Comedy: The Satirical Side of Borges." *The Yearbook of English Studies*,. Essays in Memory of Robert C. Elliott 1914—1981 Satire Special Number 14(1984):276-286.

[10] Aizenberg, Edna. "Borges, Postcolonial Precursor." *World Literature Today* 66.1 (1992):21-26.

[11] Franco, Jean. "The Utopia of a Tired Man: Jorge Luis Borges." *Social Text* 4(1981):52-78.

[12] Salinas, Alejandra. "Political Philosophy in Borges: Fallibility, Liberal Anarchism, and Civic Ethics." *The Review of Politics* 72.2 (2010): 299-324.

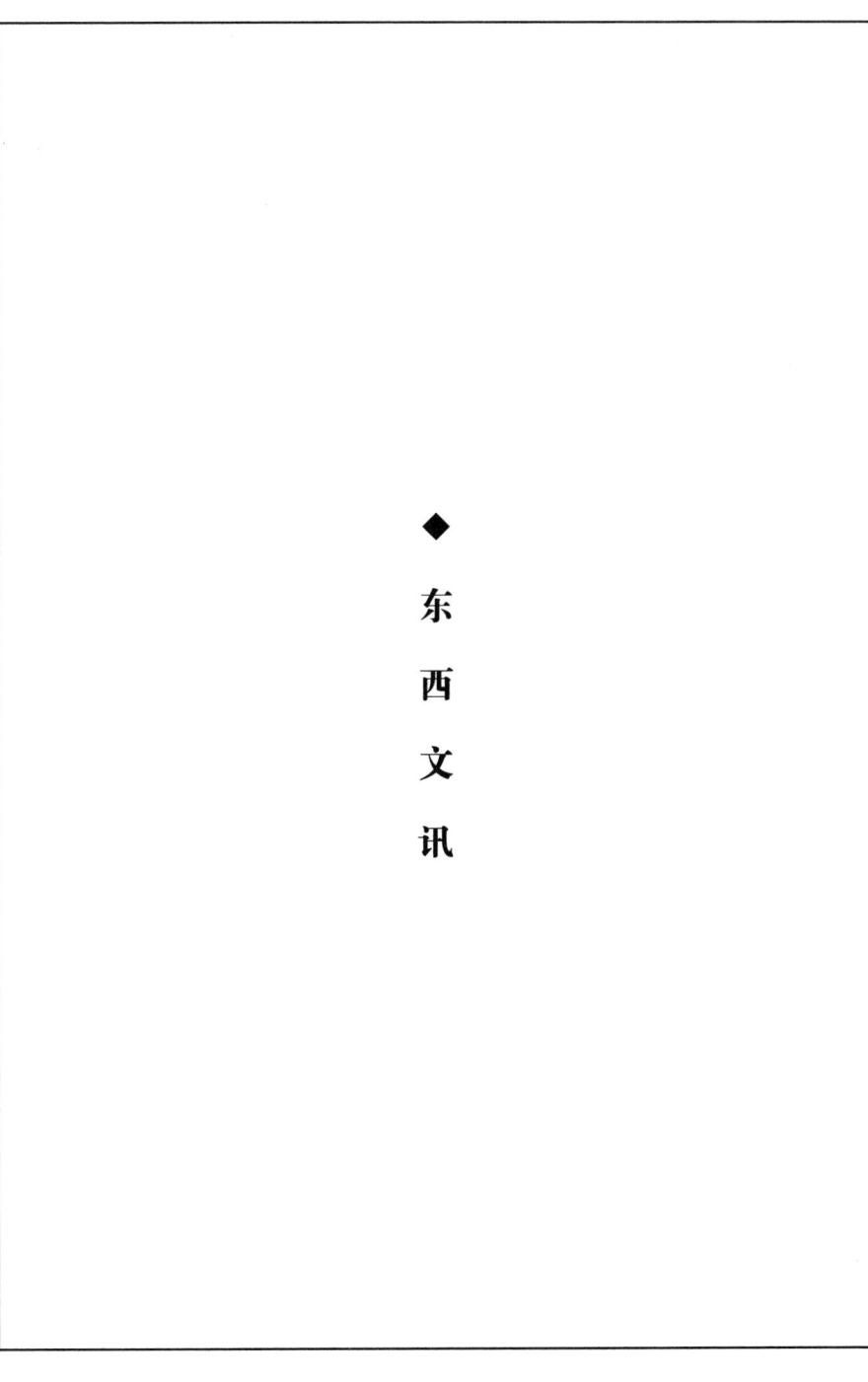
◆ 东西文讯

印度文坛动态

杨芊泽

一、印度裔英国作家哈里·昆兹鲁获美国柏林科学院海顿小说基金奖

2016年4月4日，英国作家哈利·昆兹鲁（Hari Mohan Nath Kunzru）获得了美国柏林科学院海顿小说基金奖。昆兹鲁虽然是英国国籍，但因为具有二分之一的印度血统而十分关注印度的发展情况。他曾因为《周日邮报》具有"对黑人及亚洲人的敌意"而拒绝领取它所支持的英国第二古老的约翰·卢埃林·里斯奖（John Llewellyn Rhys Prize）。2012年他更是冒着被捕的风险，和其他三位作家到斋浦尔文学节上朗诵萨尔曼·拉什迪讽刺穆斯林的诗句，只为替这位被迫沉默的作家发声。

截至2017年，昆兹鲁已经发表了8部作品，其中比较著名的有《印象派》（2003）、《传播》（2005）、《神没有男人》（2011）等。

二、印度裔美国作家阿希尔·夏玛获都柏林国际文学奖

2016年6月9日，印裔美国作家阿希尔·夏玛（AKhil Sharma）凭借第二部出版小说《家庭生活》（*Family Life*）获得都柏林国际文学奖。都柏林奖号称世界上为单本小说所设奖金最高的文学奖，奖金10万欧元，约合人民币74万元。而这并不是《家庭生活》第一次获奖，早在2014

年,它就被《纽约杂志》及《纽约时报》评为年度十本最佳书籍之一;2015年获第二届英国弗里欧文学奖,2016年除都柏林国际文学奖之外,还获得了南亚文学的 DSC 奖,可谓收获颇丰。

《家庭生活》讲述的是一个 8 岁的印度男孩与他最近移民到美国纽约的家人们的故事。这不免让人联想到作者本人——在德里出生,8 岁时才移民到美国的夏玛,可以说,这部作品多多少少带有些自传性色彩。在这部作品之前,夏玛只有《一个听话的父亲》(2000)一部小说出版。

三、印度作家阿米塔夫·高什获第六届印度塔塔文学现场终身成就奖

2016 年 11 月 8 日,印度大作家阿米塔夫·高什(Amitav Ghosh)获得第六届印度塔塔文学现场终身成就奖(The Lifetime Achievement Award at Tata Literature Live)。该奖项在印度艺术节期间颁发,旨在表彰其对印度文学的杰出贡献。该奖项过去的获奖作家有:马哈思维塔·德维(2011)、维迪亚达·苏莱普拉萨德·奈保尔(2012)、库什万特·辛格(2013)、M.T.瓦苏德文·纳伊尔(2014)和基兰 纳嘉卡(2015)。

阿米塔夫·高什是印度著名作家,曾在 2007 年被印度总统授予印度最高荣誉"卓越贡献奖",代表作品为"鸦片战争"三部曲(《罂粟海》《火海》《烟河》),以及《理性环》《阴影线》《饿潮》等作品。

四、阿米塔夫·高什的获印度沃达丰纵横字谜图书奖最佳小说奖

2016 年 11 月 30 日,阿米塔夫·高什凭借"鸦片战争"三部曲中的《火海》(Flood of Fire),获得印度沃达丰纵横字谜图书奖最佳小说奖。

五、印度作家阿兰达蒂·洛伊推出新作《至乐部门》

20 年前,一部《微物之神》使阿兰达蒂·洛伊一战成名,不仅拿下布克奖,更是被译成四十多种语言,畅销全球。然而继这部被誉为"《午夜之子》后最重要的印度小说"的作品之后,洛伊却陷入沉寂。她似乎把自己作为一名公民和政治运动家的身份看得比小说家身份更重,转向了非虚构写作,致力于揭露印度的社会不公与经济不平等。

但如今洛伊重新开始了小说创作,并交由 Hamish Hamilton 出版社于 2017 年 6 月推出了这部让人翘首以待的作品:《至乐部门》(*The Ministry of Utmost Happiness*)。令人并不意外的是,在 7 月 27 日公布的 2017 年布克奖长名单中,《至乐部门》已经入围其中,这说明即使过去了 20 年,洛伊的创作功力依然不减当年。

韩国文学动态

许哲颖

一、韩国女作家韩江获得布克奖

2016年5月16日,一年一度的世界文学重要奖项——布克奖在英国伦敦揭晓。时年46岁的韩国女作家韩江凭借小说《素食主义者》战胜2006年诺贝尔文学奖得主奥尔罕·帕慕克和国际畅销书作家艾琳娜·费兰特以及大江健三郎、阎连科等13位知名作家,获得这一国际文学大奖。韩江是首位入围并摘得布克奖的韩国作家,这对于韩国文坛具有突破性意义。

韩江是韩国著名作家、小说家、文学评论家,有"次世代韩国文学旗手"之称。韩江出生于一个"作家世家",韩江的父亲韩胜源是韩国著名作家,哥哥韩东林、弟弟韩江仁也都是小说家。兄妹几人都受到父亲的影响,从小便展现出对文学创作的天赋和兴趣,尤其是韩江,她14岁即确定长大以后要成为一名作家。韩国文学界认为,因为受到父亲韩胜源对佛教的理解以及相关佛教题材的小说的影响,韩江的作品较之其他70后作家更沉重,也更开阔,这主要表现在韩江对生与死、人生与痛苦有着超出同龄作家的深刻见解。韩江曾表示虽然自己没有宗教信仰,但在20岁以后的10多年时间里曾深深地沉浸在佛教之中。韩江1993年以诗歌作品步入文坛,1994年发表短篇小说《红锚》,并很快在韩国国内斩获了众多文学奖项。如1999年凭借中篇小说《童佛》获得第二十五届韩国小说文学奖，2000年获文化观光部的《今天的年轻艺术家奖》（文学部），2005年以小说《蒙古斑》（《蒙古斑》为获奖作品《素食主义者》的组成部分之一）获第二十九届李箱文学奖，2010年长篇小说《起风了，出发吧》获第十三届东里文学奖，2014年《少年来了》获得第二十九届万海文学奖，2015年短篇小说《一片雪花融化的瞬间》获得第十五届黄顺元文学奖。

  此次为韩江摘得布克奖的获奖作品《素食主义者》早在2004年就已经在韩国出版，还曾拍成同名电影，并入围2010年的美国日舞影展"最佳剧情片"奖。该书的英译本由英国翻译家迪波拉·史密斯翻译后于2015年1月在英国出版，这也是韩江的第一本被翻译成英文的小说。该书在英国出版后，就迅速登上了伦敦《标准晚报》畅销小说第二位。在获得布克奖后，韩江谦虚地将功劳推给了翻译者。"文学本身无法超越语言的障碍，凭借翻译可以越过那道障碍。"《素食主义者》因描写女主人公英慧对韩国守旧传统的叛逆抵抗，探索人内心抑压的疯狂与伤痕而备受关注。小说由《素食主义者》《蒙古斑》《树火》三个部分构成，属于系列小说，作者分别以三种不同的视角叙述同一个事件，通过更换着不同的视角刻画出了女主人公"英慧"的痛苦抗争历程。女主人公英慧是一名普通的韩国家庭主妇，因为在一个梦境中看到狗被残忍杀害，突然决定戒肉食，成为素食者，但从此却有了妄想症，而她的行为也变得越来越奇怪，坚信自己将要变成一棵树。英慧的丈夫极力劝阻，想把妻子从她那黑暗、血腥的梦境中拯救回来，英慧与姐夫之间也产生不伦的两性关系。一段看来正常的男女关系，在暴力、欲望、羞耻的驱动下，变得愈加恐怖。在获得大奖后，韩江表示《素食主义者》重点讲述主角想成为植物，远离人间争逐，以此摆脱人性黑暗面而拯救自己。"通过这么极端的故事，我感到我可以提问……最难的人性问题。"担任《素食主义者》翻译的狄波拉·史密斯评价说，韩江的小说创作是在一个暴力横行的世界，探索创造一个纯真世界的可能性。

《纽约时报》2016年照旧推出了10部年度图书,其中就有韩江的《素食主义者》。

二、韩国国内畅销书

近年来韩国诗集的销量增长更为显著,2016年与上一年相比增至5倍以上。描写韩国爱国诗人尹东柱一生的电影《东柱》上映后,尹东柱的诗集《天、风、星星与诗》的销售打开局面,使读者对韩国诗歌的关注和兴趣空前高涨。位列畅销书综合排名前三的图书依次是《素食主义者》、慧敏法师的《对不完美事情的爱》,以及日本哲学家、心理学家岸见一郎和作家古贺史健的《被讨厌的勇气》。

三、朝鲜—韩国文学研究会2016年年会

2016年7月6日,由中国"朝鲜—韩国文学研究会"主办、延边大学承办的中国朝鲜—韩国文学研究会2016年年会在延边大学召开。此次年会汇聚了来自中国社会科学院、中央民族大学、吉林大学、山东大学、南京大学、复旦大学等国内27所高校及科研机构60多位国内朝鲜—韩国文学研究界的权威专家和学者。

会议共分为两个部分,首先是专家交流。吉林大学的尹允镇教授代表中国朝鲜—韩国文学研究的老一辈学者、南京大学的崔昌竻和南京师范大学的俞成云代表学界的研究骨干和主力军、延边大学的李雪花代表优秀的青年学者做了发言。

四、2016年中韩人文交流政策论坛

2016年6月28日,由韩国经济·人文社会研究会和中国社会科学院信息情报研究院共同主办的中韩人文交流政策论坛在韩国首尔隆重召开。

此次论坛的主题为"人文、艺术与文化产业"。韩国经济人文社会研究会理事长安世英、中国社会科学院信息情报研究院党委书记姜辉分别致开幕词。韩外交部和中国驻韩使馆官员分别代表两国外交部致辞中韩两国人文、艺术与文化领域的 40 多位专家学者围绕"传统艺术与人文学""大众文化与创意产业""中韩人文交流政策建议"三大议题进行了广泛深入的研讨。

日本比较文学最新动态

王 超

一、日本比较文学学会全国大会召开

2017 年 6 月 17—18 日，第 79 届日本比较文学学会全国大会在山形大学召开。在两天的议程中，大会分别就南北极域——爱尔兰、巴塔哥尼亚（阿根廷南部）、桦太（今萨哈林岛南部）（「南北極域の比較文学—アイルランド、パタゴニア、樺太」）——的比较文学展开讨论，对这三个最接近南北极的地方所产生的文学进行比较分析；以《真假鸳鸯谱》与《雌木兰替父从军》为代表，从日中比较文学的角度讨论了中日文学之间的异同（「日中比較文学の視点から見る『とりかへばや物語』—『雌木兰替父従軍』」）；从"越境者的语言意识和文化接受"层面探讨了森鸥外与多和田叶子对于德国文学的接受与改变（「森鴎外と多和田叶子——日独越境者の言語意識と文化受容」）；同时还讨论了森鸥外与歌德的文学关系（森鴎外『舞姫』とゲーテ『ファウスト』）、小泉八云的真实性问题（ラフカディオ・ハーンとその実存的な問いを巡って）等。会议内容丰富多样，所涉范围也极为广泛。

二、日本比较文学学会会刊《比较文学》最新一期出版

在最新一期《比较文学》（第 59 卷，2017 年 3 月发行）中刊发了

《语言的探求——柳田国男的方言研究与周作人》(「言叶の探求」——柳田国男の方言研究と周作人) 一文,文中探究了中国著名作家周作人和日本作家柳田周男在语言表现上的异同;《朴泰远〈小说家仇甫氏的一天〉的电影手法——《尤利西斯》影响下》「朴泰远『小说家仇甫氏の一日』の映画技法—『ユリシーズ』『(尤利西斯)の影响を中心に』」一文则探究了《尤利西斯》对于《小说家仇甫氏的一天》的影响。《比较文学》是日本比较文学学会所创办的刊物,每年刊发 1 次,由论文、书评、记事等部分组成。

三、东京大学比较文学学会会刊《比较文学研究》最新一期出版

东京大学比较文学学会会刊《比较文学研究》最新一期(第 102 号)于 2017 年 2 月出版。本期中发表了藤田氏与佐伯氏合写的重要论文——《我如何成为比较文学者》("How I Became a Comparatist") 一文。文中两位学者阐述了各自对于比较文学发展的不同理解,在如何成为比较文学学者上提出了建设性的意见。本期最后对已故的日本学者小宫彰、台湾学者林连祥在各自领域所做出的突出贡献作了详细回顾。

《比较文学研究》是为了推进比较文学在日本不断向前发展而创办的刊物,在 1954 年 6 月创刊,主要栏目包括特辑论文、一般论文、书评、展览会、外国语要约等。

四、日本比较文学学会奖颁布

2017 年第 22 界比较文学学会奖揭晓,佐佐木悠介以《卡蒂埃·布列松——20 世纪照片的语言空间》(『カルティエ=ブレッソン 二十世纪写真の言说空间』) 一文获奖。本文对世界摄影大师卡蒂埃·布列松的摄影作品背后所包含的思想做了独到且富有创造性的阐述。

比较文学学会奖由日本比较文学学会在 1995 年设立,颁发目的是奖

励当年发表的日本比较文学界优秀论文，在每年 6 月份举办的日本比较文学学会全国大会上颁发。2016 第 21 界比较文学学会奖的获得者是佐藤光和菊池有希。佐藤光的《柳宗元与威廉·布莱克 环流中的肯定思想》（『柳宗悦とウィリアム・ブレイク　環流する肯定の思想』）对东西方两位生活在不同时代背景下的文学家作品中所体现出的异同做出了详细分析。菊池有希的《日本近代的拜伦热》（『近代日本におけるバイロン熱』）则对日本近代所产生的"拜伦热"现象作出了缜密分析。

五、东京大学比较文学学会金素云奖、岛田谨二奖揭晓

2016 年 12 月 16 日，东京大学比较文学学会将第 27 届"金素云奖"授予金志映和柳忠熙。前者的博士论文《战后日本的文学空间中的"美国"—通往占领下的文学冷战时代》（「戦後日本の文学空間における『アメリカ』—占領から文化冷戦の時代へ」）对于日本战后文学中所体现的美国元素进行了细致的分析，后者的博士论文《尹致昊和朝鲜的近代——东亚知识人的气质的改观和启蒙文风》（「尹致昊と朝鮮の近代—東アジアにおける知識人エトスの変容と啓蒙のエクリチュール」）则对朝鲜以尹致昊为代表的近代学者思想精神的改变做了详细分析。

在 2016 年 4 月，东京大学比较文学学会第 15 届"岛田谨二奖"授予了佐藤光的《柳宗元与威廉·布莱克——环流中的肯定思想》（「柳宗悦とウィリアム・ブレイク——環流する『肯定の思想』」）和大东和重的《台南文学——日本统治时期台湾·台南的日本人作家群像》（「台南文学——日本統治期台湾・台南の日本人作家群像」）。

"金素云奖"由东京大学比较文学学会于 1982 年设立，设立目的是为奖励优秀的比较文学博士论文；"岛田谨二奖"则设立于 2002 年，由东京大学已故岛田谨二教授的长女斋藤信子设立，目的是为奖励优秀的比较文学著作。

六、第 35 届和汉比较文学学会召开

2016 年 9 月，第 35 届和汉比较文学学会全国大会在成城大学举办。与会者发表了各自的最新研究成果，如京都大学教授大谷雅夫宣读了论文《和汉比较文学的音乐与空间》（「音と空間の和汉比较文学」），对于中日两国文学围绕音乐和空间两个主题所呈现出的异同进行了深入探究；国学院大学教授笹川勋的《〈源氏物语〉中大君的形象和汉诗文表现》（「『源氏物语』大君の形象と汉诗文表现」）则探讨了《源氏物语》中汉文诗的作用等。

和汉比较文学学会在 1983 年 10 月成立，其宗旨为推进日本古典及汉语文化圈的文学、文化的比较研究，每年举办 4 次例会，并于秋季举办全国大会。其刊物《和汉比较文学》每年刊发 2 次，成果包括汲古书院出版的 18 卷《和汉比较文学丛书》。

七、日本比较文学学者动态

西成彦，立命馆大学教授，现任第九届日本比较文学学会会长。近年来长期关注殖民地文学、"移动文学"（流散文学）、东欧文学（以波兰文学为主）。尤其关注那些离开祖国、用在住国语言创作的流散作家，认为母国语言与在住国语言在这些作家的大脑中产生共振、产生联系，使得这些作家身上体现了不同文化融合的多样性。西成彦的研究对象是日本少数族裔以及移民（阿伊努人、琉球人、朝鲜人、中国台湾人等）的作家，以及在日本殖民时期的殖民地（朝鲜、中国台湾、伪"满洲国"等）作家。2016 年 4 月在《淡江日本论丛》发表了《日本语的扩散、收缩、离散》（《日本语文学の拡散、収縮、離散》）一文，探讨了日语在其殖民地作家中的运用和发展。承担了 2016 年 4 月—2017 年 3 月《战后日本语文学和解放后韩国文学中脱殖民地主义的比较研究》（《戦後日本语文学と解放後韩国文学における脱植民地主义の比較研究》）等研究

项目。

川本皓嗣，东京大学、大手前大学名誉教授，曾任第五届日本比较文学学会会长，现任国际比较文学会名誉会长。长期从事比较诗学、英法诗歌和日本诗歌的研究，近些年在日本诗歌等研究领域笔耕不辍，2016年参与编写了由剑桥大学出版社出版的《剑桥日本文学史》（*The Cambridge History of Japanese Literature*）中的现代日本诗歌部分，对现代日本诗歌的自身特点以及发展做了十分详细的叙述。2016年发表于东京大学比较文学学会刊物《比较文学研究》（2016年6月第101号）上的《沉默的音乐—读马拉美〈圣女〉》（沈黙の音楽—マラルメの「聖女」を読む）一文，对法国象征主义代表诗人马拉美诗中所体现的音乐元素做了细致的分析。

菅原克也，东京大学比较文学与比较文化研究室教授，东京大学比较文学学会会长，日本比较文学学会国际委员会实务委员。近些年致力于比较诗学（特别是日本近代文学）、翻译理论等方面的研究。2017出版新著《小说的结构——近代文学中的"讲谈"与物语分析》（「小説のしくみ—近代文学の『語り』と物語分析」），以日本近代小说为例，对小说中的内容、思想、结构等等做了独到分析。

八、结论

日本比较文学界的研究特点是以日本为中心，去探求日本与世界的联系。中国、欧美仍然是日本学界的主要研究对象，特别是在中国的研究上一直保持着巨大的热情。此外，日本比较文学界对周边国家的关注度，对于少数族裔、流散文学作家的关注度也在持续上升。

美国比较文学动态

高艺菲

一、会议和讲座

1. 2016 年 2 月 19 日,美国加利福尼亚圣芭芭拉大学(University of California, Santa Barbara)举行了"纳博科夫的用语习惯:国外翻译的特性"研讨会(Nabokov's Idioms: Translating Foreignness),唐·巴顿·约翰逊教授(Don Barton Johnson)为主讲人。

2. 2016 年 3 月 9 日,美国德克萨斯大学达拉斯分校孔子学院和人文艺术学院面向全校师生举办了学术讲座"中国视角下的翻译"(Translation from Chinese Perspective),芝加哥大学比较文学教授苏源熙(Haun Saussy)应邀担任主讲。

3. 2016 年 3 月 22 日,诺贝尔文学奖获得者托尼·莫里森(Toni Morrison)的第一个诺顿讲座在哈佛大学圣德斯剧院举行,本次讲座的主题为:"浪漫奴隶制"(Romancing Slavery)。

4. 2016 年 4 月 22 日,诺贝尔文学奖委员会主席皮尔·瓦茨伯格(Per Wästberg)到哈佛大学进行讲座,讨论关于语言对于作家获奖的影响和意义。

5. 2017 年 2 月 17 日,美国加利福尼亚圣芭芭拉大学(University of California, Santa Barbara)举行"卢梭作品中的政治、伦理和利己现象"[ROUSSEAU'S RELEVANCE: POLITICS, ETHICS, AND (SELF-)CARE IN

JEAN-JACQUES ROUSSEAU'S WORKS]的学术会议。

4. 2017 年 4 月 4 日，在哈佛大学举行了名为"'行李'的认领：任碧莲"（'Baggage' Claims：Gish Jen）的学术研讨会。会议由华裔美国作家任碧莲（Gish Jen）主讲，她的最新作品《行李认领处的女孩：解释东西方文化差距》（*The Girl at the Baggage Claim*：*Explaining the East-West Culture Gap*）着重探讨了东西方文化的差异问题。

7. 2017 年 5 月 10 日，诺贝尔奖得主小说家马里奥·巴尔加斯·略萨（Mario Vargas Llosa）在芝加哥大学发表演讲。

8. 2017 年 6 月 5 日，普利策奖得主作家贾雷德·戴蒙德（Jared Diamond）在芝加哥大学进行讲座，讨论"人类'好奇的信仰'"（'curious beliefs' of humans）。

二、著作

1. 2016 年 1 月 22 日，贾平凹《废都》的英文版在美国正式问世，翻译者为美国著名汉学家葛浩文（Howard Goldblatt），他被称为英语世界中国现当代文学的首席翻译家。

2. 2016 年 4 月 19 日，哈佛大学官方新闻网站《哈佛公报》报道，美国著名汉学家宇文所安历经八年耕耘，终于出版了杜甫诗歌全集的英译本《杜甫诗》。

3. 2017 年 1 月 10 日，哈佛大学比较文学系学生茱莉亚·阿列克谢耶娃（Julia Alekseyeva）发表了自传式连环画小说《苏维埃的女儿：一个漫画式的革命》（*Soviet Daughter*：*A Graphic Revolution*）。

4. 2017 年 2 月，普利策奖得主梅根·马歇尔（Megan Marshall）的新书《伊丽莎白·毕晓普：一个早餐的奇迹》（*Elizabeth Bishop*：*A Miracle for Breakfast*）出版。

三、学人

1. 美国著名汉学家、哈佛大学希根森历史讲座教授、东亚文明与语言系主任孔飞力（Alden Kuhn）于 2016 年 2 月 15 日 17：40 左右逝世。

2. 美国汉学家芮效卫（David Tod Roy）于美国时间 2016 年 5 月 30 日上午五点半在芝加哥去世。芮效卫是芝加哥大学研究中国文学的荣誉退休教授，因花 30 年时间将《金瓶梅》译成英文出版而成名。

3. 美国汉学家、在普林斯顿大学任教的高友工先生于 2016 年 10 月 29 日逝世。

4. 美国著名希腊诗歌学者、在芝加哥大学任教的安妮·皮平·博内特（Anne Pippin Burnett）于 2017 年 4 月 26 日去世，享年 91 岁。

四、访谈

1. 2016 年 3 月，普林斯顿大学东亚系和比较文学系荣休教授、以色列希伯来大学东亚系教授、国际著名汉学家浦安迪（Plaks Andrew Henry）在北京大学接受访问，谈论"关于透过评注理解中国古代思想文化"的问题。

2. 2016 年 7 月 13 日，斯坦福大学人文中心教授凯塔琳娜·皮恰克（Katharina Piechocki）在哈佛大学参加访谈，她主张利用地图、诗句和翻译对文艺复兴时期的作品进行更好的分析。

3. 2016 年 11 月 10 日，当代最著名的后现代主义思想家之一，耶鲁大学哲学博士、加州大学伯克利分校修辞与比较文学系教授，在女权主义批评、性别研究、当代政治哲学和伦理学等学术领域成就卓著的酷儿理论先驱朱迪斯·巴特勒在美国大选结束后发表了简短评论，表达了绝望的心情。她连连发问，呼吁反思美国今日的民粹主义、种族主义和厌女症。

4. 2017 年 2 月 1 日，美国小说家汤姆·佩罗塔（Tom Perrotta）和他的合作者尼克（Nick）在哈佛大学就小说创作的问题接受采访，讨论的主题为"为什么写作不是一个特殊的活动"以及"书和电视节目的关系"。

5. 2017年2月21日，普利策奖得主梅根·马歇尔（Megan Marshall）接受访谈，对其新书《伊丽莎白·毕晓普：一个早餐的奇迹》（*Elizabeth Bishop: A Miracle for Breakfast*）的内容进行评述，详细说明了自己的创作过程并且表达了对主角伊丽莎白的喜爱。

6. 2017年3月3日，普利策奖得主詹妮弗·伊根（Jennifer Egan）在哈佛大学就她即将发表的历史小说《曼哈顿海滩》（*Manhattan Beach*）接受访谈，谈论了作品中的死亡与重生问题。

五、奖项

1. 2016年7月，美国笔会中心宣布新增加两个新文学奖项，分别是吉恩·斯坦图书奖和吉恩·斯坦格兰特口述历史奖。前者奖金为75000美元，是美国目前金额最大的文学奖项之一。

2. 2016年8月15日，美国哥伦比亚大学英语和比较文学教授詹姆斯·夏皮罗获得了英国最古老文学传记类詹姆斯·泰特·布莱克奖。

3. 2017年4月7日，哈佛大学马丁·皮斯纳（Martin Puchner）获得2017文学批评古根海姆奖（Guggenheim Fellowship）。

4. 2017年5月24日，美国芝加哥大学学生艾莉娜·阿格博（Elinam Agbo）成为第一位获得莱斯河奖学金的年轻小说家。莱斯河奖学金是由多萝西·瑞文（Dorothy River）为纪念她已故的丈夫莱斯利先生（W. Leslie River）设立的。

法国文学动态

程安然

一、法国文学颁奖情况

龚古尔奖：

35 岁的摩洛哥—法国作家和记者莱拉·苏莱曼尼（Leïla Slimani）以小说《温柔的歌》（*Chanson douce*）获得了 2016 年的第 113 届龚古尔奖。

莱拉·苏莱曼尼于 1981 年 10 月 3 日出生于摩洛哥首都拉巴特，父亲是留法归国的银行家，母亲有一半阿尔萨斯血统，是摩洛哥最早的女医生之一。苏莱曼尼自小在家说法语，阿拉伯语反而讲得很不好。她读的是拉巴特的法国学校，接受的是自由主义教育，主张一个女人不应只被视为"一个母亲，一个姐妹，一个妻子，而是要被看作一个女人，一个有自己权利的个人"。苏莱曼尼自陈在文学上对她影响最大的三位作家是契诃夫、茨威格和昆德拉。

除龚古尔奖外，法国文坛的四大年度图书奖也在同期密集颁出：

（一）勒诺多奖

勒诺多奖与龚古尔奖于 11 月 3 日同一天在德鲁昂大饭庄开奖。57 岁的伊朗犹太裔法国作家亚斯米娜·礼萨（Yasmina Reza）以所著第三部小说《巴比伦》（*Babylone*）胜出。书中一连串的小误会将中产阶级的饭局变成了罪案现场。

(二) 法兰西学院小说大奖

年轻的法国记者和作家阿代拉伊德·德·克莱蒙-托内雷（Adélaïde de Clermont-Tonnerre）以《我们当中最后的人》（Le Dernier des nôtres）赢得了今年的法兰西学院小说大奖。主人公是一个在二战末期被美国人收养的德国男童，在新泽西长大后必须弄清自己的来历，却陷入当年将纳粹科学家带往美国的"回纹针行动"迷局。

(三) 美第奇奖

43岁的伊万·雅布隆卡（Ivan Jablonka）描写少女遭绑架、刺伤、勒颈和肢解的小说《利蒂希娅或人类的终结》（Laëtitia ou la fin des hommes）赢得了美第奇奖。58岁的瑞典作家斯特韦·塞姆-桑德贝里（Steve Sem-Sandberg）则以描写纳粹吞并奥地利后借维也纳医院消灭病童的《获选者》（Les élus）获颁美第奇奖的外国小说奖。

(四) 费米娜奖

49岁的法国男作家马库斯·马尔特（Marcus Malte）以探究第一次世界大战残酷与创伤的成长小说《男孩》（le Garçon）获得了法国头号女书奖。费米娜奖的外国小说奖则颁给了57岁的黎巴嫩男画家和男小说家拉比·阿拉梅丁（Rabih Alameddine）所著贝鲁特孤老故事《一个多余的女人》（An Unnecessary Woman）之法译本《纸的生命》（Les vies de papier）。

二、法国本土召开的文学有关会议

(一) "《渡河》（Crossing the River）：多重合唱"

举办单位：法国里昂高等师范学院

举办时间：2016年10月6至7日

主要内容：这次国际会议旨在为卡里尔·菲利普斯（Caryl Phillips）的第五部小说《渡河》提供新的视角。这部作品出版于1993年，并在1994年荣获了詹姆斯·泰特布莱克的纪念奖。《渡河》将四个故事编织在一起，深刻地描绘了 18 世纪的非洲的奴隶贸易、19 世纪非洲奴隶的回归过程、非洲奴隶击退拓荒者所遇到的严峻考验。这部小说跨越了三个世纪，穿越了三个大洲，深刻的反映了与身份、归属感、迁离、责任、失落和怀旧有关的问题。参与者可以采用多种方法来阐明主题、叙事技巧、文学传统、写作风格、文章结构以及小说的任何其他成分。

（二）女性的自传和她们与世界的关系

举办单位：法国巴黎第十大学

举办时间：2016 年 10 月 14 至 15 日

主要内容：会议主要探讨了"女性在自我的时间中如何获得目击者身份""使用什么叙述技巧来组合或是分离自我和集体的关系、私人和公共的关系""女性自传与时空的关系是什么"等问题。

三、小结

盘点法国 2016 年几大文学奖项的获奖作品，总体感觉是主题偏重暗黑和血腥，如：战乱、谋杀、移民，等等。一批"70 后""80 后"作家迅速成长成为文学创作的生力军，他们的作品多少带有一些成长小说的影子。近年来法国举办的文学会议则往往不局限于法国本土文学的研究，而是关注多元文化的发展。

英国比较文学动态

张如特

近一年来,英国比较文学界发生了许多重要事件,为国际范围内的跨文化交流做出贡献。

2016年10月,牛津大学启动了牛津大学比较批评与翻译(Oxford Comparative Criticism and Translation)研究计划,简称OCCT。该项目由牛津大学人文研究中心和圣安娜大学比较批评与翻译研究中心联合主持,侧重比较研究方法论方面的探讨。

2016年10月14日,长期从事阿拉伯文化、希伯来文化与英语文化领域研究的学者安东·沙马斯(Anton Shammas)在大英图书馆举办讲座,题为"盲点:千年阿拉伯语翻译——从海什木到堂吉诃德到福克纳",以阿拉伯语的翻译问题作为切入点深入考察了阿拉伯文化与西方文化的历史交流。

2016年10月,英国比较文学协会多名学者参加了西班牙总体文学与比较文学协会主办的第二十一届年度研讨会,会议于西班牙城市桑德坦举办。会议积极推动英国、西班牙两国间文学学术交流。

2017年3月8日,伦敦大学东方与非洲研究学院举办题为"抒情诗帝国的风景"的学术讲座,东方文化研究学者法蒂玛·伯尔尼主讲,内容涉及古叙利亚文学中的抒情诗传统以及中东文化与西方文化的历史交流问题。

2017年6月2日，诺丁汉大学举办了题为"遇见克里斯蒂娜·费尔南德斯·库巴斯"的系列学术活动。库巴斯是著名的西班牙女性作家，其作品在英国学界具有重大影响。

2017年4月6日到8日，布里斯托大学举办英国社会文学与科学年度会议，该会议由布里斯托大学、杜克大学和阿伯丁大学三所高校的学者联合主持，从文学与科学两大角度出发，积极建构文学与科学之间的跨学科对话。

2017年6月2日，牛津大学主办的2016—2017年度约翰·德莱顿翻译大赛公布赛果，该大赛获奖者将德语、西语、意大利语等语种经典作品进行高质量英译，推进跨语言维度的文学交流。

2017年6月22日，BBC第三频道自由思想（Free Thinking）节目播出了马修·阿诺德《文化与无政府主义》出版150周年的纪念节目，受邀人士包括社会学家蒂凡尼·詹金斯（Tiffany Jenkins）、作家西蒙·海弗（Simon Heffer）、作家斯泰拉·达菲（Stella Duffy）、苏塞克斯大学维多利亚时期文学研究学者威尔·阿伯利（Will Abberley）等。此次节目由苏塞克斯大学主持。

2017年6月27至28日，利兹大学举办主题为"世界文学与视听文化中的家庭传奇：全球范围中的民族重建"的学术会议，吸引了多位知名的跨文化研究学者、语言学学者参加。

2017年10月28日，伯明翰城市大学举办题为"边界与生态：比较文学与环境"的学术研讨会。会议涉及生态意识、世界文学、生态女性主义等重要学术话题。

荷兰比较文学学科动态

罗一鸣

一、出版

1.《早期荷兰汉学家(1854—1900)》[The Early Dutch Sinologists (1854—1900)]:高柏(Koos Kuiper)著,布里尔出版社2017年出版。

高柏在此书中详细叙述了24个荷兰人的研究和工作,他们在1900年之前被培养成荷属印度的翻译。大多数人最初在莱顿大学学习,然后去厦门学习中国南方方言。他们的主要工作是将荷兰法律翻译成中文,用中国法律对法院提议和检查中国账单,后来也管理劳工事务。不过这些工作并不总是受到认可,也没有太多的任务,所以许多人后来要求换一份在印度政府或学院的工作。研究还分析了他们编译的三部字典。由于掌握一手资源,本书引人入胜地描绘出了跨文化的私人接触场景。

2.《图像与叙述:音像记忆和欧洲的生成》[Image & Narrative: Audiovisual Memory and the (Re) Making of Europe]:安·里戈尼、阿斯特莉特·埃尔(Ann Rigney & Astrid Erll)著,2017年。

本书是"欧洲的跨文化记忆"项目的部分成果。通过分析一系列案例,书中阐述了电影和电视如何在欧洲创造了跨国的记忆文化;同时,通过揭露再国家化新战略的弊端,这一过程的局限性也被展现出来。

3.《莎士比亚的文学生活:作者在小说与电影中的角色》(Shakespeare's Literary Lives: The Author as Character in Fiction and Film):保罗·弗兰森

(Paul Franssen)著,剑桥大学出版社 2016 年出版。

本书从多角度考察了莎士比亚在大众文化中所扮演的角色。保罗·弗兰森分析了涉及莎士比亚这个角色的故事和电影,从跨国和历史的视角,展现了这些故事如何帮助我们理解不同时代、民族或作家眼中的莎氏的意义,以及这些故事如何成为了莎士比亚研究的重要部分。虚构的莎士比亚,有时是鬼魂,有时是时空旅行者,引发了对众多问题的思考。比如法国大革命、爱尔兰冲突、殖民主义、英美关系、性取向、种族和阶级等。

4. 柯雷:《精神与金钱时代的中国诗歌——从 1980 年代到 21 世纪初》,张晓红译,北京大学出版社 2016 年出版。

柯雷(Maghiel van Crevel),荷兰莱顿大学中国语言文学教授,著名汉学家;曾任莱顿大学中文系主任、区域研究所所长等职;主要研究方向是中国当代诗歌及文化社会学、文化翻译等问题。主要著作包括 *Language Shattered*:*Contemporary Chinese Poetry and Duoduo*,与马高明合作选译的《荷兰现代诗选》等。

《精神与金钱时代的中国诗歌——从 1980 年代到 21 世纪初》以"文革"以来的中国当代诗歌为研究对象,深入考察早期朦胧诗之后的先锋诗歌。作者从文本(诗歌作品)、语境(诗歌的历史、文化、社会环境)和元文本(关于诗歌的各种话语)三个方面切入,既关注审美问题,也关注文化社会学问题;既涉及诗人身份等社会学问题,也探讨各种个案,如个别诗人研究(如韩东、海子、西川、于坚、孙文波、尹丽川、沈浩波、颜峻)及文学史上的重要现象;既是文学史,也是文学批评。本书体现了一个"局外人"对中国当代诗坛多方面的深入而独到的观察、理解,其英文版 *Chinese Poetry in Times of Mind*,*Mayhem and Money* 自 2008 年出版后,已在国外引起广泛反响。

二、论文发表

1.《异国情调或文化差异中的翻译》（*Exoticism or the Translation of Cultural Difference*）：恩斯特·范·阿尔文（Ernst van Alphen）著，2016年发表。

本文分析了当代人对艺术品进行判断的标准。在这个时代人与艺术品可以四处旅游，但很少人在行李中带上自己的思想。作者从当代艺术的渊源，以及文化批判的角度，聚焦20世纪初的一个文本，例证美学思考与他者的关系如何影响我们对艺术的思考。

2.《绘画的势》（*The Gesture of Drawing*）：恩斯特·范·阿尔文（Ernst van Alphen）著，2017年发表于《时空与形式》（*Espacio Tiempo y Forma*）期刊。

阿尔文认为，势既有传递性也有非传递性，势的非传递性可视作是姿势的标准或对身体的回应。本文聚焦于强调非传递性的艺术家与哲学家，以便帮助我们理解势的重要性。通过阅读几位艺术家的画作，作者梳理了德里达、杜勒、罗兰巴尔特和本雅明等人提出的绘画观念。

三、会议、讲座和其他活动

1. 美国比较文学学会2017年年度会议召开

2017年7月6日至9日，美国比较文学学会2017年年会在荷兰乌得勒支大学召开。

美国比较文学学会年度会议采用独特的会议形式。多数论文被分入12人组的研讨会，学者在三日的会议中每天交流两小时。8人（或更少人）组的研讨会在会议的前两天举行。这使得每位与会者都是一次研讨会的正式成员，同时可以在剩余的时间里加入其他研讨会。大会还包括全体会议、研习会、圆桌会议和其他活动。

2. 莱顿大学刘禾教授开设讲座"翻译地理政治学中的万隆精神"(The Bandung Spirit in the Geopolitics of Translation)

刘禾（Lydia H. Liu），著名学者，作家，新翻译理论的创始人之一。哈佛大学比较文学博士。现任美国哥伦比亚大学比较文学与社会研究所所长，东亚系终身人文讲席教授。曾任美国伯克利加州大学比较文学系和东亚系跨系教授及讲席教授。

讲座于2016年6月3日在莱顿大学举办，其主题是翻译的问题能否从地理政治学的角度去思考。刘禾教授借此问题重新探讨了当代世界中政治与翻译实践的关系，从理论上反复考量了时事、地理政治学和竞争的共性如何引发了翻译行为（通常不涉及作者的意图），以及"不同地区中漫不经心的语言实践"如何从根本上构建了文化差异和其他隔阂的可辨性。

3. 米克·巴尔获荷兰名人爵士勋章

米克·巴尔（Mieke Bal）教授，阿姆斯特丹大学（University of Amsterdam）文学理论名誉教授，影视艺术家，于2017年3月17日被授予荷兰名人爵士勋章（Knight of the Order of the Netherlands Lion），她以杰出的文学贡献获此殊荣。

米克·巴尔的著作在文化及学术领域皆有世界性的影响。她的主要思想是文化对象可以从多学科的角度加以考察。这种跨学科的方式，使他她成为荷兰文化分析领域毋庸置疑的先行者。巴尔是叙事学的创始人之一，在1977年出版的著作《叙事学》（*Narratology*）中，她提出了新的理论，带来文学研究的一次革命。这本著作被翻译成多国语言，成为各国大学中的经典作品。

宴会在阿姆斯特丹市立博物馆举行，来自世界各地的文艺界同行向巴尔表示了祝贺。此次宴会举办也意味着巴尔正式告别在大学的任职。

四、小结

　　荷兰比较文学的研究机构虽然不多，但氛围比较活跃。尤其是乌特勒支大学和莱顿大学，定期举办相关研讨会和讲座，鼓励师生积极参加。在具体的研究方面，荷兰的比较文学总体上倾向于跨学科和跨文化研究，注重探索文学与视觉艺术、音乐或新媒体之间的关系，而不局限于文学文本。另外，荷兰的比较文学与区域研究有着紧密关联，对东方国家的文化显示出特别的兴趣，比如中国、日本、阿拉伯等。

加拿大文学动态

林 璐

一、重要奖项

1. 2016 年 1 月 7 日，加拿大著名作家帕特里克·德威特（Patrick deWitt）的小说《管家助手迈纳》（*Undermajordomo Minor*）获美国太平洋西北书商协会奖。

2. 2016 年 3 月 21 日，加拿大作家玛格丽特·阿特伍德（Margaret Atwood）获马其顿斯特鲁加国际诗歌节最高荣誉"金冠奖"（又译"金花环奖"）；6 月 16 日，获英国笔会/品特奖。

3. 2016 年 4 月 5 日，加拿大裔英国作家大卫·绍洛伊（David Soloi）的《那人不过如此》（又译《关于男人的一切》）（*All That Man Is*）获《巴黎评论》颁发的普林顿小说奖；10 月 7 日，该作品获英国戈登·伯恩奖。

4. 2016 年 11 月 10 日，享有国际声誉的阿根廷裔加拿大小说家、散文家、翻译家和编辑阿尔贝托·曼古埃尔（Alberto Manguel）当选为阿根廷文学院院士。

5. 2016 年 11 月 23 日，加拿大风头正健的畅销书作家米里娅姆·特弗斯（Miriam Te Fuss）获加拿大作家联合会奖。

二、新晋作家作品介绍

1. 华裔加拿大作家玛德莲·邓（又译"邓敏灵"）（Madeleine Thien）

2016年在加拿大文坛引起最大轰动的当属华裔作家邓敏灵。2016年10月25日，她的小说《别说我们一无所有》（*Do Not Say We Have Nothing*）获加拿大总督文学奖；11月7日，她又凭该作品获加拿大吉勒文学奖；除此之外，还获得同年布克奖最终提名，引起国际广泛瞩目。邓敏灵1974年出生在温哥华，父母是马来西亚华人。她的小说《确然书》（*Certainty*）中文版已由上海文艺出版社于2009年推出，而短篇小说集《简单食谱》（*Simple Recipes*）也在翻译中。

《不要说我们一无所有》是一部超国界小说，它跨越太平洋，在中国与加拿大、历史与现在之间穿梭，记载了一段难忘的历史，个体生命如同滚滚洪流中的浪花，随着国家命运的巨涛起伏跌宕。从个体视角看，小说描写了梦想、热情与现实的强烈落差，故事讲述加拿大华裔数学家玛丽试图揭开父亲自杀谜团。

2. 劳伦斯·希尔（Lawrence Hill）的《非法拘留者》（*The Illegal*）

乌托邦想象是当代加拿大文学的一个重要主题。加拿大知识界一直致力于把国家构建成北方乌托邦的形象。而劳伦斯·希尔的小说《非法拘留者》就是2016年加拿大文坛的又一部乌托邦力作。该作品探索了全球化背景下的文化归属和公民身份问题，从中折射出全球化浪潮下加拿大人对公民身份、国家、民族、自由等问题的思考。

3. 安德烈·亚历克西斯（André Alexis）的《十五条狗》（*Fifteen Dogs*）

2016年12月，文化旅途网公布了该年度10本最受加拿大人欢迎的文学作品，位列其中的有邓敏灵的《不要说我们一无所有》、劳伦斯·希尔的《非法拘留者》、扬·马特尔（Yann Martel）的《葡萄牙的高山》（*The High Mountains of Portugal*）等，而高居榜首的则是安德烈·亚历克西斯的《十五条狗》。这本小说集幻想与现实为一体,把多伦多的真实场景和希腊神话相互糅合,虚构出一个独特的想象世界。小说既继承了加拿大超文化主义小说传统,又结合了动物寓言的体裁。该作品还获得了前一年度的吉勒文学奖和罗杰斯作家协会奖,并成为2016年多家媒体和在线阅读网站最受关注的小说。

三、重要学术活动

为庆祝加拿大建国150周年,加拿大约克大学(York University)、温州大学和暨南大学于2017年7月20—21日在约克大学联合举办了"回顾与展望:加拿大华人文学与媒体国际学术研讨会"。来自加拿大、中国、韩国、美国、新西兰和新加坡等地的近百位学者、年轻学子暨加华作家欢聚一堂,探索文学与媒体描绘和叙述加拿大华人150年的历史经验,讨论多种文化碰撞对书写加拿大华人历史的影响。

四、小结

进入21世纪以来,加拿大呈现某种"去民族化"的国际化趋势,文学界不再相信鲜明的"加拿大性"的存在,文学写作也失去了"中心",越来越走向国际化,涌现出大量的移民文学、后殖民主义文学,国际主义或世界主义写作应运而生。对于加拿大这个新生移民国家而言,"加拿大性"正体现在它的世界性之上。除此之外,诸如乌托邦想象、跨国界文学、超人类主义想象文学之所以在加拿大能够拥有广泛的读者基础,同加拿大的政治和现实基础也是密不可分的。

澳洲文学动态

车 欣

一、文学大奖

1. 2016 年澳洲最高文学奖——迈尔斯·富兰克林文学奖（Miles Franklin Literary Award）

获奖者是墨尔本作家帕特里克（A. S. Patric），获奖作品是其描写移民生活的处女作长篇小说《白城黑岩》（*Black Rock, White City*）。

《白城黑岩》讲述的是 20 世纪 90 年代一对诗人与学者夫妇，从战乱中的南斯拉夫逃到澳洲，最终双双成为清洁工的生活经历。帕特里克用了 6 年的时间创作这部作品。2013 年，他的短篇小说集《拉斯维加斯的素食者》（*Las Vegas for Vegans*）曾入围昆州文学奖。

该奖项由 20 世纪澳洲作家富兰克林（Stella Maria Sarah Miles Franklin）设立，用以奖励那些展现澳洲生活的优秀小说，每年评选一次。

2. 特恩布尔总理发布 2016 年度澳洲文学奖

2016 年 11 月 8 日，特恩布尔总理在首都堪培拉国家图书馆公布并颁发了 2016 年度澳洲文学奖系列奖项。他认为获奖作品和入围作家们都继续保持了澳洲的文学传统，并感谢作家们对澳洲文学艺术所作的贡献。

3. 斯特拉奖

著名女作家夏洛特·伍德（Charlotte Wood）创作的第五部小说《自然之道》（*The Natural Way of Things*）荣获 2016 年斯特拉奖。

小说的主题是当代社会对女性的贬抑和控制，其中描写了10位因遭受性虐待但拒绝保持沉默而被绑架、囚禁在澳大利亚内陆且受到非人待遇的女性的经历。值得注意的是，该作自出版后深受好评，已经获得过多个文学奖项。

斯特拉奖是澳大利亚文学奖，专门颁发给澳籍女性作家，奖金为50000美元。该奖项由澳大利亚女性作家和出版商于2011仿照英国百利女性小说奖（原小说橘子奖）设立。奖项得名于作者迈尔斯·富兰克林，其全名是"斯特拉·莎拉·富兰克林"。

二、"作家节"活动

"作家节"在澳大利亚非常受欢迎。自1962年创立第一个作家节——"阿德莱德作家节"以来，澳大利亚迄今已有超过30个作家节。其中，"悉尼作家节"已发展成为全球第三大作家节。

1. "珀斯作家节"：每年在珀斯的西澳大利亚大学举办，邀请来自全球的作家、艺术家、活动家参与。活动通常分为不同的主题板块，包括读书、对话、表演、辩论、工作坊等不同形式。2016年"珀斯作家节"于2月18—21日举办，主题是同理心（Empathy）。英国知名同理心专家罗曼·柯那瑞克（Roman Krznaric）为文学节作了开幕演讲。

2. "阿德莱德作家周"：2016年2月27日—3月3日在阿德莱德先锋女性纪念公园举办，来自不同国家的作家和嘉宾就当代小说、政治、科学、战争、灾害、社会问题、回忆录、诗歌等主题分别发言。

3. "纽卡斯尔作家节"：2016年4月1—3日举办，包括蒂姆·弗兰纳里（Tim Flannery）、夏洛特·伍德、罗西·沃特兰（Rosie Waterland）等在内的140位作家受邀参加该节。期间集中探讨了回忆录、气候变化、小说等主题。

4. 第19届"悉尼作家节"：2016年5月16—22日举办，主题是阅读疗法。2016年的作家节获得了更高的参与度。与往届不同的是，本届作家节在悉尼之外还在其他地区设立了直播中心,使新南威尔士州之外的读者能够同步观看做家节活动。本届作家节共邀请了 400 多名澳大利亚和 60 多名国际作家前来参与讨论,参加者包括女权主义者格洛丽亚·斯泰纳姆(Gloria Steinem)、小乔纳森·弗兰岑(Jonathan Franzen)、马龙·詹姆斯(Marlon James)等。另外,中国著名作家叶辛的小说《孽债》英文版也在此次作家节亮相。

三、其他文学作品的出版

(一)戏剧

1. 安格斯·瑟里尼(Angus Cerini)的戏剧作品《淌血的树》(*The Bleeding Tree*):以女性遭受的家庭暴力为主题,拥有庞大的阅读群体与广泛的影响力。

玛丽·安·巴特勒(Mary Anne Butler)编写的《破裂》(*Broken*):一部关于失去和改变,自然的力量和旅行的意义的作品,塑造了当代北领地的独特身份。

(二)小说

莱扎·亨利·琼斯(Eliza Henry-Jones)的小说处女作《在安静之中》(*In the Quiet*):入围 2016 年新南威尔士州长文学奖首部作品组短名单。小说由死后的男主人公卡尔顿叙述失去母亲的孩子和失去妻子后的丈夫如何挣扎着应对生活的故事,主题是"爱""失去"与"悲伤"。

《邦国数日与其他故事》(*A Few Days in the Country: And Other Stories*)是伊丽莎白·哈罗尔多年来创作的短篇小说的合集,入围 2016 年斯特拉奖、斯蒂尔·拉德澳大利亚短篇小说集奖短名单。

四、小结

2016—2017年的澳洲文学界相当活跃,在作品出版和学术活动方面依旧保持了自己的特色。作家与学者对女性作品和家庭以及原著居民文化、殖民文化等都有一定的探讨,相关成果出版了不少。不过,相对于其他国家来说,澳大利亚文学的影响力仍显不足,其知名度也有待提升。